조선제일검

김
체
건

조선제일검

김체건

검으로 신神을 넘어
선仙이 되다

이수광
역사무협소설

다선
책방

차례

1

북검과 남검

빗줄기가 장대질을 하듯이 세차게 쏟아지고 있었다. 빗소리가 천층 절벽에서 폭포가 쏟아지듯 장쾌했다. 이이명은 어전에 납작 엎드려 있다가 조심스럽게 고개를 들었다. 숙종은 갑자기 굵어진 빗줄기를 우두커니 내다보고 있었다. 임금의 창백한 용안에 어두운 그림자가 덮여 있는 것 같았다.

임금은 최근에 부쩍 늙은 모습이었다. 부리부리한 눈으로 대신들을 사납게 몰아치던 임금도 아니고 대전을 쩌렁쩌렁 울리던 목소리의 임금도 아니었다. 어딘지 모르게 바스락거리는 나뭇잎처럼 그의 모습이 쇠잔하고 쓸쓸해 보였다.

'임금도 늙고 병들었다.'

이이명은 순간적으로 그렇게 생각했다. 여름이라 희정전의 문을 활짝 열어놓았다. 좁은 처마 밑에는 내금위 갑사들이 붉은 철릭을 휘날리며 줄지어 서 있고 행랑에는 내관과 궁녀들이 머리를 조아리고 도열해 있었다.

저들 중에 소론의 첩자라도 있는 것이 아닐까.

이이명은 임금과 독대를 하는 것이 목숨이 위태로운 일이라는 걸 알고 있었기 때문에 가슴이 뛰고 몸이 떨렸다.

"하늘의 뜻을 알 수가 없소. 보름 전까지 가뭄이 그토록 심했는데 이젠 또 폭우가 쏟아지고 있소."

임금이 착 가라앉은 목소리로 입을 열었다. 비 때문인가. 임금의 옥체가 마치 허깨비처럼 허해 보였다. 용포는 지나치게 크고 머리에 쓴 익선관은 무거워 보였다.

"상께서 저자도에 기우제를 지낸 덕입니다. 하늘이 전하의 정성에 감동한 것입니다."

이이명은 피도 눈물도 없는 임금의 눈치를 살피면서 입에 발린 말을 아뢰었다. 저자도는 동작나루 쪽에 있는 한강의 작은 섬이다. 나라에 가뭄이 들 때마다 저자도에서 기우제를 지냈다. 금년에는 가뭄이 심해 임금이 예조판서를 보내 기우제를 지냈는데 하루가 지나지 않아 비가 오고 있는 것이다.

"하늘에 제사를 지내면 모두 이루어지는가?"

임금의 목소리가 공허하게 허공을 울렸다. 임금은 왕세자 이윤*이 보위에 오르는 것을 두려워하고 있었다. 왕세자의 모후인 희빈 장씨가 사사되고 남인들이 몰락했기 때문에 왕세자가 보위에 오르면 그를 반대

---

* 李昀. 희빈 장씨의 아들.

한 자들에게 연산군처럼 보복을 할까봐 두려워한 것이다. 그렇다고 왕세자를 폐위시키고 연잉군 이금*을 세자로 책봉하지도 못하고 있었다.

왕세자를 폐위시키려니 모후도 없이 자란 그가 측은한 탓이었다. 게다가 왕세자는 시름시름 앓고 있었다. 병을 앓고 있는 아들을 내치는 것은 부모로서 차마 못할 짓이다. 왕세자가 보위에 오르면 자신의 불완전한 왕좌를 지키기 위해 연잉군과 연령군**을 역모로 몰아 살해할 가능성도 있었다. 지금 임금도 보위에 오르자 복창군과 복선군 등 이복형제들을 역모로 몰아 죽이지 않았는가. 나라에 절대 권력자는 하나이고 잠재적인 후계자는 제거하는 것이 권력의 속성이다.

"전하, 자연의 순리가 아니겠습니까?"

이이명은 두 손을 앞으로 가지런히 모으고 대답했다. 정유년(1717년)의 일이었다. 임금이 노론대신 좌의정 이이명을 어전으로 불러 독대를 하고 있었다. 그들의 독대에는 사관도 배석시키지 않았다. 사헌부나 사간원에서 알면 벌떼처럼 들고일어나 이이명을 탄핵할 것이다. 그런데도 임금이 그를 부른 것은 연잉군 때문이었다.

'왕자들이 싸우지 않게 도와주시오.'

임금이 이이명의 손을 잡고 간곡하게 말했었다. 그는 가당찮게 눈물까지 흘리고 있었다. 수많은 신하들이 그의 변덕에 전전긍긍하다가 목숨을 잃었다.

이이명의 할아버지는 영의정을 지낸 이경여이고 아버지는 대사헌을 지낸 이민적이다. 이이명은 쟁쟁한 가문에서 태어나 임금이 보위에

---

* 延礽君 李昑. 숙빈 최씨의 아들.
** 延齡君. 명빈 박씨의 아들.

오른 지 육년이 되었을 때 별시문과에 급제하여 청직을 두루 거쳤다.

임금이 이이명을 총애해서가 아니다. 소론이 왕세자를 보호하고 있으므로 연잉군을 보호하기 위해 노론인 이이명을 부른 것이다.

"내가 아무래도 죄를 많이 지은 것 같소."

임금에게도 회한이 있는 것일까. 임금의 나약한 모습을 보자 이이명도 목이 메어왔다. 그러나 임금은 후사에 대해서 속내를 내비치지 않았고 이이명은 속이 바삭바삭 타들어가는 것 같았다.

"무사를 데리고 왔소?"

임금이 이이명을 쏘아보면서 물었다.

"예. 문밖에 대령해 있습니다."

임금이 연잉군의 호위무사를 부른 까닭을 이해할 수 없었다.

"부르시오."

"전하, 굳이 무사를 접견하실 필요가 있겠습니까?"

지존인 임금은 시정의 일개 무사를 접견하지 않는다.

"부르시오."

임금이 눈을 지그시 감았다. 짧은 한마디에 항거할 수 없는 위엄이 있다. 임금은 냉정하면서도 무서운 군주다. 보위에 오른 뒤에 용사출척권*을 단행하여 정국을 바꾸었다. 그럴 때마다 많은 대신들이 죽거나 유배를 갔다. 재위 기간에 세 번이나 환국을 단행하여 신하들을 가차없이 죽인 임금은 조선왕조에서 다시 찾아볼 수 없을 것이다.

인현왕후를 폐서인으로 만들었다가 복위시키고 왕세자의 어머니

---

* 用捨黜陟權. 왕이 정계를 크게 바꾸는 권한.

희빈 장씨를 왕비로 책봉했다가 사약을 먹여 죽였다. 서인의 거두 송시열을 사사하고 남인의 거두 허적을 죽였다. 임금의 눈에 벗어나면 누구도 살아남지 못했다.

"무사를 부르시게."

이이명이 대전내관 박상검에게 낮게 말했다. 박상검이 머리를 조아리고 뒷걸음으로 물러나 밖으로 나갔다. 밖에는 빗줄기가 더욱 굵어지는지 대궐의 기와지붕을 두드리는 빗소리가 어전까지 소연하게 하고 있다.

'나는 참으로 불행하구나.'

이이명은 입술을 지그시 깨물었다. 임금과 독대한 사실을 소론에서 알게 되면 결코 용납하지 않을 것이다. 경우에 따라서는 그들의 탄핵을 받아 죽임을 당할 수도 있다. 그 생각을 하자 가슴에 바윗덩어리를 얹어놓은 것처럼 답답했다. 이내 군교 복장을 한 사내가 어전 앞에 이르렀다. 그는 줄곧 밖에 서 있었는지 온몸이 걸레처럼 흠뻑 젖어 있었다.

"전하께 문후드립니다."

사내가 밖에서 무릎을 꿇고 예를 올렸다. 임금이 빠르게 그의 얼굴을 살폈다. 조선의 두 검파 중 북검(北劍)의 최고 고수라는 사내의 얼굴이 뜻밖에 부인호녀*처럼 단아하고 살결이 투명했다. 그러나 눈빛은 가슴이 섬뜩할 정도로 강렬했다. 작은 눈에서는 바위라도 뚫을 것 같은 매서운 빛이 뿜어지고 호리호리한 몸은 단단하여 한눈에 무예의 고수라는 것을 알아볼 수 있었다.

---

* 婦人好女. 예쁜 여자.

'전하, 북검의 고수 김체건이라는 자입니다.'

임금의 옆에 서 있던 박상검이 입술도 열지 않고 말했다. 박상검이 복화술로 말하고 있는 것이다. 임금의 굵은 눈썹이 꿈틀했다.

"비를 맞고 있었는가?"

임금이 김체건을 아래위로 훑어보았다. 장내에 기이한 긴장감이 감돌았다. 처마 밑에 도열해 있는 갑사들이 허리의 칼을 움켜쥐었다. 여차하면 칼을 뽑아 들고 뛰어들 기세였다.

김체건의 전신에서 빗물이 뚝뚝 떨어졌다.

"연잉군 나리께서도 빗속에 대령해 있습니다."

사내의 말에 임금의 눈썹이 꿈틀했다. 주인이 밖에서 비를 맞고 있으니 자신은 상관없다는 뜻이다.

"연잉군은 돌아가라고 하라."

"소인이 모시고 돌아가야 합니다."

"뭐라?"

임금의 눈에서 파랗게 불길이 뿜어졌다.

"황공하옵니다. 자격의 위험이 있기 때문입니다."

생사여탈권을 쥐고 있는 임금 앞에서 김체건은 태산처럼 움직이지 않고 있었다.

"무엄하다!"

임금의 눈에서 금석이라도 쪼갤 것 같은 살기가 폭사되었다. 자격은 누군가 연잉군을 암살할지도 모른다는 뜻이고 왕세자를 의심하고 있는 말이다. 평소라면 죽임을 당할 말이다. 그러나 김체건은 눈썹조차 움직이지 않고 있었다. 무예를 하는 협사라는 자들은 세속의 일에

얽매이지 않는다. 관청의 일에 관여하지도 않고 명령을 받지도 않는다. 임금에게 예를 올리기는 하지만 뜻에 맞지 않으면 종적을 감추고 사라져버리기도 한다.

임금이 무겁게 한숨을 내쉬었다. 연잉군의 호위무사 김체건에게서 녹록지 않은 기운을 느낀 것이다. 그에 대한 분노가 연잉군에게 향했으나 억지로 참았다. 이복형제인 왕세자 이윤과 연잉군 이금의 대립이 갈수록 치열해지고 있다. 누군가는 싸워서 이길 것이고 누군가는 죽게 될 것이다. 임금은 두 아들 중에 하나가 죽는다는 사실을 생각하자 가슴이 타들어가는 것 같았다.

"네 이름이 무엇이냐?"

"신 김체건입니다."

"왜국에 가서 검술을 배워 오라. 하루 말미를 줄 것이니 즉시 떠나라."

김체건은 대답을 하지 않았다. 연잉군을 두고 떠나지 않겠다는 뜻이다. 왕명조차 따르지 않으려고 하니 연잉군에 대한 충성심을 엿볼 수 있다.

"네가 왜국으로 가지 않으면 연잉군에게 죄를 물을 것이다."

임금의 눈에서 매서운 살기가 번들거렸다.

'아.'

이이명은 가슴이 철렁했다.

"복명하라."

이이명이 김체건에게 낮게 영을 내렸다. 임금이 진노하기 전에 영을 따르라는 말이다. 임금이 진노하면 김체건은 물론 연잉군에게도 벌이 내릴 것이다. 이이명은 연잉군에게 피해가 가지 않게 하기 위해 김체건에게 눈을 부릅떴다.

"검술은 왜국 검술만 한 것이 없다. 식자(識者)들은 임진년에 조총 때문에 조선이 왜국에 패했다고 하나 실은 제대로 검을 다루는 무사가 없었기 때문이다."

김체건은 대답을 하지 않았다. 임금의 말은 임진왜란 때 조선군이 패한 일을 말하는 것이다. 어전에 팽팽한 긴장감이 감돌았다.

"어서 복명하지 못하겠느냐?"

이이명이 더욱 언성을 높여 호통을 쳤다.

"명을 따르겠습니다. 왜국에 가서 왜검을 배워 오겠습니다."

김체건이 냉기가 서린 목소리로 대답했다. 임금은 싸늘한 눈빛으로 김체건을 쏘아보았다. 김체건의 몸에서 여전히 빗물이 뚝뚝 떨어지고 있었다.

"물러가라. 이년 안에 돌아오지 마라. 단 하루, 단 한 시진이라도 빨리 돌아와서는 안 된다."

임금이 얼음 가루가 날릴듯이 차가운 목소리로 명을 내렸다. 김체건이 머리를 깊숙이 조아리고 물러갔다.

"경도 물러가라."

임금이 이이명에게도 명을 내렸다. 서릿발이 몰아치는 차가운 목소리다. 이이명은 하직 인사를 올리고 조심스럽게 편전인 희정전에서 물러나왔다.

'김체건이 오만하여 임금이 역정을 내신 거야.'

이이명은 임금의 눈에 살기가 서리는 것을 보고 못내 아쉬웠다. 멀리 연잉군과 김체건이 빗속에서 물러가는 것이 보였다. 그들의 모습은 비바람에 나부끼는 희정문 앞의 작은 후박나무처럼 위태로워 보였다.

'연잉군이 참으로 총명한데…….'

부질없는 것이 하늘의 뜻이고 알 수 없는 것이 임금의 속마음이다. 이이명은 한숨을 내쉬고 빗속에서 희정문으로 향했다. 그가 협문을 나서 빈청 쪽으로 가려고 하는데 대전내관 박상검이 지우산을 건네면서 귓속말을 전했다.

'전하의 계책이 참으로 절묘하구나.'

이이명은 박상검의 말을 듣고 무릎을 쳤다. 임금은 연잉군의 진영에서 가장 검술이 뛰어난 호위무사를 왜국에 파견해 미구에 있을지도 모를 왕세자 암살을 방지하려고 하는 것이다.

* * *

빗줄기는 동궁전에도 세차게 쏟아지고 있었다. 어제까지도 가뭄이 극심하더니 기우제를 지내자 비가 세차게 쏟아지고 있다. 조태구는 천천히 찻잔을 들어 입으로 가져갔다. 왕세자 이윤은 눈을 지그시 감고 있었다.

우르르.

대궐의 용마루 위에서 뇌성이 운다. 왕세자가 눈을 번쩍 떴다. 그 순간 왕세자의 눈에서 살기에 가까운 광채가 뿜어졌다. 광기와 슬픔이 묻어 있는 기이한 눈빛이었다.

'왕세자는 결코 유약한 분이 아니다.'

조태구는 왕세자의 눈에서 슬픔과 광기를 읽고 가슴이 서늘해져오는 것을 느꼈다. 그때 뇌성이 우르르 울다가 쾅! 하고 벽력이 떨어졌다. 조태구는 몸을 움찔했으나 왕세자는 미동도 하지 않았다.

'태산 같구나. 왕재가 틀림없어.'

조태구는 귀청을 찢을 것 같은 벽력에도 움직이지 않는 왕세자의 모습에 깊은 감동을 느꼈다. 왕세자는 얼굴이 창백하고 눈이 움푹 들어가 있었다. 겉으로는 병색이 완연하고 유약해 보였다. 그러나 가슴 속 깊은 곳에는 칼 한 자루를 품고 있는 것이 분명했다.

박복할사 여인의 운명이여, 한때 꽃으로 피어나던 여인은 사약을 받아 죽고 철없는 아들은 평생을 죄인처럼 사는구나.

조태구는 왕세자를 볼 때마다 희빈 장씨의 얼굴이 가뭇하게 떠올랐다. 왕세자는 장희빈의 아들이라 어릴 때부터 주위의 멸시를 받고 자랐다. 왕세자에 책봉되었으나 가슴에 한이 겹겹이 쌓여 있었다. 그 한이 폭발하면 천지간에 피바람이 몰아칠지도 모른다고 생각했다.

'후사라도 있었으면 노론이 기승을 부리지 못했을 텐데……'

조태구는 왕세자의 얼굴을 보면서 가슴이 무지근해져왔다. 왕세자는 심호의 딸 심씨를 부인으로 맞아들였으나 소생이 없었다. 세자빈 심씨가 젊은 나이에 병으로 죽자 어유구의 딸 어씨를 두 번째 세자빈으로 맞아들였으나 여전히 태기조차 없다. 세손이라도 낳았다면 연잉 군을 떠받드는 무리들이 감히 맞서려고 하지 않았을 것이다. 왕세자의 춘추가 서른이 되었는데도 왕자는커녕 공주도 낳지 못해 세간에 위질* 을 앓고 있다는 소문이 파다하게 나돌고 있었다.

---

* 痿疾. 음위증이라고 하여 성불능자를 일컫는 말.

'왕세자저하께서 여자들과 합방을 못 한다는군.'

소문은 조정대신들에게도 퍼졌다. 심지어 장희빈이 사약을 받을 때 발악을 하면서 아들의 고추를 잡아당겨 불구가 되었다는 해괴한 소문까지 나돌고 있었다.

"연잉군의 호위무사가 북검 제일고수 김체건이라고 했는가?"

왕세자가 낮고 조용한 목소리로 내뱉으면서 조태구를 쏘아보았다. 조태구는 장희빈을 대궐로 들일 때 결정적 공을 세우고 우의정을 지낸 조사석의 아들이자, 쟁쟁한 권세와 문명을 떨치고 있는 조태채와 조태억의 사촌 형이다. 그러나 그의 사촌들은 노론이다. 조선의 당쟁은 이제 형제들까지 갈라서게 하고 있었다.

"그러하옵니다."

조태구가 머리를 조아려 대답했다.

"그자가 왜국으로 간다면 서광표를 보내도 별 탈이 없겠지."

"예."

"부왕께서 이이명을 독대하여 무슨 말씀을 했는가?"

"전하께서는 별다른 말씀이 없었다고 합니다."

"부탁한다는 것은 무슨 뜻인가?"

조태구는 대답을 하지 않았다. 이이명이 말을 하지 않는데 임금과 무슨 말을 나누었는지 알 길이 없다. 임금이 이이명에게 연잉군을 부탁한다는 말을 했다는데 그 뜻을 알 수 없어서 곤혹스러웠다.

"의문이 있어서는 안 된다."

왕세자의 말은 이이명을 비롯한 노론의 음모를 막으라는 뜻이다.

"이이명을 탄핵하겠습니다."

조태구는 왕세자의 말을 알아듣고 비장하게 말했다. 이이명을 탄핵하면 그가 연잉군을 세우기 위해 음모를 꾸미지 못할 것이다.

"서광표를 부르라."

왕세자가 내관에게 영을 내렸다. 동궁전 내관이 영을 받들고 물러갔다. 조태구는 장대질을 하듯 쏟아지는 빗소리에 귀를 기울였다.

"신 대령했습니다."

서광표가 동궁전으로 들어와 머리를 조아렸다. 서광표는 왕세자를 호위하는 남검(南劍) 제일고수다. 김체건을 북검이라고 부르고 서광표를 남검이라고 부른다. 북검은 고구려의 무예에 뿌리를 두고 있고 남검은 가야의 격검에 뿌리를 두고 있다. 가야의 격검은 신라와 왜국으로 전파되었다. 북검은 노론, 남검은 소론과 함께하여 저잣거리의 무사들까지 양쪽으로 갈라서 대립했다.

"중국에 가서 검술을 배우겠는가?"

왕세자가 찌르듯이 날카로운 눈으로 서광표를 쏘아보면서 물었다.

"어명이니 따를 수밖에 없습니다."

서광표가 머리를 조아리고 대답했다. 임금이 그에게 중국에 가서 무예를 배워 오라고 왕명을 내린 것이다. 그러나 김체건을 일본에 보내고 서광표를 중국으로 보내는 것은 북검과 남검이 더 이상 피를 보지 않고 왕세자와 연잉군이 대립하는 것을 막기 위해서다.

'이년 안에 돌아오지 마라. 하루, 한 시진도 빨라서는 안 된다.'

임금의 목소리는 얼음장처럼 싸늘했다. 서광표는 속으로 반발했으나 복명하겠다고 아뢰고 동궁전으로 돌아온 것이다.

"청나라는 위험한 곳이다. 수하들을 데리고 가라."

왕세자가 영을 내렸다. 진심으로 서광표를 걱정하고 있었다.

"일고여덟 명을 데리고 가겠습니다."

"청나라의 검법은 용행검법(龍行劍法)이 고명하다고 한다."

용행검법은 명나라의 장군 척계광에게서 나온 검법이다. 척계광은 명나라의 장군으로 왜구와의 수십 차례 전투에서 모두 승리하여 군신(軍神)으로 불리는 인물이다. 용행검법을 창안하여 명나라 최고의 검객이라는 명성을 얻은 무인이기도 했다.

"반드시 용행검법을 배워 오겠습니다."

서광표가 더욱 머리를 조아렸다. 조태구는 왕세자와 서광표가 형제처럼 가까이 지내고 있다고 생각했다. 잠시 동궁전에 무거운 침묵이 흘렀다. 밖에서 내리는 빗줄기는 마치 하늘에 구멍이라도 뚫린 것 같았다.

"술을 가져오라."

왕세자가 영을 내렸다. 궁녀들이 촉박한 걸음으로 술을 가지고 왔다. 왕세자가 손수 옥잔에 술을 가득 따랐다.

"마시라. 내가 줄 것은 이것뿐이다."

"황공합니다."

서광표가 술잔을 받아 단숨에 들이켰다. 왕세자가 자신을 걱정하는 것 같아 가슴이 먹먹했다.

"비가 온다. 한 잔 더 마시라."

왕세자가 눈짓을 하자 궁녀가 다시 옥잔에 술을 따랐다. 서광표가 그 잔을 받아서 또다시 단숨에 비웠다.

"이번에 오는 비는 큰비다. 먼 길을 가려면 몸이 추울 것이다. 몸을 덥히는 데는 술이 좋다. 한 잔 더 마시라."

왕세자의 말에 궁녀가 다시 술을 따랐다. 이번에도 서광표가 단숨에 술잔을 비웠다.

"길이 멀다. 어서 떠나라."

"저하, 신이 돌아올 때까지 강령하십시오."

서광표가 머리를 조아리고 물러갔다. 왕세자는 그와 눈을 마주치지 않기 위해 고개를 외로 꼬았다. 조태구는 왕세자가 서광표를 떠나보내는 걸 슬퍼한다는 것을 눈치챘다. 왕세자는 정이 많은 인물이다.

"경도 물러가라."

왕세자가 조태구에게 영을 내렸다. 조태구가 하직 인사를 올리고 동궁전을 나오는데 어두운 하늘에서 푸른빛이 번쩍했다. 이어 귀청을 찢어놓을 것 같은 벼락이 동궁전의 소나무에 떨어졌다. 푸른 섬광이 빗줄기 사이로 하늘을 가르고 동궁전에 내리꽂힌 것이다.

'아.'

조태구는 경악하여 눈을 감았다가 떴다.

소나무가 세찬 빗줄기 속에서 우지끈하고 부러졌다. 빗줄기 사이로 매캐하게 탄내가 풍겼다.

'아아, 이 무슨 불길한 징조인가?'

조태구는 소나무가 쓰러지는 것을 보고 가슴이 철렁했다. 행랑에 있던 내관과 궁녀들이 우르르 몰려나와 얼굴이 하얗게 변해, 불타는 소나무를 보며 웅성거렸다.

<u>2</u>

은행나무 집 소녀

일본으로 가기 위해 마포나루에서 배를 타자 가슴 깊은 곳에서 어떤 슬픔 하나가 목울대를 타고 올라왔다. 배가 선착장에서 멀어지자 어린 시절의 추억이 깃들어 있는 곳, 어머니와 형의 남루한 기억이 떠도는 먼지처럼 부유하는 곳…… 그 슬픔의 땅이 눈이 시리도록 아프게 펼쳐졌다. 김체건은 가슴을 가만히 움켜쥐었다. 비 때문에 마포강도 나루도 물걸레처럼 젖어 있었다.

어머니는 마포나루에서 생선장수를 했다. 김체건이 어머니를 생각할 때마다 먼저 떠올리는 것은 비릿한 생선 냄새였다. 포도청 종사관을 지낸 아버지가 갑자기 세상을 떠나자 집안이 폭삭 기울어 어머니가 생계를 이어가야 했다. 김체건은 생선장수를 하는 어머니 치마폭에 매달려 마포나루에서 자랐다. 어머니는 형 승건을 애지중지하면서 키웠다. 승건은 마포나루에서 책벌레로 소문이 자자했다. 생선장수를 하는 어머니 옆에 앉아서 하루도 손에서 책을 놓는 일이 없었다.

"우리 집안을 일으킬 놈은 승건이밖에 없다."

어머니가 항상 말했다. 마포나루 장사꾼들도 형이 조만간 과거에 급제할 것이 틀림없다고 했다.

마포나루에는 서해안에서 올라오는 각종 생선이나 새우젓, 미역, 쌀 등을 거래하는 난전이 있었다. 노들나루, 송파나루와 함께 한양에서 가장 번다했다. 나루 근처에 난전이 서고 어물을 파는 아낙네들이 길게 줄을 지어 앉아서 장사를 했다.

난전이 많고 드나드는 물자가 풍성하여 색주가를 비롯해 여관과 주막이 줄줄이 들어서고, 돈이 많이 돌아 모리배와 건달패들이 활개를 치고 돌아다녔다. 술 취한 사람들이 행패를 부리거나 장사꾼들이 멱살잡이를 하여 조용한 날이 하루도 없었다. 김체건은 서광표, 오철삼 패거리와 어울려 마포나루를 휘젓고 돌아다녔다.

"이놈 새끼, 왜 책을 안 읽고 싸돌아다녀?"

어머니는 그럴 때마다 눈알을 부라리면서 호통을 쳤다. 어머니는 몸이 뚱뚱하고 입이 거칠었다. 양반의 부인이었으나 생선장수를 하면서 두 아들을 키우느라고 사납고 억센 여자가 되어 있었다.

어머니는 몸이 뚱뚱해서 가슴도 컸다. 나루터 난전을 오가는 남정네들이 음침한 눈빛으로 어머니를 훔쳐보는 것도 가슴 때문이었다.

어머니의 생선 난전 근처에 심술이 사나운 미역장수가 있었다. 마포나루 사람들은 그를 미역장수 박가라고 불렀다. 미역장수 박가는 김체건이 걸핏하면 난전에 펼쳐놓은 미역을 뜯어 먹었기 때문에 나타나기만 하면 눈알을 부라리고 욕설을 퍼부었다.

"대체 자식 교육을 어떻게 시키는 거요? 이런 걸 새끼라고 싸질러 놓았으니……."

박가는 김체건을 볼 때마다 양반 자식이 아니라 상놈 자식이라고 욕설을 퍼부었다.

"뭐가 어째? 우리 막동이가 뭘 잘못했다는 거요?"

어머니는 장사치들이 아들을 욕하면 눈부터 부릅떴다.

"애새끼가 시장 바닥이나 싸질러 돌아다니니 장차 무엇에 쓰겠소?"

"두 발 달린 애들이 돌아다니는 것은 당연한 일이오. 당신이 싸질러 놓았소? 왜 남의 아들을 갖고 시비를 거는 거요? 영의정을 지낸 오성 대감도 어릴 때는 천하의 개망나니였소."

어머니는 미역장수 박가의 항의에 콧방귀를 뀌었다.

"오성대감이 누구요?"

박가가 어리둥절하여 어머니를 쳐다보았다.

"누구긴 누구야? 체건이 증조할아버지지. 그러니 우리 막동이 건드리는 놈은 이렇게 토막을 낼 테니 그런 줄 알아. 천민이 어디서 감히 양반 자식을 능멸해?"

어머니가 눈알을 희번덕거리면서 생선을 토막 내는 칼로 명태 머리를 탁 잘랐다. 미역장수 박가는 그 서슬에 놀라 슬그머니 꽁무니를 빼고 사라져버렸다.

"엄마, 오성대감이 진짜 우리 증조할아버지야?"

김체건이 쭈뼛거리면서 물었다. 오성과 한음 대감에 대해서는 이야기로 많이 들었다.

"이놈 새끼야, 밥 세끼 잘 처먹고 무슨 헛소리야? 오성대감은 이씨고 너는 김가잖아?"

어머니가 김체건의 머리를 사납게 쥐어박았다.

'내가 헛소리를 했다고? 오성대감이 증조할아버지라고 말한 건 어머니면서…….'

김체건은 고개를 갸우뚱하고 청파천을 향해 달려갔다. 날씨가 너무 더워 개울에서 멱을 감아야 했다.

* * *

냇물에서 눈이 벌게지도록 뛰어놀다가 돌아가는 길이었다. 김체건은 대갓집 자제 복장을 한 이금과 나란히 아이들을 따라 걸었다. 이금이 항상 뒤처졌기 때문에 김체건도 뒤처졌다. 강가의 채마밭에 오이가 열려 있었다. 아이들은 배가 고팠던 참이라 우르르 몰려가 오이를 따먹었다.

"도적질이다."

이금이 혼잣말로 중얼거렸다. 이금은 구름재에 살았는데 양반이고 얼굴이 하얘서 흰둥이라고 불렀다.

"오이 하나 따먹는데 무슨 도적이냐?"

김체건이 눈살을 찌푸리고 비아냥거렸다.

"좁쌀 한 톨을 훔쳐도 도적이다."

이금이 지지 않고 맞섰다.

"오이 하나 훔친 게 무슨 도적이냐? 양반들은 천민들의 계집도 훔치고 땅도 훔치더라. 진짜 도적이야 양반놈들이지."

서광표가 사납게 눈알을 부라렸다. 이금이 주춤하여 한 걸음 물러섰다.

"이놈들! 왜 남의 오이를 도적질해? 모조리 잡아다가 포도청에 넘길 테니 게 섰거라."

그때 밭 주인이 멀리서 소리를 질렀다.

"얘들아, 튀어!"

아이들은 함성을 지르면서 마포나루 쪽으로 빠르게 달려갔다. 그들이 한참을 달렸을 때 작은 개울에서 빨래를 하는 소녀가 보였다. 밭 주인은 소리만 질렀을 뿐 쫓아오지 않았다.

"얘들아, 장전하자."

서광표가 아이들에게 말했다. 아이들이 낄낄대면서 엉덩이를 까 내렸다. 김체건은 어쩐지 꺼림칙했다. 아이들이 깔깔대는 소리에 노랑저고리에 다홍치마를 입은 소녀가 고개를 돌렸다. 눈이 선연하게 맑은 소녀였다. 김체건은 소녀와 눈이 마주치자 얼굴이 확 달아오르고 가슴이 쿵하고 내려앉는 것 같았다. 아이들이 바지를 내리는 것을 보고 소녀가 당황하여 고개를 획 돌렸다.

"발사."

아이들이 소녀가 있는 쪽을 향해 일제히 소변을 갈겨댔다. 소녀가 당황하여 서둘러 빨래 그릇을 챙겨가지고 돌아가기 시작했다. 아이들이 손가락질을 하면서 웃었다.

"음란하다."

이금이 마땅치 않은 표정으로 뒷짐을 지고 하늘을 쳐다보았다.

'횐둥이는 광표가 싫어하는 소리만 골라서 하네.'

김체건은 이금의 양반 말투에 짜증이 났다. 아이들은 소변을 보고 소녀를 따라가기 시작했다. 그들이 얼마 가지 않았을 때 검은 개 한 마리가 오두막 앞에서 무엇인가 먹고 있는 것이 보였다.

서광표가 밭에 울타리를 만들기 위해 쌓아놓은 막대기를 하나 주워 들고 검은 개를 때리는 시늉을 했다. 검은 개가 서광표를 노려보면서 으르렁거렸다. 그러나 서광표도 지지 않고 작대기를 휘둘렀다.

"덤벼! 덤벼봐, 개새끼야!"

서광표의 눈에서 알 수 없는 광기가 뿜어져 나왔다.

김체건은 긴장하여 검은 개와 서광표를 응시했다. 검은 개가 더욱 사납게 으르렁거렸다. 김체건은 혹시라도 검은 개가 달려들까봐 막대기를 주워 들었다. 그때 검은 개가 으르렁거리면서 서광표를 향해 사납게 달려왔다. 서광표가 깜짝 놀라 달아나기 시작했다. 검은 개가 미친 듯이 사납게 달려오자 앞에 가던 아이들이 놀라서 밭으로 뛰어들고 강둑으로 굴렀다. 검은 개는 목표물을 놓치자 빨래 그릇을 들고 가는 소녀를 향해 달려들었다. 소녀가 날카로운 비명을 지르면서 쓰러졌다.

"저런 나쁜 놈……."

김체건은 검은 개가 소녀를 덮치자 막대기를 들고 달려갔다. 검은 개가 소녀의 종아리를 물고 으르렁거리고 있었다.

"이놈! 저리 가지 못해?"

김체건은 막대기로 검은 개를 사정없이 내리쳤다. 어디서 그런 용기가 생겼는지 몰랐다. 아이들은 김체건을 항상 코찔찔이라고 불렀다. 겁이 많고 소심하여 무서운 것을 보면 가장 먼저 달아나거나 숨었다. 도망을 칠 때는 걸음이 하도 빨라 발이 보이지 않는다고 했다. 그런데 자신도 모르게 검은 개를 향해 달려가 막대기를 휘두른 것이다.

검은 개는 소녀에게서 떨어지지 않았다. 김체건은 그 짧은 순간에도 검은 개를 물리치려면 급소를 때려야 한다고 생각했다. 막대기로 검은 개의 머리를 힘껏 내리쳤다. 검은 개가 깨갱 하고 달아났다. 김체건은 가쁜 호흡을 고르면서 안도의 한숨을 내쉬었다. 소녀는 땅바닥에 쓰러져 울고 있었다.

"개에게 물렸으니 빨리 의원에게 데리고 가거라."

이금이 뒤에 와서 말했다. 소녀의 종아리에서 피가 흘러내리고 있었다.

"어떻게 의원에게 데리고 가?"

김체건은 가쁜 호흡을 고르면서 어눌하게 물었다.

"업어서 가야지. 환자가 아니냐?"

"그럼 네가 업어."

"남녀칠세부동석인데 내가 어떻게 업겠느냐? 네가 업어라."

김체건이 이금과 옥신각신하고 있을 때 소녀가 울면서 일어서려고 했다. 그러나 소녀는 고통스러워하면서 다시 주저앉았다.

"소녀의 다리를 묶어줘라. 다리에 피가 흐른다."

"뭘로 묶어?"

"네 머리를 묶은 천을 풀어서 감아주면 되잖느냐? 우선 피를 멈추게 해야 한다."

이금이 혀를 차면서 말했다. 김체건은 뒷짐만 지고 지시를 하는 이금이 얄미웠다. 그러나 소녀가 고통스러워하면서 울고 있었다. 김체건은 머리에 감은 천을 풀어 소녀의 다리에 묶었다. 소녀가 입술을 깨물고 김체건을 쳐다보았다. 소녀와 눈이 마주치자 김체건은 다시 가슴이 찌르르 울렸다. 재빨리 눈을 내리깔아 소녀의 시선을 피했다. 이상하게 얼굴이 화끈거려 소녀의 얼굴을 볼 수 없었다.

"업어라. 의원으로 데려가자."

이금이 다시 말했다.

"저의 집이 가까워요. 집까지만……."

소녀가 기어들어가는 목소리로 말했다. 집까지만 데려다달라는 것 같았다. 김체건은 당황하여 우물쭈물했다. 소녀가 울면서 김체건을 쳐다보고 있었다. 김체건은 어쩔 수 없다고 생각했다. 소녀를 등에 업었는데 무거워서 걸음이 잘 떨어지지 않았다.

문득 등에 업은 소녀에게서 좋은 냄새가 풍겼다.

소녀의 집은 냇가에서 멀지 않았다. 기와집이었으나 허름했고 담이 무너져가고 있었다.

"이리 오너라."

이금은 대문이 열려 있는데도 소리를 질렀다. 저런 미친놈. 김체건은 소녀를 업고 대문 안으로 들어갔다. 중년 사내가 사랑에 앉아서 책을 읽고 있었다. 그는 김체건이 땀을 뻘뻘 흘리면서 소녀를 업고 들어가자 깜짝 놀라 맨발로 달려 나왔다.

"이게 어찌된 일이냐?"

사내가 소녀를 안아서 방으로 들어가면서 물었다.

"개에게 물렸소."

이금이 뒷짐을 지고 거만하게 대답했다.

* * *

이금은 집으로 돌아가고 김체건은 냇가 쪽으로 천천히 걸었다. 소녀가 개에게 물린 일이 꿈만 같았다. 어떻게 이런 일이 있을 수 있을까. 냇가에 우두커니 서 있다가 집으로 돌아오는데 눈물이 가득한 소녀의 얼굴이 자꾸만 떠올랐다.

김체건은 이튿날 날이 밝자마자 냇가로 달려갔다. 그러나 소녀는 보이지 않았다. 김체건은 한참을 서 있다가 집으로 돌아왔다. 오는 길에는 이상하게 두 다리에 기운이 없고 맥이 풀렸다. 김체건은 오후에도 냇가로 가고 해 질 무렵에도 냇가로 갔다.

그 이튿날도 가고 사흘째도 갔다. 그러나 소녀는 좀처럼 빨래를 하러 오지 않았다. 김체건은 수양버들 밑에 우두커니 앉아서 냇물을 하염없이 내려다보았다.

"여기서 무얼 하느냐?"

언제 왔는지 이금이 김체건의 어깨를 툭 치면서 물었다. 김체건은 대답을 하지 않았다.

"너 뭐 잃어버렸어?"

서광표도 마땅치 않다는 듯이 아래위를 훑어보았으나 대답하지 않았다. 아이들은 김체건이 대꾸를 하지 않자 자기들끼리 난전으로 몰려갔다. 김체건은 느릿느릿 걸어서 소녀의 집으로 갔다. 그러나 대문은 굳게 닫혀 있었고 소녀의 모습은 보이지 않았다.

'많이 아픈가보구나.'

김체건은 소녀가 아파서 밖으로 나오지 못하는 것이라고 생각했다.

소녀의 집 앞에서 마냥 기다리기가 지루하여 『대학』을 외기 시작했다. 사서오경은 아버지에게 학문을 배울 때 이미 줄줄 외웠었다. 다음 날은 『효경』을 외우고 그다음 날은 『서경』을 외웠다. 문득 몇 년 전에 죽은 아버지의 얼굴이 떠올랐다.

'어린 네가 재주가 기이하구나. 어찌하여 한 번 본 것을 모두 외운다는 말이냐?'

아버지는 김체건이 사서오경을 외는 것을 보고 오히려 근심했다.

'재주가 기이하게 뛰어나도 하늘의 시기를 받는 법이다. 재주를 함부로 드러내지 마라.'

아버지는 죽기 전에 김체건의 손을 잡고 당부했다. 김체건은 그때부터 사람들 앞에서 책을 외지 않았다.

김체건은 매일같이 소녀의 집으로 달려가서 책을 외웠다. 날씨가 더울 때도 있고 비가 내릴 때도 있었다. 소녀는 행랑채의 창문을 살며시 열고 김체건을 내다보고는 했다. 소녀가 내다볼 때는 얼굴이 화끈거리고 가슴이 뛰었다.

비가 오던 어느 날이었다. 김체건이 은행나무 밑에서 비를 피하고 있는데 소녀가 치맛자락을 말아 쥐고 달려 나왔다.

"이거……."

소녀가 수줍게 얼굴을 붉히면서 지우산을 건네주었다. 김체건이 지우산을 받자 활짝 웃고는 비를 맞으면서 집으로 뛰어 들어갔다. 김체건은 지우산을 쓰고 행복이 충만하여 집으로 돌아왔다.

"이놈아, 누굴 찾아왔냐?"

하루는 노파가 대문을 열고 나오다가 수상스러운 눈빛으로 김체건의 아래위를 살폈다.

"그, 그냥이요. 지나가는 길이에요."

김체건은 당황하여 간신히 대답했다.

"허우대는 멀쩡하게 생긴 놈이 양반 처자 꽁무니를 따라 다녀? 아서라, 그러다가 경을 칠라. 이놈아, 우리 아가씨는 여주 외가에 내려갔다. 아파서 당분간 여주에서 지낸다고 하더라. 그러니 얼씬도 하지 마라."

노파가 지팡이로 때릴 듯이 삿대질을 하다가 멀어져가기 시작했다. 김체건은 지그시 입술을 깨물었다. 자신도 모르게 눈물이 주르르 흘러내렸다. 소녀는 여름이 다 가도록 돌아오지 않았다. 김체건은 매일같이 냇가에 갔다가 소녀의 집을 찾아갔다. 소녀가 나타날까봐 가슴을 졸이면서 살피다가 허전한 마음으로 집으로 돌아왔다.

"이놈 새끼가 귀신에 홀렸나? 왜 비 맞은 병아리처럼 비실대? 어디 아프냐?"

어머니가 소리를 질렀으나 김체건은 대답하지 않았다. 그러던 어느 날이었다. 우연히 냇가를 지나가는데 소녀가 빨래를 하는 것이 보였다. 김체건은 자신이 잘못 본 게 아닌가 하고 생각했다.

얼굴이 화끈거리고 가슴이 뛰었다. 아아, 어쩌면 저렇게 아름다울까. 김체건은 소녀가 빨래하는 것을 오랫동안 지켜보았다. 등 뒤에 인기척을 느낀 것일까. 문득 소녀가 뒤를 돌아보았다.

소녀와 김체건의 눈이 마주쳤다. 소녀의 눈이 한 쌍의 보석처럼 반짝였다. 그러더니 깜짝 놀란 듯이 다시 빨래를 하기 시작했다. 가을이었다. 바람은 서늘하고 공기는 청량했다. 이따금 노랗게 물든 수양버들 잎사귀가 하늘거리고 떨어져 개울물을 따라 흘러갔다.

김체건은 넋을 잃은 듯이 소녀가 빨래하는 것을 지켜보았다.

소녀가 빨래 그릇을 들고 일어섰다. 그러고는 강둑으로 올라와 집으로 걸어가기 시작했다. 소녀가 그를 힐끗 쳐다보고 수줍은 듯이 웃었다.

김체건은 즐거운 마음으로 집으로 돌아왔다. 냇가에서 빨래하는 소녀를 다시 본 것이 꿈만 같았다. 밥상을 펴놓고 서책을 펼쳤으나 소녀의 하얀 얼굴만 떠올랐다. 소녀를 생각하자 저절로 웃음이 나왔다.

"저놈이 실성을 했나? 왜 혼자서 히죽거리고 웃어?"

어머니가 장사를 하고 돌아와서 눈을 끔벅거렸다.

소녀는 이튿날도 빨래를 하러 왔다. 김체건은 강둑에 앉아 소녀가 빨래를 하는 것을 오랫동안 지켜보았다. 소녀가 이따금 뒤를 돌아보았다. 이제는 놀라지도 않고 당황해하지도 않았다. 김체건은 소녀가 집으로 돌아갈 때 따라갔다. 검은 개가 나타나면 쫓아버리려고 막대기를 주워 들었다. 소녀가 뒤를 돌아보고 생긋 웃었다.

이튿날 김체건은 소녀의 앞에서 걸었다. 소녀가 그를 향해 눈웃음을 날렸다. 김체건은 소녀를 보면서 뒤로 걸었다. 그러다가 뒤로 꽈당 넘어졌다. 소녀가 깜짝 놀란 표정을 짓다가 김체건이 엉덩이를 털고 일어서자 까르르 웃음을 터뜨렸다.

소녀의 이름은 월이였다.

* * *

방울 소리가 찰랑거리는 것 같은 맑은 웃음소리였다. 웃음소리가 환청처럼 귓전에 부서졌다. 눈을 감으면 가뭇하게 떠오르는 얼굴, 지붕 위의 박꽃처럼 조그맣고 하얀 얼굴…… 세상에 어느 것도 월이처럼 아름답지는 않으리라고 생각했다. 그런 월이가 갑자기 빨래를 하러 나오지 않았다. 김체건은 냇가의 수양버들 밑에서 기다리다가 월이의 집으로 터벅터벅 걸어갔다. 월이의 집은 대문이 굳게 닫혀 있었다. 김체건은 은행나무 밑에서 하염없이 서성거리다가 쓸쓸하게 집으로 돌아왔다.

"이 댁 나리가 참의가 되었다."

하루는 김체건이 은행나무 밑에서 서성거리고 있는데 노파가 나와서 말했다.

"그래서 문안으로 이사를 갔어."

노파의 말에 김체건은 다리에 맥이 탁 풀렸다. 문안으로 이사를 갔다는 것은 사대문 안으로 들어갔다는 말인 것이다. 그랬구나. 그래서 월이가 빨래를 하러 나오지 않는구나. 이제 월이를 다시 만날 수 없다고 생각하자 김체건은 한줄기 차가운 바람이 가슴을 스치고 지나가는 것을 느꼈다. 자신도 모르게 눈물이 흘러내렸다.

가을이 가고 겨울이 왔다. 그해 겨울은 몹시 추웠으나 김체건은 때때로 월이를 생각했다. 그리고 봄이 왔다.

'봄이 왔으니 나에게도 좋은 일이 있을 거야.'

김체건은 바람이 따뜻해지고 양지쪽에 파릇파릇 봄풀이 돋아나자 그렇게 생각했다. 김체건은 마포나루를 뛰어다니면서 놀았다.

마포나루에 김치돌이라는 무뢰배가 있었다. 김치돌은 패거리들을 거느리고 마포나루를 휘젓고 다녔다. 그들은 걸핏하면 난전 상인들에

게 주먹을 휘두르고 돈을 갈취했다. 어머니에게도 돈을 뜯어가고 한쪽
에서 책을 읽고 있는 형의 머리통을 쥐어박고는 했다.

"인마, 장사꾼 주제에 무슨 책을 읽어?"

패거리 중에 중간 두목인 영춘이 형 승건을 비웃었다.

"이놈! 상놈이 감히 어디라고 양반을 희롱하느냐?"

형이 벌떡 일어나서 소리를 질렀다. 김체건은 평소에는 얌전하던
형이 그날따라 소리를 지르는 것을 보고 깜짝 놀랐다.

"뭣이 어째? 네까짓 놈이 무슨 양반이야? 양반이 다 얼어 죽었냐?"

영춘이 형의 뺨을 때리고 발길로 내질렀다. 느닷없이 일어난 일이
었다. 영춘에게 발길질을 당한 형이 배를 움켜쥐고 데굴데굴 굴렀다.

"이놈들, 누구에게 행패냐?"

성질이 불같은 어머니가 눈을 치뜨고 영춘에게 달려들었다.

"이 여편네가 미쳤나?"

영춘을 비롯하여 김치돌 패거리가 어머니를 발길로 내질렀다. 어머
니가 비명을 지르고 나뒹굴고 난전 상인들이 몰려들었다.

"뭘 봐? 눈깔을 뽑아버리기 전에 썩 꺼져!"

영춘이 눈알을 부라리면서 소리를 지르자 사람들이 슬그머니 꽁무
니를 사렸다. 김체건은 김치돌 패거리의 눈치를 살피면서 한쪽에 숨
었다. 영춘과 눈이 마주칠까봐 덜컥 겁이 났다. 그와 눈이 마주치면 무
자비한 발길에 얻어맞을 것 같았다. 영춘은 어머니까지 마구 발길질을
한 뒤에 돌아갔다. 어머니는 비통하여 아무 말도 하지 않고 눈물만 흘
리고 형은 이를 악물었다.

어머니는 밤새도록 끙끙 앓았다.

형은 이튿날 포도청으로 달려가 정장*을 올렸다. 포도청은 형이 올린 정장을 나이가 어리다고 받아들이지 않았다. 형은 승정원으로 달려가 정장을 올렸다. 형은 그때 열네 살이고 김체건은 열두 살이었다. 열네 살의 소년이 정장을 바쳤다고 승정원에서 탄복하여 임금에게 바로 올렸다.

"무뢰배들이 양반의 부인을 폭행하니 한양의 치안이 어찌 이 모양인가? 이러고도 도적 잡는 대장이라고 할 수 있는가?"

임금은 대노하여 포도대장을 교체했다. 포도대장에 새로 임명된 사람은 이인하**였다. 이인하는 검계와의 전쟁을 선포하고 검계 패거리들을 대대적으로 검거하기 시작했다. 마포나루에도 검거 선풍이 불어 마포나루를 휘젓고 다니던 김치돌 패거리가 줄줄이 잡혀갔다. 그러나 그것으로 끝나지 않았다. 모든 사단이 형 때문에 일어난 것으로 생각한 김치돌의 패거리들이 이를 갈았다.

"만약 우리를 모두 죽이지 못하면 종말에는 너희들 배에다 칼을 꽂을 것이다."

김치돌 패거리들이 마포나루 곳곳에 방문을 붙였다. 사람들이 방문을 보고 몸서리를 쳤다. 김체건은 상황이 이상하게 돌아간다고 생각했다. 김치돌 패거리가 잡혀가면서 무거운 공기가 마포나루를 짓눌렀다. 김치돌의 부인은 날마다 포도청 앞에 와서 울부짖는다고 했다. 김체건은 무엇인가 불길한 일이 닥쳐오고 있는 기분이었다.

"이놈 때문에 우리 동료들이 죽었다."

---

* 呈狀. 진정서.
** 李仁夏. 숙종시대 전설적인 포도대장.

하루는 김치돌 패거리가 관(棺)을 가지고 김체건의 집으로 갑자기 뛰어 들어왔다. 김치돌이 양화진에서 사형을 당했다고 했다. 대문을 걷어차고 무뢰배들이 우르르 들이닥치자 김체건은 가슴이 철렁했다. 그들은 형에게 마구 발길질을 하면서 김치돌을 살려내라고 눈알을 부라리고 악을 썼다.

"이놈들! 왜 남의 집에 와서 행패를 부리는 것이냐?"

어머니가 눈이 뒤집혀 장작을 주워 들고 휘둘렀다.

"이년이 환장을 했네."

김치돌 패거리는 더욱 사나워졌다. 그들은 어머니의 머리채를 휘어잡고 흔들면서 사정없이 발길질을 했다. 마을 사람들이 몰려와 웅성거리면서 구경을 했으나 김치돌 패거리가 무서워 감히 접근하지 못했다.

"이 밤톨 같은 새끼가 동생이야?"

김치돌 패거리는 김체건도 뺨을 때리고 발로 찼다. 김체건은 뺨을 얻어맞았을 때 눈에서 불이 일어나는 것 같았다. 그들의 발길질에 창자가 끊어지는 것처럼 고통스러웠다.

"내 서방 살려내! 너희들 때문에 내 서방이 죽었어!"

김치돌의 부인이 어머니에게 달려들어 악다구니를 퍼부었다. 김체건은 그들에게 매를 맞으면서도 구경꾼 중에 이금과 월이가 있는 것을 보았다. 김체건은 그들을 보자 아무 저항도 하지 못하는 자신이 수치스러웠다. 김치돌 패거리의 행패는 오랫동안 계속되었다. 그때 구경을 하던 사람들이 술렁거리기 시작했다. 어머니와 형에게 발길질하고 집 안을 때려 부수던 김치돌 패거리가 당황한 기색으로 후닥닥 방에서 뛰어나갔다.

양화진의 무관이 군사들을 거느리고 나타난 것이다. 김치돌 패거리는 시체가 들어 있는 관까지 버리고 달아났다.

"연잉군 마마의 지시다. 무뢰배들을 모조리 잡아들이라!"

진의 장수가 군사들에게 명령을 내렸다. 군사들이 김치돌 패거리를 쫓아 우르르 달려갔다. 이금이 의원을 데리고 왔다. 얼마나 몰매를 맞았는지 어머니는 끙끙 앓고 있었고 형은 의식이 없었다. 형은 의원의 침을 맞은 뒤에도 김체건을 희미한 눈으로 쳐다볼 뿐이었다.

"형 죽으면 안 돼."

김체건은 형의 손을 잡고 울었다. 어머니는 침을 맞은 뒤에도 넋을 놓고 있었다. 이내 해가 떨어지고 밤이 왔다. 어머니는 끙끙 앓았고 형은 신음 소리조차 지르지 못하고 있었다. 김체건은 하염없이 눈물만 흘렸다. 그날 밤은 유난히 길었다. 김체건은 몇 번이나 잠에서 깨어났다. 잠이 깊지 못해 벽에 기대어 잠을 자다가 눈을 떠보면 아직도 캄캄한 밤중이었다. 새벽에 눈을 뜨자 형은 싸늘한 시체가 되어 있었다.

"형이 죽었는데 이러고 있으면 어떡해?"

서광표가 형을 살피고 놀라서 소리를 질렀다. 김체건은 멍하니 서광표를 쳐다보았다. 형이 죽었다는 사실이 믿기지 않았다.

"어머니, 형이 죽었어요."

서광표가 초점이 희미한 어머니의 눈을 들여다보면서 어깨를 흔들었다. 어머니는 실성을 한 듯 히죽거리고 웃기만 했다. 날이 완전히 밝자 사람들이 몰려와 웅성거리고 혀를 찼다. 김체건은 어머니 옆에 쓰러져 잠을 잤다. 이상하게 잠이 쏟아져 견딜 수가 없었다. 손바닥처럼 작은 창으로 난전에서 사람들이 떠드는 소리가 들렸다. 김체건은 우두커니 천장을 쳐다보았다. 서광표가 무어라고 이야기를 했으나 귀에 들어오지 않았다.

낮이 가고 밤이 왔다. 김체건은 불을 켜고 어머니와 형을 보았다. 어머니는 여전히 눈에 초점이 없었고 죽은 형은 입을 딱 벌리고 있었다.

"사람이 죽었으니 시체를 묻어야 해."

이튿날 아침에 서광표가 지게를 지고 왔다. 그는 형의 시신을 가마니에 둘둘 말아서 지게에 지고 만리재로 가서 무덤을 팠다. 형의 시체를 땅에 묻었을 때는 해가 설핏하게 기울고 있었다.

"양반들을 모두 죽여야 돼."

형을 만리재에 묻고 나자 서광표가 한강을 내려다보면서 말했다. 한강은 피를 뿜은 것처럼 노을로 붉게 물들고 있었다.

서광표의 눈에 알 수 없는 광기가 번들거리고 있었다. 집으로 돌아오자 어머니가 보이지 않았다. 김체건은 방으로 들어가 누웠다. 어머니는 밤이 깊어도 돌아오지 않았다. 김체건은 불도 켜지 않고 있다가 선잠을 잤다. 잠이 들면 꿈속에 김치돌 패거리들이 나타나 죽은 형을 때리고 어머니에게 발길질을 했다. 어떤 때는 김체건을 깔고 앉아 목을 누를 때도 있었다.

김체건은 그럴 때마다 벌떡 일어나 캄캄한 어둠 속을 노려보았다. 어머니는 이튿날도 돌아오지 않았다. 김체건은 아침이 되자 벽에 기대 앉아 우두커니 천장을 쳐다보았다.

어머니는 다음 날도 돌아오지 않았고 그다음 날도 돌아오지 않았다. 사람들이 실성하여 돌아다니는 어머니를 남대문에서 보았다고도 하고 육의전 거리에서 보았다고도 했다. 김체건은 멍하니 앉아 있다가 방바닥에 쓰러져 잠이 들었다. 얼마나 잠을 잤는지 알 수 없었다.

"어머니가 없다고 굶고 있으면 어떡해?"

여자가 김체건을 안아 일으키면서 말했다. 서광표의 누나 애숙이었다. 그녀를 보자 이상하게 눈물이 왈칵 쏟아졌다.

"죽인데 식기 전에 좀 먹어라. 먹고 기운을 차려야지. 광표와 철삼이가 네 엄마를 찾으러 갔어."

애숙이 죽을 떠서 김체건의 입에 넣어주었다.

"광표가 너를 업고 왔어. 당분간 우리 집에서 지내."

김체건은 그제야 통곡을 하고 울기 시작했다.

3

무예의 길에 들어서다

찬바람이 불었다. 얼굴을 할퀴는 바람이 매서웠다. 김체건은 옷깃을 바짝 여미고 터벅터벅 걸었다. 날씨가 살을 에는 듯이 추워 몸이 으슬으슬 떨렸다. 따뜻한 방에 있을 걸 그랬다는 생각이 빠르게 뇌리를 스치고 지나갔다. 어머니를 찾아다니기 시작한 지 벌써 다섯 달째였다. 서광표와 철삼을 비롯하여 마포나루 걸인패들까지 어머니를 찾아다녔으나 도무지 행방을 알 수 없었다.

"추운데 일찍 들어와."

김체건이 아침에 집을 나설 때면 으레 애숙이 옷깃을 여며주면서 살뜰하게 말했다. 김체건은 애숙에게 미안했다.

"알았지? 길에서 쓰러지면 얼어 죽는다."

애숙이 다짐을 하듯이 말했다.

"알았어."

김체건은 고개를 끄덕이고 집을 나왔다. 서광표는 지난밤에 나가서 돌아오지 않고 있었다. 어쩌면 집으로 돌아오다가 경수소*에 잡혀 있는지도 모를 일이었다. 집을 나와 동작나루 쪽으로 가다가 남대문 쪽으로 걸음을 떼어놓았다. 강둑을 걷자 칼날 같은 바람이 얼굴을 할퀴었다. 서강이 얼어붙어 얼음이 은빛으로 반짝이고 있었다.

멀리 용산강 쪽에서 얼음을 캐는 사람들이 보였다. 용산강은 한겨울이면 장정들이 얼음을 캐서 서빙고에 저장했다.

김체건은 어깨를 움츠리고 계속 걸었다. 날씨가 추운 탓에 거리에는 사람들의 모습이 보이지 않았다. 이내 남대문 밖 칠패시장에 이르렀다. 남대문 밖에는 으레 난전이 벌어지고는 했는데 날씨가 추워 장사를 하러 나온 사람이 없었다.

겨울이라 몹시 추웠다. 애숙이 열심히 일했으나 쌀이 떨어지는 일이 많았다. 그녀는 시래기죽을 끓여 먹으면서도 김체건에게 집에서 나가라고 하지 않았다.

"어머, 웬 쌀이야?"

하루는 아침에 일어나자 쌀 한 가마니가 마당에 있었다.

"어떤 놈이 우리 집에 갖다놓았지? 도둑놈 짓인가?"

서광표가 고개를 갸우뚱하고 눈을 부릅떴다.

"건드리면 안 돼. 우리가 먹으면 포도청에서 도둑이라고 잡아갈 거야."

서광표가 쌀을 먹지 못하게 했다. 그러나 사흘이 지나 쌀이 떨어지

---

* 警守所. 조선시대의 파출소. 주로 통금위반자를 잡아들인다.

자 어쩔 수 없었다. 애숙이 포도청에 잡혀가는 한이 있어도 굶을 수는 없다고 그 쌀로 밥을 지었다. 그러나 며칠이 지나도 쌀을 찾으러 오는 사람이 없었다. 그런 일은 자주 있었다. 자고 일어나면 쌀이 마당에 있을 때도 있고 육고기와 어물이 놓여 있기도 했다.

"대체 누가 이런 짓을 하는 거지?"

서광표가 고개를 갸우뚱했으나 김체건도 누가 쌀과 고기를 갖다주는지 알 수 없었다.

김체건은 남대문으로 들어가 계속 걸었다. 종루를 지나고 마른내를 따라 걷자 훈련도감의 연무장이 나타났다. 연무장에서는 날씨가 추운데도 수백 명의 장정들이 창술을 연마하고 있었다. 김체건은 양지쪽에 앉아 장정들이 창술을 연마하는 모습을 오랫동안 지켜보았다.

해가 점점 높이 떠오르기 시작했다.

군사들은 창술 연마가 끝나자 이번에는 검술을 연마하기 시작했다. 검술은 보세, 수세, 격세로 나누어졌다. 김체건은 그들이 검술을 연마하는 모습을 주의 깊게 살폈다. 어쩌면 매일같이 집을 나와 어머니를 찾는다는 건 핑계고 연무장에서 장정들이 무예를 연마하는 걸 훔쳐보기 위한 것인지도 몰랐다.

김체건은 해가 기울기 시작하자 서광표의 집으로 발걸음을 돌렸다. 장정들이 검술을 연마하는 모습이 눈에서 떠나지 않았다.

겨울이면 강가의 갈대숲은 삭풍이 불어 귀신이 곡을 하는 소리를 냈다. 김체건은 뛰듯이 빠르게 걸음을 서둘렀다. 해는 서산으로 완전히 떨어지고 강가로 땅거미가 짙게 깔렸다.

"추운데 빨리 오지 왜 이제 와? 어서 들어와."

서광표의 집에 이르자 애숙이 반색을 하고 김체건을 맞이했다. 아랫목에는 서광표가 돌아와 누워 있었다.

"경수소에 갇혀 있었어. 포졸놈이 보내주지 않아 밤새 생고생을 했다. 짜식들이 사정도 두지 않고 곤장을 때리데. 곤장 열 대를 맞았더니 엉덩이가 까졌네."

서광표가 김체건을 보고 히죽 웃었다. 통행금지를 위반하여 경수소에 끌려가면 이튿날 아침에 곤장을 맞고 풀려난다.

"일어나. 사람이 들어오면 비킬 줄을 알아야지."

애숙이 서광표를 발로 찼다.

"왜 이래? 밥은 주지 않고……."

서광표가 눈알을 부라렸다.

"사람이 안 왔으니 그렇지. 왔으니 이제 밥을 차릴게."

애숙이 부엌으로 나갔다.

"하아, 우리 누나는 네가 신랑이라도 되는 것 같다."

서광표가 낄낄대고 웃었다. 김체건은 공연히 얼굴이 붉어졌다. 김체건은 밤이 되자 방에서 살며시 빠져나왔다. 그는 훈련도감 연무장에서 본 검술을 혼자서 연마하기 시작했다.

* * *

어떻게 저리도 무섭게 생긴 사람이 있을까. 김체건은 사내의 눈을 보자 소름이 오싹 끼치는 것을 느꼈다. 눈에는 핏발이 서고 얼굴에는 길게 칼자국이 있었다. 수염은 짧고 검은 삿갓을 쓰고 손에는 창포검

(菖蒲劍)을 들고 있었다. 그 칼은 몸체가 창포 잎처럼 일직선으로 뻗어 있다고 하여 창포검으로 불렸다. 칼자루는 나무로 되어 있고 칼날이 길었다.

"무예를 배우겠다고? 무예를 배우려면 담력이 있어야 한다."

사내의 목소리는 피 냄새가 풍길 것처럼 차가웠다. 이름은 천봉일이라고 했다.

"저희는 무슨 일이든 할 수 있습니다."

서광표가 긴장한 목소리로 대답했다.

"계집애처럼 예쁘장하게 생겨서는…… 네놈도 무술을 배울 생각이냐?"

천봉일이 김체건을 쏘아보고 물었다.

"예."

김체건이 얼떨결에 대답했다.

"무술을 배우는 목적이 무엇이냐?"

"복수하기 위해서입니다. 얘네 형이 마포나루 건달패에게 맞아 죽었습니다."

서광표가 대신 대답했다. 천봉일이 김체건을 아래위로 훑어보았다.

"복수는 아무나 하냐? 가서 젖이나 더 먹고 오너라."

"우리는 무술을 배우고 싶습니다. 아니 홍동계*에 가입하고 싶습니다."

"홍동계가 무엇을 하는 곳인지 아냐?"

---

* 閧動契. 숙종시대의 조직폭력단.

"검계입니다."

"우리 홍동계에 강령이 있다. 강령이 무엇인지 알고 있냐?"

"예. 홍동계 강령은 네 가지입니다. 첫째, 양반을 살략하라. 둘째, 양반의 재물을 약탈하라. 셋째, 양반의 부녀를 겁략하라. 넷째, 배신자를 응징하라."

서광표가 큰 목소리로 대답했다. 김체건은 서광표를 공연히 따라왔다고 생각했다. 서광표는 김체건이 밤에 무술 연습을 하는 것을 보고 중흥동에 있는 홍동계로 데리고 온 것이다. 날씨는 여전히 추웠다. 차가운 바람이 얼굴을 할퀴고 지나갈 때마다 몸이 떨렸다.

'양반을 죽이는 게 담력이 있는 것일까?'

김체건은 속으로 고개를 흔들었다. 천민은 길에서 양반을 만나면 비켜서서 머리를 조아려야 하고 대거리를 해도 안 된다. 얼굴을 쳐다보았다고 몰매를 맞아도 저항할 수 없다. 천민에게 양반은 호랑이보다 더 무서운 존재였다.

"흥! 그런 거나 안다고 검계가 될 수 있다고 생각하느냐?"

"그럼 무엇을 해야 합니까?"

"우리 강령 첫 번째가 무엇이라고 했지?"

"양반을 살략한다고 했습니다."

"그럼 양반을 죽일 수 있냐?"

"살, 살인을 하라는 말씀입니까?"

"살인이 아니라 양반을 죽이는 일이다. 양반을 죽일 수 있으면 내일 밤에 다시 오너라."

"내일 밤에 꼭 오겠습니다."

서광표가 비굴할 정도로 머리를 조아렸다.

"가봐."

천봉일이 귀찮다는 듯이 손을 내저었다. 김체건은 서광표를 따라 집으로 돌아오기 시작했다.

"젠장, 날씨가 환장하게 춥네. 얼어 죽겠어."

서광표가 몸을 떨면서 투덜거렸다. 김체건은 어둠 속에서 터벅터벅 걸음을 떼놓았다.

"야, 너 양반 죽일 수 있어?"

한참을 가는데 서광표가 걸음을 멈추고 불쑥 물었다. 멀리서 강파도 소리가 들렸다.

"양반을 왜 죽여?"

김체건은 퉁명스럽게 되물었다.

"양반을 죽여야 돼. 그래야 우리 같은 천민이 살 수 있어. 알겠냐?"

김체건은 대답을 하지 않았다.

"세상을 바꿔야 돼."

서광표가 다시 말했다. 강둑을 걷기 시작하자 칼바람이 더욱 사납게 얼굴을 할퀴었다.

"얘들이 이 추위에 어딜 싸돌아다녀?"

서광표의 집에 이르자 애숙이 눈을 치뜨고 소리를 질렀다. 그녀의 시선은 언제나 그렇듯이 김체건을 향해 있었다.

김체건은 저녁을 먹은 뒤에 자리에 누웠으나 잠이 오지 않았다. 날씨가 추워 얼어붙은 하늘이 쩡쩡거리며 갈라지는 소리가 들렸다. 어머니가 어디로 갔는지 도무지 찾을 수 없었다. 며칠에 한번 집에 가보고는 했으나 여전히 덩그러니 비어 있었다.

김체건은 이튿날 아침 지게를 지고 산으로 올라갔다. 나무를 베어 한 짐을 지고 내려오자 점심때가 되어 있었다. 서광표는 어디로 갔는지 보이지 않았다. 김체건은 점심을 먹고 다시 나무를 하러 산에 올라갔다. 애숙이 서광표에게 나무를 해오라고 했으나 얹혀살고 있는 김체건이 해야 했다. 다행히 날씨가 많이 풀어져 나무를 하는 데 크게 어려움이 없었다. 서광표는 날이 어두워져서야 돌아왔다.

"어디 갔다가 왔어?"

김체건이 서광표에게 물었다. 서광표가 따라 나오라고 눈짓을 했다. 김체건이 나오자 서광표는 마루 밑에서 두 자루의 칼을 꺼냈다.

"이게 뭐야?"

"칼이지 뭐야. 가자."

서광표가 김체건에게 칼 한 자루를 주고 말했다. 김체건은 서광표를 따라 뛰듯이 빠르게 걸었다. 사방은 이미 캄캄하게 어두웠고 하늘에는 별빛조차 보이지 않았다. 중흥동 홍동계에 이르자 천봉일과 낯선 사내가 있었다. 그는 삼십대 초반으로 보였고 키가 작았다. 이름이 김학수라고 했다.

"이놈들은 비린내가 나지 않아?"

김학수가 천봉일에게 물었다. 그들의 뒤에는 검계 계자*로 보이는 자들도 있었다.

"계자를 모으고 담력을 키우게 하라는 지시가 있었어."

---

* 契者. 조직원 또는 행동대원.

천봉일이 피식 웃고 대답했다. 그들은 김체건과 서광표를 어린애 취급하고 있었다.

"꼴에 칼까지 갖고 있군."

김학수가 마땅찮은 듯이 김체건과 서광표를 쏘아보았다.

"가자."

천봉일이 차갑게 말했다. 하늘에서는 눈이 희끗희끗 날리고 있었다. 김체건과 서광표는 그들을 따라 빠르게 걷기 시작했다. 천봉일과 김학수가 도착한 곳은 낙산에 있는 아담한 기와집이었다.

"칼을 뽑아라."

김학수가 낮게 지시했다. 김체건은 칼집에서 칼을 뽑아 들었다. 칼에서 차가운 냉기가 뿜어졌다.

"담을 넘어 들어가 대문을 열어라."

김학수가 김체건과 서광표에게 지시했다. 김체건이 망설이자 서광표가 담을 타고 들어가서 이내 대문을 열었다. 김학수와 천봉일이 주위를 살핀 뒤에 대문 안으로 들어갔다. 김체건도 그들을 따라 대문으로 들어갔다. 천봉일과 김학수가 대문 옆의 문간방으로 들어갔다. 잠시 후 방에서 크억 하는 신음이 들렸다. 이어 김학수와 천봉일이 나오면서 피비린내가 확 풍겼다. 비명 소리가 들린 걸로 보아 그들이 사람을 죽였다는 것을 알 수 있었다. 김체건은 방망이질을 하듯이 가슴이 세차게 뛰었다. 이번에는 김학수와 천봉일이 각각 안방과 건넌방으로 뛰어 들어갔다. 그들을 따라 계자들이 일제히 안으로 뛰어 들어갔다. 안방에서 여자들의 비명과 울음소리가 들렸다. 그때 한 여자가 건넌방에서 칼을 들고 맨발로 뛰쳐나왔다.

"계집이 달아난다. 죽여!"

천봉일이 뒤따라 달려 나오면서 버럭 소리를 질렀다. 여자가 김체건이 앞을 막고 있는 것을 보고 사납게 칼을 휘둘렀다. 김체건은 엉겁결에 칼을 사선으로 내리치다가 좌에서 우로 단칼에 베었다. 훈련도감에서 훔쳐 배운 검술이 자신도 모르게 펼쳐진 것이다. 칼끝에 묵직한 촉감이 느껴졌다. 여자가 처절한 비명을 지르면서 피가 확 뿜어졌다. 그때 또 다른 여자가 안방에서 뛰어나왔다.

"도망간다! 계집이 도망가지 못하게 해!"

천봉일이 다급하게 소리를 질렀다. 서광표가 여자를 향해 달려가 등을 찔렀다. 여자가 처절한 비명을 지르면서 앞으로 꼬꾸라졌다.

* * *

김체건은 서광표와 집으로 돌아와 칼을 마루 밑에 숨겼다. 밖에는 눈이 하얗게 내리고 있었다. 김체건은 잠이 오지 않았다. 서광표도 긴장이 풀어지지 않아 뒤척이고 있었다. 불과 몇 시간 전에 일어난 일이 꿈을 꾼 것 같았다. 낙산의 양반집이 피로 물들었다. 문간방에는 남자 둘이 있었고 사랑에는 남자 하나, 안방과 건넌방에는 여자 다섯이 있었다. 김학수가 건넌방에서 여자 한 명을 죽였고 천봉일이 안방에서 여자 둘을 죽였다.

"잘했다. 너희들은 이제 홍동계가 되었다."

천봉일이 얼굴에 묻은 피를 닦으면서 사악하게 웃었다. 천봉일과 김학수는 양반의 장롱을 뒤졌다. 그들은 패물과 돈을 찾아 전대에 챙졌다.

"눈이 더 내리기 전에 속히 돌아가라. 내일 중흥동으로 와라."

천봉일이 김체건과 서광표에게 지시했다. 김체건은 주위를 살핀 뒤에 양반의 집에서 나왔다. 양반이 누구인지, 무엇을 하는 사람인지도 알 수 없었다. 그러나 그들은 하룻밤 사이에 몰살을 당했다. 김체건과 서광표는 홍동계 일당과 헤어져 집으로 돌아왔다. 집으로 돌아오면서 한 마디도 하지 않았다. 잠을 자기 위해 억지로 눈을 감았으나 여자의 비명 소리가 귀에 쟁쟁하고 피를 흘리며 쓰러지던 모습이 자꾸 눈앞에 어른거렸다.

'내가 사람을 죽였어.'

김체건은 몸서리를 쳤다. 어쩌다가 잠이 들면 죽은 여자가 흰 옷자락을 펄럭이면서 그를 향해 달려왔다. 그런 꿈이 밤새도록 계속되었다.

"밤에 무슨 일이 있었어? 체건이가 밤새 끙끙 앓더구나."

아침에 눈을 뜨자 애숙이 수상스러운 눈빛으로 그들을 살폈다.

"고뿔에 걸린 거 뿐이야. 여자가 뭘 꼬치꼬치 물어봐."

서광표가 애숙에게 퉁명스럽게 내뱉었다. 김체건도 입을 다물고 대답하지 않았다.

<u>4</u>

피를 부르는 칼

임금은 문안을 올리는 연잉군 내외를 가만히 살폈다. 연잉군은 서종제의 딸과 혼례를 올린 뒤 더욱 의젓해진 것 같았다. 왕자는 혼례를 올리면 대궐에서 살 수가 없다. 연잉군도 혼례를 올리고 대궐에서 나가 창의궁에서 살고 있다. 그렇게 사가에서 살기 시작한 지 얼마나 된 것일까. 연잉군은 초하루와 보름에 한 번씩 대궐에 들어와 문안을 올렸다. 십이월 초하루인 오늘도 잊지 않고 문안을 드리러 온 것이다.

"눈이 왔는데 쉬지 뭣하러 문안을 왔느냐?"

임금이 연잉군에게 애틋한 시선을 보내면서 물었다.

"눈이 많이 왔다고 어찌 어버이를 뵈러 오지 않겠습니까? 법도가 엄중하여 매일같이 문안을 드리지 못하는 것이 한스러울 뿐입니다."

연잉군은 숙빈 최씨의 아들인데 영특하다. 왕세자인 이윤보다 몸도 건강하고 식견도 풍부하다. 임금은 때때로 왕세자와 연잉군이 바뀌었으면 하는 생각을 할 때가 있다.

"사가에서 보내는 것이 어떠냐? 벌써 이년이 넘었지?"

연잉군의 얼굴에 숙빈 최씨의 얼굴이 겹쳐졌다. 연잉군은 최씨와 얼마나 닮은 것일까. 최씨는 몇 해 전에 죽었다.

"삼년이 넘었습니다."

"오오, 벌써 그렇게 되었느냐? 창의궁 밖에는 나가보았느냐?"

임금은 대궐 뜰에 만개한 눈꽃을 보면서 물었다. 대궐 밖 일이라면 임금도 비교적 소상하게 알고 있다. 임금은 잠행을 좋아하여 밤이면 변복을 하고 대궐을 나간 일이 여러 번 있었다.

"예. 만리재 너머 들에 나가보았습니다."

"그래, 농사는 어떻더냐? 여름에 수재가 심했는데 풍년이 들었느냐?"

"풍년이 들었습니다."

"다행이다. 농사가 잘되어야 나라가 부강해지는 법…… 요즘에는 무엇을 하고 지내느냐?"

"책을 읽고 저자를 구경하고 있습니다."

낙산에서 살인 사건이 발생했다. 양반의 일가가 몰살을 당해 장안이 뒤숭숭했다. 대체 누가 그와 같이 끔찍한 짓을 저지른 것일까.

"낙산 일을 들었느냐?"

낙산에서 살해당한 인물은 남인 출신으로 권대운과 목내선을 떠받들던 이호영이라는 자다. 한때 이조참판을 지냈고, 권대운과 목내선이 숙청당할 때 파직을 당했다. 왕세자 이윤의 세력인 이호영이 살해당한 것은 연잉군을 둘러싸고 있는 노론의 짓인지 모른다. 노론이 왕세자를 제거하기 위해 움직이고 있는 듯했다.

"들었사옵니다."

이금이 기어들어가는 목소리로 대답했다.

"그러한 짓을 저지른 자가 누구라고 하느냐?"

"검계의 무리라고 합니다."

임금은 문득 왕세자 이윤과 왕자 이금이 권력 투쟁을 벌이고 있는 것이 아닌가 하고 생각했다. 남인의 책사나 다름없는 이호영이 죽었으니 그들도 반격을 하려고 할 것이다. 연잉군에게 자객을 보낼지도 모를 일이었다.

"창의궁의 경비를 강화해야겠다. 호위무사가 있느냐?"

"궁노 몇이 있습니다."

궁노는 연잉군에게 하사한 노비를 일컫는 말이다. 그들이 연잉군의 사저인 창의궁을 경호하고 있었다.

"물러가라."

임금이 연잉군을 쏘아보다가 손을 내저었다. 연잉군이 군부인 서씨와 함께 절을 올리고 물러갔다.

* * *

왕세자 이윤이 세자빈 심씨와 나란히 절을 올렸다. 임금은 세자 이윤을 조용히 쏘아보았다. 이윤은 얼굴빛이 병색으로 파리했다. 왕세자 이금의 얼굴을 보자 그의 생모인 희빈 장씨가 떠올랐다. 희빈 장씨가 사약을 받고 죽은 생각을 하면 이금에게 못할 짓을 한 것 같은 생각이

들었다. 한때 그녀를 사랑했으나 남인과 손을 잡았고 인현왕후를 저주한 것이 숙빈 최씨의 밀고로 발각되었다.

"건강은 어떠하냐?"

왕세자 이윤은 병을 자주 앓았다. 병 때문인지 학문에도 별다른 관심을 보이지 않았다. 저렇게 병약한 왕세자가 보위에 오르면 장차 나라를 어떻게 경영할 것인가.

"약방의 처방을 받아 조금 나아진 듯합니다."

"아우를 보았느냐?"

아우는 연잉군을 말하는 것이다. 임금의 눈은 세자빈 심씨를 훑었다. 세자빈 심씨는 얼굴이 창백해서 병색이 있어 보였다.

"지난달에 보았습니다."

"대궐에 문안을 드리러 왔으니 춘방*에 들를 것이다."

"예."

"춘방으로 돌아가 아우에게 낮것을 대접하라."

낮것은 점심을 일컫는다. 형제간에 우애 있게 지내라는 뜻이었다.

"예."

왕세자 이윤이 다소곳이 머리를 조아렸다. 그러나 그의 진심을 알 수가 없다. 이윤은 이미 희빈 장씨가 사약을 받아 죽었고 그 배후에 숙빈 최씨가 있다는 사실을 알고 있을 것이다. 자신의 생모를 죽게 만든 숙빈의 아들인 연잉군에게 이를 갈고 있을 것은 당연했다. 임금의 자리에 오르면 결코 연잉군을 살려두지 않을 것이다.

---

* 春坊. 동궁전.

"낙산에서 살인 사건이 일어났다. 도하에 검계의 무리가 활개를 치고 있다. 포도대장을 엄하게 신칙했으나 여전하다."

이호영은 한때 왕세자 이윤에게 학문을 가르쳤다. 이윤은 스승이자 남인들의 책사인 이호영이 죽었기 때문에 살인자가 누구인지 촉각을 곤두세우고 있을 것이다.

"이호영과 그의 일가를 살해한 자가 누구인지 자세하게 살피라."

"예."

이윤의 머릿속에 노론이 자신의 세력을 제거하기 위해 자객들을 동원했을 것이라는 생각이 스쳤다. 무엇인가 불길한 일이 닥치고 있는 기분이었다.

"왕세자는 이호영에게 글을 배운 일이 있었지?"

"예. 그분은 소자의 스승이었습니다."

"누가 그러한 짓을 저질렀는지 들은 일이 있느냐?"

"소자는 들은 일이 없습니다."

"이호영에게 부의는 보냈느냐?"

"이호영은 죄를 지은 자라 보내지 않았습니다."

왕세자 이윤은 임금의 질문이 이호영을 아직도 만나고 있느냐는 뜻으로 들었다. 부의를 보내지 않았다는 것은 관계를 끊었다는 뜻이다. 남인은 이미 세력을 잃어 이윤은 최근에 소론과 가깝게 지내고 있었다.

"이호영을 살해한 자는 내가 용서하지 않을 것이다. 물러가라."

임금이 영을 내렸다. 이윤은 세자빈 심씨와 함께 절을 올리고 조심스럽게 물러갔다.

임금은 눈살을 찌푸린 채 깊은 생각에 잠겼다. 이호영의 죽음은 어떻게 된 것일까. 창의궁에서 자객을 보낸 것일까. 창의궁에서 자객을 보냈다고 해도 겉으로 드러나게 하지 않았을 것이다. 자객을 보냈다면 귀신도 모르게 보냈을 것이다.

왕세자 이윤도 위기를 느끼면 대응할 것이다. 임금은 두 아들이 피를 부르는 암투를 벌이고 있다고 생각했다.

* * *

죽음이 어디에서 오는지 전혀 알지 못했다. 죽음은 밤이 되면 어둠처럼 산에서 내려오는 것이라고 막연하게 생각한 적이 있었다. 밤에 눈을 감고 있으면 어둠처럼 스며 들어와 머리맡에 앉아 있는 것이라고 생각했다. 그 어둠 속에서 검은 갓을 쓰고 검은 옷을 입은 저승사자가 죽음을 거느리고 있다고 생각했다. 저승사자를 따라가면 저승이고 따라가지 않으면 이승이었다.

형의 죽음은 허망했고 낙산의 기와집에서 김체건의 칼에 맞아 죽은 여자의 죽음은 꿈을 꾸는 것 같았다. 여자를 죽일 생각은 전혀 없었다. 여자가 칼을 휘두르지 않았다면 김체건도 칼을 휘두르지 않았을 것이다.

김체건은 스산하고 무거운 마음을 어찌하지 못해 이리저리 돌아다니다가 육의전 모퉁이 끝에 있는 세책방에서 걸음을 멈추었다. 날씨가 따뜻하여 세책방의 처마에서 낙숫물이 떨어지고 있었다. 책을 빌려주는 곳이라 자신도 모르게 걸음이 멈춰졌다. 세책방은 문이 반쯤 열려 있었다. 겨울이라 문을 활짝 열어놓지 않은 것이다.

이호영 일가의 죽음을 생각하자 피를 흘리면서 죽어가던 여자의 모습이 허깨비처럼 머릿속에 떠올랐다. 밤이라 얼굴은 뚜렷이 기억할 수 없었다. 그러나 기억의 어두운 곳에서 때때로 여자의 고통스러워하는 얼굴이 떠오르고는 했다.

'내가 사람을 죽이다니…….'

김체건은 자신의 칼에 찔려 죽은 여자를 생각할 때마다 가슴 깊은 곳이 날카로운 비수에 찔리는 것처럼 아픔을 느꼈다. 그러나 무예를 배워야 한다고 생각했다. 그는 무예를 배우기 위해 세책방을 찾아온 것이다.

'무예를 책으로 배울 수 있을까?'

김체건은 세책방으로 들어서면서 그렇게 생각했다. 낮인데도 세책방은 어둠침침했고 수백 권의 책이 여기저기 쌓여 있었다. 세책방 주인은 오십이 넘어 보였고 탕건을 쓰고 있었다.

"책을 팔기도 합니까?"

김체건은 화롯불을 쬐고 있는 세책방 주인에게 물었다. 그는 책상에서 책을 필사하고 있다가 잠시 쉬고 있는 것 같았다.

"무슨 책을 찾는가?"

세책방 주인이 김체건의 허름한 옷차림을 살피면서 퉁명스럽게 되물었다.

"검술과 창술…… 그런 거에 대한 책이 있으면 사겠습니다."

"그런 책은 없어. 누가 요즘 무예에 대한 책을 보나? 패설*이라면 몰

---

* 稗說. 민간에서 떠도는 신기하고 재미있는 이야기.

라도……『삼국지』도 있고『평산냉연』도 있네."

"어르신, 무예에 대한 책을 팔 만한 곳이 없겠습니까?"

"세책방은 패설 나부랭이나 돈 받고 빌려주는 데에 지나지 않아. 어쩌면 수표교에 있는 만권당에 있을지 모르겠군. 그 사람은 한양에서 가장 많은 책을 갖고 있으니까."

김체건은 세책방을 나와 수표교로 갔다. 수표교의 책방은 만권당이라는 이름에 걸맞게 크고 넓은 여러 개의 방에 책이 가득했다. 그러나 김체건이 찾는 책은 없었다.

"무슨 책을 찾나?"

책방 주인은 삼십대의 건장한 사내였다. 그가 화로에서 끓고 있는 차를 따라서 김체건에게 건네주었다.

"무예에 관한 책을 찾고 있습니다."

"조선에서 무예에 관한 책을 찾기는 어렵지. 어찌 그런 책을 찾는가?"

"무예 공부를 하고 싶습니다. 중국에서도 책을 구할 수 없습니까?"

"무예라는 것은 책으로 배우는 게 아니야. 협사나 검객이라는 사람들이 제자에게 술법을 전해주면서 배우는 거야. 날씨가 추운데 차나 한잔 마시게."

김체건은 책방 주인이 권하는 차를 한 모금 마셨다. 차를 마시면서 책방 주인에게 이것저것 물어보자 그는 뜻밖에 박학다식한 사람이었다. 책방 주인도 김체건이 남루한 옷을 입은 소년에 지나지 않았으나 많은 책을 읽었다는 것을 알고 호감을 표시했다.

"혹시 나중에라도 그런 책이 나오면 연락을 주십시오."

김체건은 책방 주인과 인사를 나누고 연락처를 알려준 뒤에 터벅터벅 돌아오기 시작했다. 김체건은 마포나루까지 가서 난전을 휘돌아보았다. 혹시라도 어머니가 그곳에서 생선을 팔고 있을지 모른다고 생각했으나 어머니의 모습은 찾을 수 없었다.

만권당이라는 책방 주인이 김체건을 찾아온 것은 한 달이 지나 들과 산에 봄기운이 완연해졌을 때였다. 서광표는 천봉일 패거리를 만나기 위해 중흥동으로 갔고 김체건이 혼자 검술 연마를 하다가 애숙을 도와 강둑에서 냉이를 캐고 있을 때였다.

"이 책이 자네에게 도움이 될지 모르겠네."

책방 주인이 소매에서 표지가 너덜너덜한 책 한 권을 꺼냈다. 김체건이 표지를 살피자 『격검세보』라고 쓰여 있었다.

"선조 임금 때 한교라는 사람이 훈련도감에 있었네. 훈련도감은 도제조가 서애 유성룡 대감이었고…… 그의 지시를 받아 한교라는 사람이 『무예제보』를 편찬했네. 이 책은 그 사람이 『무예제보』를 편찬하기 전에 무예만 따로 기록한 것일세. 『무예제보』는 군사의 습진과 병략에 대한 것도 있어서 무예서라고 보기보다는 병서라고 보는 편이 옳아. 허나 『격검세보』는 온전히 무예만 다루고 있지."

책방 주인이 유장하게 흐르는 한강을 응시하면서 말했다.

"고맙습니다. 이 책을 필사해도 되겠습니까?"

"자네에게 선물하려고 가져온 것이네."

책방 주인이 빙그레 웃었다. 김체건은 책방 주인에게 절을 하여 사례했다.

'이 책이 진정한 무예서구나.'

김체건은 온몸이 떨리는 것을 느꼈다. 오랫동안 찾아 헤맨 무예서를 손에 넣자 마치 하늘로 날아오르는 것 같았다. 그는 저녁을 먹고 나자 밖에 나가 『격검세보』의 검법을 연마하기 시작했다. 검법은 보세, 수세, 격세로 이루어져 있는데 보세가 가장 중요했다. 칼은 진검을 사용할 수 없어서 나무를 깎아 목검을 만들어 사용했다.

* * *

망원정으로 노론 노소 대신들이 하나둘씩 모여들었다. 명색은 시회를 연다고 했지만 참석한 사람들은 노론 강경파 일변도였다.

"대감."

이이명이 망원정에 오르자 사람들이 일제히 자리에서 일어났다.

"망원정은 과연 경치가 좋소. 한양팔경이라는 말이 틀리지 않군."

이이명은 사람들을 둘러보고 갈대숲 너머 멀리 한강으로 시선을 던졌다.

"망원정이야 겨울에 더 장관이 아닙니까?"

조태채가 이이명의 말에 맞장구를 쳤다.

"그렇습니다. 양화진에서 선유봉까지 한성의 절경이지요. 중국의 문장가 예겸도 아름다운 글을 남기지 않았습니까?"

이건명이 허연 수염을 쓰다듬으면서 너털거리고 웃었다.

"대감, 오늘 시회를 여는 것이 망원정의 경치를 감상하기 위한 것입니까?"

김창집의 아들 김용택이 쏘듯이 날카로운 눈빛으로 이이명에게 물었다. 김창집은 이이명과 함께 노론의 중심인물인데 향리에 내려가 있어서 참석하지 않고 아들이 대신 온 것이다.

'김창집이 아들을 잘못 가르쳤군.'

이이명은 눈살을 찌푸렸다. 김용택이 어른들 앞에서 나설 자리가 아닌데 함부로 입을 열고 있었다.

"선비들이 모여 시를 짓지 않고 무엇을 할 셈인가?"

이이명이 빙긋이 웃은 뒤에 김용택을 쏘아보았다.

"전 참판 이호영의 가족이 살해되었습니다. 소론이 복수를 할지 모르니 대비해야 하지 않습니까?"

"어리석군. 이호영은 남인이고 남인은 몰락했네. 그의 일가가 참변을 당했다고 왜 소론이 우리 노론에 복수를 한다는 말인가?"

이이명의 말에 몇몇 대신들이 고개를 끄덕거렸다. 김용택은 불만스러운 듯이 입술을 삐죽 내밀고 있었다.

"우리가 할 일은 경거망동하지 않는 것이야."

이이명이 단호하게 잘라 말했다.

"이대로 가면 왕세자가 보위에 오를 것입니다. 그러면 우리가 살아남을 수 있겠습니까?"

김춘일이 김용택의 말에 동조하여 소리를 질렀다.

"왕세자가 보위에 오르는 것은 당연한 일인데 무슨 말을 하는 것인가?"

이이명이 눈을 부릅뜨고 호통을 쳤다. 소장파들이 입을 함부로 놀리면 역모로 몰살을 당할 수도 있다. 이이명이 호통을 치자 소장파들이 머쓱하여 입을 다물었다.

"젊은 사람들은 입을 조심하게. 자고로 화의 근원은 입에 있다고 하지 않았는가?"

조태채가 이이명의 말을 거들었다. 소장파 선비들이 입을 다물었다. 좌중의 공기가 하늘이라도 내려앉은 것처럼 무겁게 가라앉았다.

"창의궁에 무사들이 필요할 것 같소."

이이명이 헛기침을 하고 비로소 화제를 돌렸다.

"무사요?"

이건명이 어리둥절한 표정으로 이이명을 쳐다보았다.

"한양에 살주계가 활개를 치니 창의궁에도 무슨 일이 닥칠지 모르지 않소? 무예가 뛰어난 자를 찾아 호위하게 해야 할 것 같소."

사람들이 이이명을 쳐다보면서 고개를 끄덕거렸다.

"소문을 낼 일은 아니오. 절정의 무예 고수가 필요하니 여러분이 수소문해서 나에게 알려주시오."

이이명이 좌중을 둘러보고 말했다. 이이명이 망원정에 시회를 연 것은 무사를 찾기 위해서였다.

"조선의 무사라면 북검과 남검이 가장 뛰어나다고 합니다."

경상도 병마절도사를 지낸 무인 이규성이 말했다. 그는 체구가 우람하여 장신(將臣)의 풍모가 있었다.

"남검은 왕세자와 손을 잡았다는 소식이 있소."

이건명이 이규성에게 들으라는 듯이 말했다.

"그럼 우리는 북검과 손을 잡아야 하겠군."

"북검의 최고 고수는 장산인이라고 하는데 그는 행적을 알 수 없소."

이이명의 말에 이건명이 난처한 표정을 지었다.

"장산인이라면 장한웅을 일컫는 것이 아닙니까? 그는 선조 임금 때 사람이라고 들었습니다."

선조 임금 때 사람이라면 백년 전의 사람이다.

"그 사람일 리가 없지요. 손자가 아닐까 생각합니다."

이건명이 대답했다. 소장파들은 모두 처음 듣는 사람들이라 입을 다물고 있었다.

"장산인은 이미 신선의 경지에 올랐다고 하는데 세속의 일에 관여 하겠소?"

이건명은 대답을 하지 않았다.

"장산인은 세속에 관여하지 않아도 제자들이 있소. 내가 아는 자가 있으니 한번 알아보겠소."

이규성이 두 사람의 눈치를 살피다가 무릎을 앞으로 내밀고 말했 다. 이이명이 잘되었다는 듯이 고개를 끄덕거렸다.

* * *

마포나루 일대는 깊은 어둠 속에 잠겨 있었다. 한낮에 시작된 노론 의 시회가 이제야 끝이 난 것이다. 그들은 기생까지 불러서 술을 마시 고 헤어졌다. 중년 사내는 망원정에 모인 사내들이 어둠 속으로 흩어 지는 것을 보면서 싸늘한 미소를 지었다. 장안의 기루 기린각에 소론 강경파가 모였다가 흩어지고, 이제 망원정에서 노론 강경파가 회합을 하고 흩어지고 있는 것이다.

"보았느냐?"

중년 사내가 소년에게 물었다. 그의 목소리는 얼음 가루가 날릴 것처럼 차가웠다. 중년 사내는 남검의 절대고수로 불리는 무영객 임진남, 소년은 수제자 서광표였다. 그들은 정체를 숨기기 위해 검은 삿갓을 쓰고 있었다.

"예, 사부님……."

서광표가 흩어져가는 선비들을 살피면서 대답했다.

"이호영 일가를 몰살한 것은 저들이 서로 싸우다가 양패구상(兩敗俱傷)을 하게 만들려는 것이다. 우리는 그때 일어나 양반을 죽이고 세상을 바꾼다."

서광표는 임진남의 말에 숨을 죽였다. 세상을 바꾼다는 임진남의 말에 피가 끓는 것 같았다.

"이러한 계책을 무엇이라고 하느냐?"

"어부지리입니다."

"그렇다. 천하를 지배하려면 그만한 지략이 있어야 한다."

서광표는 김체건까지 임진남의 제자로 끌어들이려고 했으나 임진남이 허락하지 않았다. 대신 임진남은 김체건을 중흥동의 홍동계로 보내라고 지시했다. 서광표는 김체건에게 미안했으나 임진남의 수제자가 된 사실을 말하지 않았다.

"너 또한 홍동계에 가서 무술을 배워라. 때가 되면 남검의 진수를 너에게 모두 전수할 것이다."

"예."

임진남의 목소리는 마치 땅속 깊은 곳에서 들려오는 것 같았다.

"이달 보름, 달이 뜰 시각에 수리산 주봉 옥련봉으로 올라오너라."

"예."

서광표가 재빨리 무릎을 꿇었다. 그때 옷자락이 펄럭이는 소리가 들렸다. 서광표가 고개를 들자 임진남은 마치 바람처럼 빠르게 어둠 속으로 달려가고 있었다.

'무예가 절정에 이르니 새처럼 빠르구나.'

서광표는 임진남이 어둠 속으로 사라지자 혼잣말로 중얼거리면서 집으로 돌아오기 시작했다. 비가 오려는 것일까. 하늘은 캄캄하게 어두웠고 옷깃을 파고드는 바람에는 축축한 물기가 실려 있었다. 봄이 가까이 오고 있었으나 밤은 아직도 추웠다. 몸을 떨면서 집에 이르자 김체건이 혼자서 검술을 연마하고 있었다.

"자식, 한밤중에 무슨 짓이냐?"

서광표는 씩 웃었다. 그가 집에 없어도 김체건이 집에 있어 누나 애숙을 지켜준다고 생각하자 흐뭇했다.

"늦었구나. 어서 들어가 저녁 먹어라."

김체건이 목검을 내리고 서광표에게 말을 건넸다. 어둠 속에서 김체건의 가쁜 숨소리가 들렸다.

"또 책 보고 연마하는 것이냐?"

"응. 스승이 없으니까."

"그만하고 들어와라. 기회가 오면 내가 조선 최고의 고수에게 검술을 배우게 해줄게."

"중흥동 패거리는 싫어."

"아무리 책을 보고 연마를 해도 실전을 경험하지 않으면 소용없어. 적당히 하고 들어와라."

서광표는 마당에서 검술을 연마하는 김체건을 그냥 두고 방으로 들어갔다.

방에서는 애숙이 김체건의 옷을 꿰매고 있었다. 등잔불 아래 심지를 돋우면서 바느질을 하는 애숙을 보자 가슴이 타는 것 같았다. 그때 애숙이 고개를 들고 그를 쳐다보았다.

'누나가 체건이를 너무 좋아하는구나.'

서광표는 애숙의 시선을 외면했다.

"왔어? 어디를 갔다가 오는 거야?"

애숙이 서광표를 쳐다보고 웃었다.

"밥 줘."

서광표는 아랫목에 털썩 주저앉았다.

"그래."

애숙이 윗목에 있는 상을 가까이 끌어당기고 이불 속에 묻어놓은 밥사발을 꺼내 밥상 위에 올려놓았다. 김체건이 그의 집에 와서 살기 시작하면서 애숙은 반찬도 정성스럽게 만들었다. 화로에는 된장찌개가 보글보글 끓고 있었다.

"체건이는 밥 먹었어?"

"먹었어. 그런데 너는 어디를 그렇게 싸돌아다니는 거니?"

"무예를 배우러 다닌다고 했잖아."

"무예를 배워서 뭘 하게?"

"군대의 장교가 될 거야. 군대의 장교는 천민도 될 수 있어. 운이 좋아 나라에 공을 세우면 장군도 될 수 있고……."

서광표는 밥숟가락을 들면서 애숙에게 히죽 웃어 보였다. 애숙은 등잔불에 얼굴을 가까이하고 다시 바느질을 하기 시작했다. 서광표는 묵묵히 저녁식사를 했다. 저녁을 먹고 나자 바람이 이는지 집 뒤의 수양버들이 나부끼는 소리가 윙윙거리고 빗발이 흙벽을 들이치는 소리가 들렸다.

"비 오나봐."

애숙이 밖의 소리에 귀를 쫑긋 세웠다.

"체건이는 뭐 해? 비가 오는데……."

애숙이 문을 열고 밖으로 나가려고 했다.

"그냥 둬."

서광표는 애숙을 만류했다. 밖에서 바람 소리가 더욱 거칠어지고 빗소리가 커졌다. 김체건은 빗줄기가 굵어지는데도 검술 연마를 계속하고 있었다.

'자식, 네가 아무리 연마를 해도 나를 따라올 수 없을 거다.'

서광표는 속에서 일어나는 묘한 경쟁심을 느꼈다. 김체건은 빗속에서도 미친 듯이 검술을 연마하고 있었다.

5

바람을 베는 사나이

김체건은 칼을 겨누고 어둠을 노려보았다. 어둠 속에서 형과 어머니에게 사납게 발길질을 하던 사내들의 얼굴이 떠올랐다. 그 사내들의 얼굴이 점점 희미해져가고 있었다. 한 번도 그 사내들을 잊지 않으려고 했다. 그런데도 세월이 흐르면서 사내들의 얼굴이 뇌리에서 사라지고 있었다. 그 일이 있은 지 벌써 오년이 지났다. 그는 서광표를 따라 중흥동 홍동계의 패거리에 합류했다. 홍동계는 남검의 무사들이 주축을 이루고 있었으나 남검 최고 무사라는 무영객 임진남은 한 번도 볼 수 없었다. 그는 그림자에 지나지 않았다. 아니 그림자도 볼 수 없었다.

'남검의 진수를 아직 배울 수 없다.'

남검을 이끌고 있는 무사는 패두, 또는 계주라고 불리는 임도혁이었다. 그는 용호영의 교관으로 있던 사람이었다.

'스승이 없으면 스스로 연마해야 한다.'

김체건은 이를 악물고 눈을 부릅떴다.

"이얏!"

김체건은 검을 사선으로 내리쳤다. 날카로운 파공성이 일어나면서 검이 허공을 가르고 참죽나무를 베었다. 검에 베인 참죽나무 잎사귀들이 우수수 떨어져 날렸다. 가지를 베지 않고 잎사귀만 베었다. 참죽나무는 그의 키보다 높이 자라 있었다.

"핫!"

김체건은 검을 들고 허공으로 솟아올랐다. 마치 검을 든 사내들을 베듯이 참죽나무 잎사귀를 베었다. 그와 대적하던 사내들이 피를 뿌리며 죽어가는 환영이 뇌리를 스쳤다. 이마에서 땀이 흥건히 흘러내렸다. 그는 연속적으로 오른쪽에서 왼쪽, 왼쪽에서 오른쪽으로 베었다. 순식간에 이십여 차례 허공을 베었다. 칼날이 허공에서 어지럽게 검영을 그렸다. 그의 몸이 허공으로 치솟고 땅바닥을 굴렀다.

'월이……'

김체건은 낮게 부르짖었다. 그녀는 지금쯤 무엇을 하고 있을까. 월이를 차마 다시 만날 수가 없었다. 그런데도 문득문득 월이의 얼굴이 아련하게 떠오르고는 했다.

'월이……'

그럴 때마다 그는 입속으로 월이를 불렀었다.

김체건은 잠시 호흡을 가다듬기 위해 용소(龍沼) 앞의 바위에 걸터앉았다. 용소 위의 폭포에서 하얀 물줄기가 장쾌하게 쏟아졌다. 구월이었다. 밤이 깊어지면서 하늘에는 달이 높이 떠 있었고 푸른 광망이 온 누리에 가득했다.

여주의 수리산에는 검계 패거리들이 둔취(屯聚)하여 무술 연습을 하고 있었다. 패두인 임도혁은 걸핏하면 양반을 죽여야 한다고 말했다. 그러면서 천민이 양반이 되고 양반이 천민이 되어야 한다고 했다. 조선은 양반들만 좋은 세상이고 상민*과 천민은 핍박을 받는다고 했다.

"체건아, 너는 잠도 안 자냐?"

그때 등 뒤에서 발걸음 소리가 들리더니 숙수** 출신의 개천이 가까이 오면서 소리를 질렀다.

"아저씨, 여기는 왜 올라오세요?"

김체건은 바위에서 일어나 개천을 살폈다. 나이가 서른 살이 되었으나 하는 짓은 아이들 같았다.

"달빛이라도 베려나? 옛날에 조선제일검이라는 사람이 있었는데 달빛을 베었다고 하더라."

김체건은 개천의 말에 정신이 번쩍 들었다. 조선제일검이라고? 그렇다면 조선에서 검술이 가장 뛰어나다는 뜻이다.

"아저씨, 그 사람 이름이 뭔데요?"

"윤지익이라고 하던가? 경복궁 위를 훨훨 날아다녔다고 하더라. 그만 내려가서 자거라. 천봉일에게 미움 사지 말고……."

"먼저 내려가세요. 조금만 더 하다가 내려갈게요."

김체건은 폭포를 바라보면서 대답했다. 개천이 먼저 용소에서 내려갔다. 김체건은 바위에서 일어나서 숲으로 걸어갔다. 숲에는 새끼줄을 감아놓은 소나무가 한 그루 있었다. 소나무에 감은 새끼줄은 너덜너덜

---

* 常民. 양반이 아닌 보통 백성.
** 熟手. 요리사.

했다. 김체건이 하루에도 수백 번씩 주먹으로 친 탓이었다. 처음엔 주먹에서 피가 나오고 팔꿈치가 탈골되기도 했다. 주먹과 팔이 너무 아파 엉엉 소리를 내어 운 일도 있었다.

김체건은 소나무를 주먹으로 치기 시작했다. 그가 주먹으로 소나무를 칠 때마다 쿵 소리가 숲을 울리고 솔잎이 우수수 떨어졌다. 그는 땀이 흥건하게 흘러내릴 때까지 주먹으로 소나무를 쳤다. 처음에는 소나무가 끄떡도 하지 않았으나 이제는 고목이 흔들리고 솔잎이 우수수 떨어졌다.

김체건은 땀이 흘러내리자 팔다리에 감은 모래주머니를 풀어놓고 용소로 뛰어들었다. 폭포수가 떨어지는 곳으로 헤엄쳐 갔다. 머리와 몸에 떨어지는 폭포수가 돌멩이가 떨어지는 것 같았다. 물은 차가웠으나 곧 시원해졌다.

'형을 죽게 만든 놈들을 용서하지 않겠어.'

김체건은 용소에서 나와 다시 팔다리에 모래주머니를 감았다. 그는 달빛이 하얗게 쏟아지는 산길을 다람쥐처럼 빠르게 오르내리기 시작했다.

* * *

바람이 검은 옷자락을 표표히 날렸다. 달은 중천에 높이 떠 있었다. 남검의 제일고수 임진남은 바람을 맞으면서 태산과 같이 서 있었다. 서광표는 무릎을 꿇고 앉아서 그의 발을 주시했다. 그가 격세(擊勢)를 가르치려고 하고 있었다.

"무예의 기초는 발이다."

임진남은 서광표에게 보세를 먼저 가르쳤다. 발의 움직임에 따라 공세와 수세를 자유롭게 전개하여 상대를 제압할 수 있다는 것이었다. 서광표는 처음에 발이 왜 중요한지 이해할 수 없었다.

"발이 춤추듯이 경쾌하게 움직여야 한다."

임진남은 오로지 일년 동안 보세만 가르쳤다. 보세에도 여러 가지 식(式)이 있었다. 보세의 가장 중요한 식은 경(輕)과 쾌(快)였다. 가볍고 빠르면 풀 위를 날 수도 있고 물 위를 달릴 수도 있다고 했다. 눈 위를 달려도 흔적이 남지 않는다고 했다. 초상비(草上飛)는 풀 위를 나는 경공술이고 답보설흔(踏步雪痕)은 눈 위에 발자국이 남지 않는 경공술이다. 그러한 경공술을 익히기 위해서는 소식*을 해야 하고 심신이 하나가 되어야 했다.

"보세의 최고 경지는 발로 걷는 것이 아니라 마음으로 걷는 것이다."

임진남이 가르치는 무술을 빠르게 익힐 수는 없었다. 보세의 한 동작을 완전히 익히는 데 자그마치 일년이 걸렸다. 서광표는 그럴 때마다 이를 악물고 연마를 계속했다.

김체건의 얼굴도 떠올랐다. 김체건도 수리산에서 홍동계와 함께 무예를 연마하고 있었다.

"격세는 쾌를 위주로 하는 것이 남검의 특징이다. 오늘부터 바람을 베어라."

"사부님, 바람을 어떻게 벱니까?"

---

* 素食. 생선이나 고기반찬 따위가 없는 간소한 밥.

서광표가 놀라서 물었다.

"눈에 보이지 않는 것을 베는 것이 진정한 검술의 경지다."

수리산에서 가장 높은 주봉인 옥련봉이었다. 임진남은 격세의 한 동작을 보여주고 옥련봉을 내려갔다. 서광표는 자리에서 일어나 검을 뽑아 들었다. 옥련봉으로 살을 에는 듯한 바람이 불고 있었다. 그는 바람을 베기 위해 검을 높이 치켜들었다.

임진남의 말대로 바람을 베어야 한다고 생각했다. 서광표는 눈을 감았다. 바람은 어디서 불어오는 것일까. 그는 바람을 베기 위해 바람을 생각했다. 바람이 저 멀리 들판을 달려 산 위로 불어왔다. 골짜기를 지나 숲을 흔들고 옥련봉으로 달려왔다.

"얏!"

서광표는 기합성을 터뜨리면서 맹렬하게 바람을 베었다. 허공으로 치솟고 땅바닥을 구르고 바람을 따라 옆으로 이동했다. 그는 오직 바람을 베기 위해 검을 휘두르고 있었다. 문득 김체건의 얼굴이 떠올랐다.

'나는 조선제일검이 될 것이다.'

서광표는 이를 악물었다. 남검의 제일고수 임진남의 신임을 얻고 있으니 검으로 조선에서 우뚝 설 것이라고 생각했다. 그러나 임진남의 신임을 얻기 위해서는 많은 양반들을 죽여야 했다.

"양반은 일도 하지 않고 천민들을 종으로 부린다."

임진남은 양반에게 치를 떨고 있었다. 그는 서광표에게 양반을 죽여 충성을 보이라고 말했다.

"너는 무엇이 되겠다고 했느냐?"

"정의의 검이 되겠다고 했습니다."

"그렇다. 검객은 협객이 되어야 한다. 의리와 협의로 세상을 풍미한다. 잘못된 세상을 바로잡아야 하지 않느냐? 그것이 네가 할 일이다."

"명심하겠습니다."

"수원에 악질 양반이 있다. 남편이 있는 여종을 겁탈하고 항의하는 남편을 몽둥이로 때려 죽였다. 이런 자를 어떻게 해야 하겠느냐?"

"목을 베어야 합니다."

"그렇다. 가서 목을 베어 머리를 가져오라."

"예."

서광표는 임진남의 지시를 받고 수원으로 달려갔다. 그것은 긴장되고 무서운 일이었다. 전 참판 이호영의 집에 쳐들어갔을 때는 천봉일의 명령을 받고 얼떨결에 사람을 죽였으나 이제는 그가 혼자서 해야 했다. 수원으로 가는데 초조하고 가슴이 뛰어 자꾸 주위를 살피게 되었다.

서광표는 수원의 최인구 집에 이르자 바짝 긴장하여 동정을 살폈다. 최인구의 집은 의외로 종들과 기거하는 자들이 많았다. 최인구가 머물고 있는 사랑채는 밤늦도록 사람들이 드나들었다.

서광표는 전신이 팽팽하게 긴장되었으나 담을 넘어 장작더미 뒤에 몸을 숨겼다. 집이 크고 사람들이 많아서 납작 엎드려 있어야 했다. 서광표는 최인구의 사랑방을 노려보면서 기다렸다. 손에서 땀이 배어나고 가슴이 세차게 뛰었다.

'이제 불이 꺼지는구나.'

최인구의 사랑방은 자시가 되자 사람들이 모두 돌아가 비로소 조용해졌다. 서광표는 사랑에 불이 꺼지고도 한참을 기다렸다가 문을 박차고 뛰어 들어갔다.

"누, 누구냐?"

사랑방에서 잠을 자던 최인구가 깜짝 놀라서 벌떡 일어났다. 서광표는 어둠 속에서 검을 휘둘러 단검에 그의 목을 베었다. 장작더미 뒤에 숨어서 수없이 머릿속으로 되풀이해온 일이었다. 최인구는 크억 하는 신음 소리와 함께 목이 떨어졌다. 서광표는 피가 흘러내리는 그의 머리를 보자기에 싸서 담을 넘었다. 어디선가 또다시 개들이 사납게 짖어댔다. 최인구의 집에서 오 리나 달린 뒤에 걸음을 멈추자 온몸이 땀으로 걸레처럼 젖어 있었다. 그는 그때서야 자신의 몸에서 피비린내가 역하게 풍기는 것을 느낄 수 있었다.

"잘했다. 너는 이제 천민의 영웅이다. 핫핫핫!"

최인구의 머리를 가져오자 임진남이 광기 어린 웃음을 터뜨렸다. 그러나 서광표는 며칠 동안 잠을 이루지 못했다.

"반송정*에 사헌부 장령을 지낸 이인성이라는 자가 있다. 그자를 죽여라."

최인구를 죽이고 한 달이 지났을 때 임진남이 다시 명령을 내렸다.

"사부님, 그자는 무슨 죄를 지었습니까?"

서광표는 임진남의 명령을 받자 가슴이 철렁했다.

"양반이다. 놈을 죽인 후 그 부인을 겁략하라. 강령에 있지 않느냐?"

임진남이 대수롭지 않다는 듯이 명령을 내렸다. 서광표는 소름이 끼치는 듯한 기분이 들었다. 그러나 임진남의 명령을 거역할 수 없었

---

* 盤松亭. 서대문구 천연동.

다. 반송정에 가서 양반 이인성을 죽이고 부인을 겁탈했다. 양반을 죽이는 일은 여전히 긴장되었으나 수행하지 않을 수 없었다. 게다가 부인을 겁탈할 때 부인이 소리를 질렀기 때문에 하인들이 쫓아 나왔다.

"비켜라!"

서광표는 앞을 가로막는 하인들을 닥치는 대로 베었다. 하인들이 비명을 지르면서 나뒹굴고 피가 뿌려졌다. 하인들은 공포에 질려 뿔뿔이 흩어졌다. 그러나 무서운 것은 서광표도 마찬가지였다.

'이인성의 집에 백성을 착취하여 긁어모은 어음이 있다. 그 어음이 장롱 속에 숨겨져 있으니 가져오라.'

임진남의 명령을 생각하고 장롱을 뒤지자 과연 어음이 있었다. 서광표는 한양 장안이 발칵 뒤집히고 포졸들이 기찰을 심하게 하여 수리산으로 돌아와 움직이지 않았다.

임진남은 서광표가 명령을 수행하자 비로소 남검의 무예를 가르치기 시작했다.

'나는 이제 살수가 되었어.'

서광표는 때때로 자신의 몸에서 피 냄새가 풍기는 것 같았다. 거울을 보면 눈이 핏빛으로 충혈되어 있었다.

* * *

왕세자 이윤은 소론의 영수인 조태구를 가만히 쏘아보았다. 조태구가 무사를 데리고 오지 않고 혼자 입궐한 것이다. 조태구는 왜 혼자 온 것인가. 그는 무엇인가 일이 잘못되었는지도 모른다고 생각했다.

"저하, 대구(對句)를 지은 시첩입니다."

조태구가 주위를 경계한 뒤에 두루마리 시첩을 이윤에게 바쳤다. 말은 시첩이지만 사실은 연판장이다. 조태구가 시를 쓰고 거기에 화답하는 사대부의 시와 명단은 다른 사람들을 속이기 위한 위장에 지나지 않고 실제로는 왕세자 이윤을 따르겠다고 맹세한 인물들이었다. 이윤이 시첩을 훑어보다가 고개를 들었다.

"목호룡이 누구요?"

"풍수지리가입니다. 계략에 능한 자입니다."

"풍수지리를 하는 자라고? 이런 자가 무슨 도움이 되겠소?"

"저하, 세조 때의 일을 생각해보십시오. 세조께서는 한명회와 같은 자를 책사로 거느렸기 때문에 계유정난을 성공시킬 수 있었습니다."

"한명회는 한 고조의 장자방 같은 자가 아니요? 안평대군에게는 풍수지리에 능한 술사 이현로가 있었으나 패했소."

"목호룡은 이현로와 다른 자입니다. 계략에 아주 뛰어납니다."

조태구가 동궁전 앞 전각의 지붕을 쳐다보았다. 지붕 위에는 푸른 달빛이 신비롭게 흘러내리고 있었다.

"남검의 제일고수라는 임진남의 행방을 찾았소?"

"찾지 못했습니다."

"임도혁은? 임도혁을 데리고 입궐한다고 하지 않았소?"

"곧 입궐할 것입니다."

임금은 왕비와 함께 온양의 온천에 갔다. 대궐이 비어 있기 때문에 민간의 검객을 입궐시키라고 영을 내린 것이다. 대내시위들까지 임금을 따라갔기 때문에 대궐은 경비가 허술했다.

"창의궁은 무엇을 하고 있소?"

이윤은 연잉군 이금의 동정이 궁금했다.

"망원정에 자주 나가고 있습니다."

"망원정에는 왜?"

"민간에 사귀는 자들이 있는 것 같습니다."

"민간의 무뢰배들을 사귄다는 말이오?"

이금이 무뢰배들을 사귀면 그와 경쟁을 할 필요가 없다. 태종의 큰 아들인 양녕대군도 민간의 부녀자들과 사귀다가 폐세자가 되었다. 이윤에게는 눈이 번쩍 뜨일 정도의 희소식이었다.

"연잉군은 이준철의 여식도 만나고 있습니다."

"이준철의 여식? 이준철이 누구요?"

"사간원 헌납을 지낸 자로 노론입니다."

"연잉군이 그자의 여식과 음란한 짓을 저지르고 있다는 것이오?"

양녕대군은 민간에서 시정잡배들을 만나고 유부녀 어리와 간음했기 때문에 태종의 미움을 받았다.

"그렇지 않습니다. 몇 마디 이야기를 나누는 것에 불과합니다."

왕세자 이윤의 얼굴에 실망하는 표정이 스치고 지나갔다. 그때 조태구의 눈이 번쩍 빛을 뿌렸다.

"저하, 임도혁이 왔습니다. 전각의 지붕에 있습니다."

조태구가 건너편 전각을 보면서 낮게 말했다. 이윤은 조태구의 시선을 좇았다. 언제 왔는지 건너편 지붕에 검은 옷을 입은 사내가 푸른 달빛을 받고 서 있었다. 그는 빠르게 지붕을 달렸다.

'아.'

이윤은 자신도 모르게 탄성을 뱉었다. 지붕 위를 달리던 사내가 동궁전 뜰로 가볍게 뛰어내렸다. 어둠 속에서 새처럼 빠르게 움직이고 있었다. 그는 순식간에 이윤 앞에 달려와 부복했다.

"신 임도혁, 세자저하께 문후드립니다."

임도혁이 머리를 깊숙이 조아렸다. 이윤이 파랗게 서슬이 뿜어지는 눈으로 그를 쏘아보았다. 임도혁은 검은 삿갓을 쓰고 허리에 검을 차고 있었다. 이자가 과연 결정적인 순간에 연잉군을 죽일 수 있을까. 이윤은 임도혁을 가만히 살폈다.

"네가 남검의 패두냐?"

이윤이 짤막하게 물었다. 임도혁이 시정의 무뢰배라는 사실이 마음에 들지 않았기 때문이었다.

"송구하옵니다. 소인이 늦었습니다."

임도혁이 냉기를 뿜으면서 대답했다. 평생 동안 사람을 죽이고 무뢰배 생활을 해온 그에게서 살기가 뿜어지고 있었다.

"과거의 일은 묻지 않겠다. 사직을 위하여 충성을 바랄 뿐이다."

"소인, 세자저하를 위하여 목숨을 바치겠습니다."

임도혁의 목소리는 굵고 단호했다.

"너희가 내 사람이 되었으니 평생 동안 내가 돌볼 것이다. 검술을 볼 수 있겠느냐?"

"예."

임도혁이 머리를 조아리고 일어나 마당으로 나갔다. 이윤은 한 순간도 놓치지 않으려고 그를 주시했다. 임도혁은 짧은 기침 소리와 함께 허공으로 솟아올라 검을 휘둘렀다. 그가 검을 휘두르자 푸른 검광이 허공을 가득 메웠다.

이윤은 절정의 검술을 보자 가슴이 뛰기 시작했다. 한순간 임도혁의 검이 허공을 가르고 협문을 향해 날아갔다. 임도혁이 검을 던진 것이다. 협문 쪽에서 짧은 비명이 들리고 쿵 하는 소리가 들렸다. 임도혁이 번쩍하는 순간 협문으로 날아갔다. 이윤과 조태구는 어리둥절했다. 임도혁이 빠르게 사내를 메고 와서 동궁전 앞 마당에 던졌다. 순식간에 일어난 일이었다.

"누, 누구냐?"

이윤은 깜짝 놀라 자리에서 벌떡 일어났다.

"첩자입니다. 숨어서 엿보고 있었습니다."

임도혁이 입술을 비틀며 차갑게 웃었다.

"죽었느냐?"

"예."

이윤은 신음을 내뱉으면서 그대로 주저앉았다. 동궁전을 감시하고 있는 자가 누구인가. 그는 죽음이 가까이 있는 것 같아 몸을 떨었다.

"저하, 비밀 대내시위입니다."

동궁전 내시를 불러 죽은 자를 살피게 하자 당황한 표정으로 말했다. 죽은 자의 몸에 비밀 대내시위임을 알리는 영패가 있었다.

"비밀 대내시위?"

이윤은 깜짝 놀라 몸을 부르르 떨었다. 비밀 대내시위는 임금을 호위하는 무사들이다. 내금위 금군과 달리 정체를 드러내지 않고 오로지 임금의 명만 따르고 있었다.

"대내시위를 죽이다니 경솔하구나. 이제 어찌해야 하는가?"

이윤은 눈앞이 캄캄해지는 것 같았다.

"일이 이렇게 되었으니 소인이 처리하겠습니다. 전하께서는 동궁전 사람들 입단속을 해주십시오."

"그렇게 하겠다. 자세한 것은 조태구 대감을 통해 명을 내릴 테니 시체를 처리하라."

"그럼……."

임도혁이 마당으로 내려가 대내시위를 어깨에 둘러메고 담장으로 날아올랐다. 그는 순식간에 어둠 속으로 사라졌다.

* * *

형 승건의 무덤에 목비를 하나 세웠다. 봉분을 만들지 않아 무덤 자리를 찾기가 쉽지 않았다. 간신히 무덤 자리를 찾아 목비를 세우고 자리에 앉아 술을 마셨다. 취기가 오르면서 가슴 깊은 곳에서 슬픔이 치밀고 올라왔다. 오년 만에 찾아온 형 승건의 무덤이었다. 봉분을 세울 수가 없어서 골짜기에서 돌멩이를 주워다가 쌓았다. 아침부터 시작을 했는데 하루가 꼬박 걸렸다. 돌을 쌓고 목비 앞에서 술을 마시는데 서쪽 하늘로 피처럼 붉은 노을이 번지고 있었다.

'현고학생김공승건지묘'

묘비가 제법 길었다. 김체건은 언젠가는 봉분을 만들고 그럴듯한 석비를 세울 것이라고 생각했다.

만리재에서 내려오자 마포나루를 한 바퀴 돌았다. 마포나루 난전은 장사치들과 장을 보려는 사람들로 시끌벅적했다. 어머니는 여전히 행방을 알 수 없고 본 사람도 없었다.

김체건은 월이의 집으로 천천히 걸음을 떼어놓았다. 멀리서 월이의 집을 바라보자 가슴이 뛰었다. 월이의 집은 인적 없이 괴괴했다. 잎사귀를 모두 떨어뜨린 은행나무는 텅 빈 그의 가슴처럼 앙상하게 헐벗고 있었다.

'집이 무너져가는구나.'

김체건은 오랫동안 은행나무 밑에 서서 월이의 집을 응시했다. 창문 사이로 내다보던 월이의 얼굴이 환영처럼 떠올라왔다.

김체건은 걸음을 돌려 서광표의 집으로 향했다.

"어머, 체건아."

서광표의 집에 이르자 애숙이 맨발로 달려 나와 손을 덥석 잡았다.

"누나."

김체건은 애숙에게 미소를 지으면서 얼굴을 붉혔다.

"잠깐만 기다려. 내가 밥 차려올게."

애숙이 김체건의 얼굴에서 눈을 떼지 않다가 밖으로 나갔다. 김체건은 애숙이 부엌으로 나가자 벽에 등을 기대고 앉았다. 방은 따뜻하고 아늑했다. 때때로 김체건이 들러 나무를 해놓고 가고는 했었다. 이내 애숙이 밥상을 차려 가지고 들어왔다. 김체건은 애숙이 차린 밥을 맛있게 먹었다.

"언제 올래?"

밥을 먹고 마당으로 나서는데 애숙이 따라와 촉촉하게 젖은 눈으로 그를 응시했다.

"자주 올게."

김체건은 애숙과 헤어져 마포나루로 걸음을 떼놓았다. 어느새 눈발이 희끗희끗 날리고 있었다. 한참을 가다가 뒤를 돌아보자 애숙이 마당에 쓸쓸하게 서 있었다.

김체건은 마포나루에서 충주 목계나루로 향하는 배를 탔다. 여주 여강나루에서 내리면 수리산까지 잠깐이다. 배는 느리게 강을 거슬러 올라가고 있었다. 서풍이 불어 노를 젓지 않아도 돛폭이 팽팽하게 부풀어 물결을 헤치고 상류로 거슬러 올라가고 있었다. 강촌 풍경은 어딘지 모르게 삭막하고 쓸쓸해보였다. 드문드문 야산을 지나 옹기종기 모여 앉은 초가집들이 보였다. 강가의 나무들은 앙상하게 헐벗어 눈이 쌓이고 있었다.

'아…….'

뱃전에서 강둑을 바라보던 김체건은 가슴이 저렸다. 자욱하게 눈발이 날리는 강둑에 애숙은 추수가 끝난 황량한 들판의 허수아비처럼 외롭게 서 있었다. 애숙은 점점 멀어져 이내 보이지 않았다. 김체건은 애숙을 보자 가슴이 돌덩어리를 얹어놓은 것처럼 답답했다. 배는 동작나루를 지나고 광나루를 거쳐 송파나루에 이르렀다. 송파나루에서 한 무리의 사람들이 내리고 한 무리의 장사치들이 올라탔다.

김체건은 수리산의 홍동계를 생각했다. 서광표 때문에 홍동계에 가입하여 무술을 배우기 시작했으나 뜻이 맞지 않아 괴로웠다. 배가 다시 송파나루를 출발하여 양평에 이르렀다. 양평에서는 북한강과 갈라져 남한강 물길을 따라 나아갔다.

여강나루에서 배를 내리자 눈은 더욱 자욱하게 내렸다. 김체건은 수리산 연무장으로 갔다. 눈이 내리는 탓에 홍동계 계원들은 무예 연습을 하지 않고 숙소에서 무기를 손질하고 있었다. 이제 곧 사냥이 시작될 것이다. 수리산 연무장에서 무예를 연마하는 계원들은 훈련 삼아 산짐승을 사냥해서 배를 채우기도 했다.

"야 이 새끼야, 어디를 갔다가 오는 거야?"

천봉일이 귀틀집 방에 앉아 김체건을 노려보면서 물었다. 그는 싸리나무 가지로 화살을 만들고 개천은 검을 갈고 있었다.

"죄송합니다. 집에 다녀왔습니다."

김체건은 천봉일과 시선을 마주치지 않았다. 눈이 마주치면 계속 시비를 걸 것 같아서였다.

"눈이 많이 오냐?"

천봉일은 눈에 정신이 온통 쏠렸는지 시비를 걸 기색은 없었다. 눈이 오면 사냥을 나가 산짐승을 잡을 요량이었다. 노루나 멧돼지를 잡으면 고기를 배터지게 먹을 생각에 사냥이 즐거운 것이다.

"예."

김체건은 짧게 대답하고 한쪽 벽에 기대앉았다.

천봉일은 김체건을 탐탁지 않아 했는데 김체건이 자신의 명령을 거역한 뒤로 더욱 미워했다. 천봉일이 무사들을 데리고 보부상을 습격했을 때 김체건이 따르지 않은 게 이유였다. 중흥동 홍동계 패거리가 보부상을 습격한 것은 훈련의 일환이라고 했으나 사실은 그들의 재물을 약탈하는 셈이었다. 천봉일은 김체건에게 길을 막고 그들을 죽이라고 했으나 무릎을 꿇고 살려달라고 울부짖는 그들을 차마 죽일 수 없었다. 김체건이 그들을 살려 보내자 천봉일이 눈에서 살기를 뿜으면서 노발대발했다.

"야 이 새끼야! 놈들이 달아나 우리를 포도청에 고발하면 어떻게 할 거야? 우리를 모두 황천으로 보내고 싶어?"

천봉일이 사납게 으르렁거리면서 김체건에게 마구 발길질을 했다. 김체건은 천봉일에게 피투성이가 되도록 얻어맞았다.

'기회가 오면 네놈을 용서하지 않을 것이다.'

김체건은 천봉일에게 얻어맞으면서 속으로 이를 갈았다.

'광표는 어디로 간 것일까?'

김체건은 서광표가 보이지 않자 의아했다. 서광표는 수리산에서 훈련을 하면서 점점 달라지고 있었다. 무예도 출중해지고 눈에서는 사람들을 압도하는 빛이 뿜어졌다.

***

검은 대장장이가 만들 때 사람을 죽이기 위해 만들었다. 검을 손에 쥐고 연마를 할 때는 사람을 죽이기 위해 수없이 베고 찌르는 연습을 했다. 그렇게 단련하고 연마한 검으로 막상 사람을 죽일 때는 편치 않았다. 그래도 양반을 죽이고 천민들의 세상을 만들겠다고 수없이 가슴속에서 되새기고는 했다.

"웬 놈이냐?"

문을 열고 뛰어들자 김인득이 벌떡 일어나서 눈을 부릅뜨고 소리를 질렀다. 서광표는 검을 들고 김인득을 노려보았다. 바람이 일고 있는 것일까. 등잔불이 깜박거리면서 그림자가 벽에 일렁거렸다. 서광표는 가슴이 뛰고 얼굴이 화끈거리는 것을 느꼈다. 그동안 검술을 연마해온 것은 오늘을 위해서인지 모른다고 생각했다.

"네놈을 죽이러 온 저승사자다."

서광표는 김인득을 노려보면서 검을 치켜들었다.

"왜, 왜 나를 죽이는 것이냐?"

김인득이 벌벌 떨면서 물었다.

"네놈이 우리 아버지를 죽였기 때문이다."

"너는 누군데 그런 말을 하느냐? 나는 네가 누군지 모른다."

"네놈의 종이었던 서진구의 아들이다."

"이놈! 종놈이 죽고 싶은 게냐? 종놈이 어디라고 칼을 들고 들어
와?"

김인득이 그제야 잡아먹을 듯이 눈을 부라렸다. 서광표가 종의 아
들이라고 하자 경멸하고 있었다.

"개새끼!"

서광표는 눈에 핏발 서는 것을 느끼면서 검을 휘둘렀다.

"아악!"

김인득이 처절한 비명을 지르고 문 쪽으로 비틀거리면서 기어갔다.
서광표는 바람을 베듯이 다시 한 번 검을 휘둘렀다. 십년 동안 그에게
원한을 품어왔다. 사람을 베는 것이 아니라 원한을 베는 것이라고 생
각했다. 홍동계의 첫 번째 강령도 머릿속을 스치고 지나갔다. 홍동계
의 강령을 실천하고 원수를 갚는 일이었다. 검을 휘두르자 바람을 가
르는 소리가 들리면서 김인득이 처절한 비명을 지르고 문짝과 함께 나
동그라졌다. 피가 서광표의 얼굴로 확 튀었다. 그러나 그의 숨이 끊어
지지는 않았다.

서광표는 김인득에게 바짝 다가갔다.

"살, 살려다오."

김인득이 벌벌 떨면서 소리를 질렀다.

"더러운 놈! 네놈을 죽이지 않으면 우리 부모님이 어떻게 지하에서 눈을 감겠느냐?"

서광표는 매섭게 검을 휘둘렀다. 김인득이 크억 하는 소리와 함께 핏줄기를 뿜었다.

아버지 서진구는 김인득의 외거노비였다. 김인득은 영월 주천리의 양반으로 땅이 많고 노비도 백 명이 넘는 부자였다. 아버지는 부지런히 일을 하여 속전을 오백 냥이나 내고 면천을 받았다. 그런데 김인득은 느닷없이 아버지가 문안을 하러 오지 않는다고 종들을 시켜 잡아다가 때려 죽였다. 옛날의 주인도 여전히 주인이라는 것이었다.

어머니는 너무나 원통하여 관가에 고발했다. 그러나 관가는 어머니의 고발을 받아들이지 않았다. 종은 주인을 고발할 수 없다는 조선 법 조문 대명률 때문이었다.

김인득은 종년이 양반을 망신시켰다면서 어머니를 강제로 끌고 가서 종으로 삼았다. 어머니는 김인득의 종이 아니라고 한사코 종노릇을 거부했다. 그러자 종놈의 자식도 종부법(從父法)에 따라 종이라며 서광표와 애숙을 끌고 갔다. 어머니가 종노릇을 거부하자 속옷만 입히고 대들보에 매달아놓고 오가면서 때리고 희롱했다. 어머니는 김인득의 학대를 견디지 못하고 우물에 뛰어들어 자살했다. 그날 이후 서광표는 애숙과 함께 김인득의 집을 도망쳐 걸인이 되어 떠돌아다녔다.

"어린것들이 처마 밑에서 쪼그리고 앉아 있으면 얼어 죽기 십상이다."

김체건의 어머니가 그들을 데리고 들어가서 밥을 주고 재워주었다. 그러나 그들도 방이 하나밖에 없었다.

"작은 집이다. 너희 남매가 이를 악물고 살아라."

김체건의 어머니는 서광표와 애숙에게 오두막집을 하나 마련해주었다. 서광표가 김체건과 친구가 된 것은 그의 어머니에 대한 고마움 때문이었다.

서광표는 아버지와 어머니의 복수를 하기 위해 영월까지 온 것이다. 사랑에서 김인득을 죽이고 안방으로 달려가서 김인득의 늙은 부인도 죽였다. 아이들과 여자들이 이 방 저 방에서 울부짖었다. 그는 아이들을 노려보았다. 어머니가 우물에 빠져 자살을 했을 때 서광표도 그렇게 울부짖었었다. 서광표는 아이들을 노려보다가 김인득의 집을 나왔다. 그때서야 노비들이 뛰어나오면서 웅성거렸다.

"비켜라! 너희들하고는 원한이 없다."

김인득은 검을 휘둘러 그들을 물러가게 하고 어둠 속으로 내달렸다. 땀이 비 오듯이 흘러내렸다.

영월에서 제천까지 그대로 달려 삼거리 주막에 이른 것은 삼경이 지나 새벽이 되었을 때였다. 주모를 깨워 술상을 차리게 한 뒤에 연거푸 네댓 잔을 마셨다.

'마침내 아버지 어머니의 원한을 갚았다.'

서광표는 피처럼 뜨거운 눈물을 흘렸다. 좀처럼 취기가 오르지 않았다. 아버지와 어머니의 얼굴이 희미하게 떠올랐다.

'고향에 다시 가자.'

서광표는 날이 밝자 술 한 병과 안줏거리를 챙겨 들고 영월로 갔다. 그는 비석도 없는 아버지와 어머니의 무덤에 술을 따르고 절을 했다.

'아버지, 어머니……'

대들보에 대롱대롱 매달려 있던 어머니를 생각하자 비통했다.

"아버지…… 어머니…… 아들이 원수를 갚았습니다."

서광표는 무덤 앞에서 통곡했다. 울다가 술을 마시고 술을 마시다가 울었다.

* * *

서광표는 원주를 거쳐 여주로 돌아왔다.

"이제 우리는 양반을 살육하지 않는다."

수리산의 산채에 이르자 임도혁이 무리를 모아놓고 연설을 하고 있었다.

"왕세자저하께서 우리의 뒤를 봐주실 것이다. 왕세자저하께서 보위에 오르시면 우리는 포도청이나 훈련도감, 용호영 등의 군관으로 일을 하고 녹봉을 받게 된다."

임도혁의 말에 계자들이 희색이 만면하여 웅성거렸다. 군관이 되어 녹봉을 받는다면 굳이 사람을 죽이지 않아도 된다. 게다가 살인자로 포도청에 쫓기지 않아도 되는 것이다.

"우리는 세자저하를 경호하고 세자저하의 지시를 따를 것이다."

임도혁은 무예 연마에 더욱 열중하라고 지시하고 연설을 끝냈다.

서광표는 그날 밤 수리산 옥련봉으로 올라갔다. 임진남은 이미 옥

런봉에 올라와 단정하게 앉아 있었다.

"사부님."

서광표는 무릎을 꿇고 절을 올렸다. 임진남이 자리에서 일어나 어두운 하늘을 바라보았다. 수리산의 옥련봉은 여전히 바람이 세차게 불고 있었다.

"사부님, 저희는 언제 중흥동으로 돌아갑니까?"

서광표는 무릎을 꿇은 채 물었다. 어두운 하늘에서 다시 눈이 내리고 있었다.

"서두를 필요 없다."

임진남이 짧막하게 끊어서 대답했다.

"사부님, 체건이를……."

"김체건이 우리와 뜻을 같이하겠느냐?"

"사부님은 천하에 정의를 세우려고 하고 있습니다. 어찌 사부님의 뜻을 받들지 않겠습니까? 사부님께서 허락하시면 체건이와 함께 정의로운 세상을 만들고 싶습니다."

서광표는 임진남이야말로 진정한 무인이라고 생각했다.

"그 아이는 우리와 뜻이 다르다."

임진남이 잘라 말했다. 서광표는 기회가 있을 때마다 임진남을 졸랐으나 그는 허락하지 않고 있었다.

"오늘은 일찍 숙소로 돌아가거라. 눈이 많이 오고 있구나."

임진남이 영을 내리고 옥련봉을 빠르게 내려갔다.

'눈 속에서도 산을 저렇게 빨리 내려가다니…….'

서광표는 임진남의 무예에 감탄했다. 언젠가는 임진남을 능가하는 절정고수가 되겠다고 다짐했다.

임진남은 사람들 앞에 모습을 나타내지 않았다. 그러나 홍동계를 실제로 움직이고 있는 사람은 임진남이었다.

* * *

김체건이 홍동계를 떠나겠다고 선언한 것은 봄이 가고 여름이 오고 있을 때였다. 홍동계 패거리가 가평에 있는 양반의 집을 습격하다가 북검과 포졸들의 매복에 걸려 많은 사람들이 죽었을 때였다. 계주 임도혁은 배신자가 밀고한 것이라고 펄펄 뛰었다.

"계를 떠난다고?"

임도혁이 눈에서 살기를 뿜으면서 물었다. 홍동계가 무예를 연마하는 넓은 공터에는 임도혁을 비롯하여 남검의 고수들이 긴장한 채 늘어서 있었다. 비가 오기 시작하여 평소보다 연습이 일찍 끝났을 때였다.

"무엇 때문이냐?"

"계가 협의를 행하지 않고 살인과 약탈을 하고 있기 때문입니다."

"헛소리! 배신자에게는 죽음이 있을 뿐이다."

임도혁이 눈에서 불을 뿜었다.

"각오했습니다."

김체건이 차갑게 말했다. 남검의 고수들이 일제히 웅성거렸다. 장내는 팽팽한 긴장감이 감돌았다. 무예를 연마하는 계원들은 계주인 임도혁 앞에서 얼굴도 들지 못하는데 김체건은 꼿꼿이 서 있었다. 김체건의 그런 태도가 임도혁의 화를 부채질하는 것 같았다.

'체건이가 죽으려고 작정을 했구나.'

서광표는 김체건 때문에 불안했다.

"저놈은 배신자다! 몽둥이로 때려라!"

임도혁이 눈을 까뒤집고 계자들에게 명령을 내렸다.

"예."

계자들이 김체건에게 일제히 달려들어 몽둥이를 휘둘렀다. 김체건은 저항을 하지 않았다.

'제기랄, 이 일을 어떻게 하지?'

서광표는 김체건을 위해 나설 수가 없었다. 홍동계의 계자들은 수십 명이나 되었다. 임도혁을 만류한다고 해도 임진남이 어디선가 숨어서 지켜보고 있을지도 모를 일이었다. 임진남의 눈에 벗어나면 절정의 무예를 배울 수 없었다. 김체건은 몽둥이를 맞으면서 데굴데굴 굴렀다. 이를 악물고 비명을 지르지 않았다. 그들의 몽둥이질이 계속되자 김체건의 몸에서 살점이 찢어지고 피가 흘러나왔다.

"우리 강령에 배신자는 반드시 응징하라고 되어 있다."

임도혁은 냉혹하고 잔인한 자였다. 그는 직접 몽둥이로 김체건을 때리기 시작했다.

"이 개새끼가 글줄이나 읽는다고 시건방지게 배신을 해? 배신자의 말로가 어떤지 보여줄 것이다. 너희들도 똑똑히 봐둬라."

천봉일도 눈이 뒤집혀 더욱 사납게 몽둥이를 휘둘렀다. 서광표는 김체건이 몽둥이로 맞는 모습을 보자 비통했다. 비는 억수같이 쏟아지고 있었다. 김체건은 빗속에서 몽둥이로 흠씬 얻어맞고 정신을 잃었다.

"제가 배신자의 끝을 내겠습니다."

서광표가 검을 뽑아 들자 계자들이 일제히 뒤로 물러섰다. 서광표는 김체건이 몽둥이로 계속 맞으면 죽을지도 모른다고 생각했다. 그가 정신을 잃은 뒤에도 몽둥이질이 계속되고 있었다. 모두들 눈이 뒤집혀 있었다.

"배신자는 죽어야 한다!"

서광표는 소리를 지르고 급소를 피해 김체건의 어깨와 옆구리를 검으로 찔렀다. 이미 의식이 없는 김체건이었다. 급소를 피하면 살릴 수 있을지도 모른다고 생각했다. 그가 칼을 뽑자 피가 분수처럼 뿜어졌다.

"골짜기에 버려라. 여기에 두면 시체 썩는 냄새가 풍긴다."

임도혁이 김체건에게 침을 칵 뱉었다. 계자들이 피투성이가 된 김체건을 질질 끌어서 골짜기에 갖다가 버렸다.

'체건아, 죽으면 안 돼.'

서광표는 김체건이 죽을까봐 전전긍긍했다. 사람들이 술을 마시고 잠이 들자 서광표는 비가 억수같이 쏟아지고 있는 골짜기로 달려갔다.

김체건은 온몸을 적시는 빗줄기 때문에 깨어나 고통스러워하고 있었다. 비를 피하기 위하여 몸을 움직이려고 했으나 얼마나 많은 피를 흘렸는지 손가락 하나 움직이지 못하고 있었다.

"내가 너를 찌른 것은 살리기 위해서였어."

서광표는 김체건을 나무 밑으로 옮긴 뒤 상처에 지혈제를 바르고 헝겊으로 감쌌다. 김체건은 대답을 하는 것도 힘들어 보였다.

"회생단이다. 이걸 먹으면 죽은 자도 살아난대."

서광표가 환약 한 알을 김체건의 입속에 넣어주고 손으로 빗물을 받아서 김체건에게 마시게 했다.

"고맙다."

김체건이 고통스러운 표정으로 얼굴을 일그러뜨렸다.

"근처에 작은 동굴이 있어. 거기로 가면 비를 피할 수 있을 거야."

서광표는 김체건을 부축했다.

"내가 알아서 갈게 너는 돌아가. 들키면 너도 위험해져."

"이런 몸으로 어떻게 동굴까지 가?"

서광표는 김체건을 업고 동굴로 달려갔다. 사람 하나가 간신히 비를 피할 수 있는 작은 동굴이었다. 바닥에 김체건을 눕히고 빗물을 훔치면서 피를 닦아냈다.

"너 바보 아니냐? 왜 저항하지 않았어? 저항했으면 도망갈 수 있었잖아?"

서광표가 김체건을 내려다보면서 말했다.

"도망가고 싶지 않았어."

"도망갔으면 이렇게 당하지는 않았을 거 아니야?"

"그들에게 오년 동안이나 무술을 배웠어. 이렇게라도 하고 인연을 끊어야지."

김체건은 홍동계에서 무술을 배워서 저항하지 않은 것이다.

서광표는 그런 김체건을 보고 울었다.

6
박꽃 같은 여자

의식은 캄캄한 어둠 속을 헤매고 있었다. 한줄기 빛도 보이지 않는 어둠 속에서 의식의 끈을 놓아버리면 죽는다고 생각했다. 죽음이 두렵지는 않았으나 서러웠다. 이렇게 비참하게 죽을 바에야 왜 태어났는가. 어머니와 형의 얼굴이 가뭇하게 떠오르고…… 지붕 위의 박꽃처럼 하얀 월이의 얼굴…… 월이의 얼굴이 떠오르면 가슴을 쥐어짜는 것처럼 아팠다. 크고 맑은 눈과 앵두처럼 붉은 입술…… 수초와 연꽃으로 저고리 짓고, 연꽃잎으로 치마를 만드나니…… 내 마음 진실로 향기로우면…… 아침에는 이슬을 머금고…… 월이가 낭랑하게 외워주던 「이소경」*이 귓전에 찰랑거렸다.

월이를 다시 만나기 전에 죽어야 한다는 사실이 서러웠다.

───────

* 초나라 시인 굴원의 시.『초사』에 수록된 것으로 「회사부」와 함께 그의 대표작으로 꼽힌다.

사람을 죽이는 검계가 될 것이라고는 한 번도 생각한 일이 없었다. 마포나루에서 천방지축으로 뛰어놀면서 형이 과거에 급제하기를 바랐고 어머니가 비린내를 풍기면서 장사하지 않기를 바랐다. 그 작은 소망조차 이루어지지 않았는데 형은 죽고 어머니는 행방을 알 수 없게 되었다. 어머니의 행방을 찾지 못했는데 생사의 기로를 헤맨다고 생각하자 비감했다.

'나는 살아야 돼. 어머니를 찾기 전에는 죽을 수 없어.'

김체건은 맹렬한 통증이 엄습해올 때마다 살아야 한다고 속으로 외쳤다. 서광표의 등에 업혀 동굴에서 창룡사라는 절로 온 지 어느덧 나흘이 되어 있었다. 그동안 이가 딱딱 부딪치는 통증에 혼자 눈물을 흘리면서 울었다. 고통이 심해 차라리 죽고 싶을 때도 있었다. 그러나 서광표가 있을 때는 이를 악물고 참았고, 서광표가 떠난 뒤에는 짐승처럼 소리 내어 울었다.

서광표는 암자라고 했으나 창룡사는 무너지고 쓰러져가는 절이었다. 한때는 수많은 중들이 수행을 하던 절이었으나 산사태로 길이 끊어져 사람들이 왕래를 하지 못해 폐허가 되어 있었다.

"떠나려면 그냥 떠나지 뭣하러 공개적으로 선언을 하나? 그러니 이 꼴이 되었지."

서광표는 하루에 한 번씩 절로 찾아와 김체건에게 미음을 끓여서 떠먹이고 상처에 약초를 발라줬다.

"너도 홍동계를 떠나라."

김체건은 초점이 없는 눈으로 허공을 응시하면서 입술을 움직여 말했다. 상처의 고통은 아직도 계속되고 있었으나 이제는 살아날 수 있을 것이라고 생각했다.

"난 남검의 최고고수가 될 거야. 절대 떠나지 않을 거야."

"남검은 살인자들에 지나지 않아."

김체건은 빗소리를 들으면서 눈을 감았다. 맹렬한 통증 속에서도 눅눅한 숲의 냄새가 코끝으로 스며 들어왔다. 숲 어딘가에 밤나무가 있는 것인가. 눅진거리는 밤꽃 향기가 절간의 객방까지 밀려 들어왔다.

* * *

김체건이 눈을 뜬 것은 누군가 그의 몸을 만지고 있는 듯한 기분이 들었기 때문이었다. 눈을 뜨자 서광표는 보이지 않고 갈의*를 입은 노인이 그의 전신을 주무르고 있었다.

"어르신⋯⋯."

김체건은 간신히 입술을 달싹거려 중얼거렸다.

"가만히 있거라. 어혈이 심하게 뭉쳐 풀어주고 있는 것이다."

노인의 목소리는 낮았으나 힘이 있었다. 김체건은 눈을 감았다. 노인이 전신을 만지자 기이하게 몸이 가벼워지는 것 같았다.

"무예를 배우는구나."

"예."

"누구에게 무예를 배웠느냐?"

"임도혁이라는 사람에게 배웠습니다."

---

* 葛衣. 갈포로 지은 허름한 옷.

"남검이군."

노인이 얼굴을 일그러뜨리고 내뱉었다. 노인은 남검을 달가워하지 않는 눈치였다.

"한데 어찌하여 몰매를 맞았느냐?"

"남검을 떠나겠다고 하자 이렇게 만들었습니다. 남검은 살인자들입니다. 이유 없이 사람들을 죽이고 있습니다."

"살육은 무인의 도리가 아니지."

노인이 한숨을 쉬듯이 말했다. 노인이 몸을 만지자 김체건은 기이하게 통증을 잊고 어둠에 빠져들듯이 잠이 들었다.

얼마나 잤는지 알 수 없었다. 눈을 뜨자 노인이 그의 전신에 약을 바르고 있었다.

"어르신, 고맙습니다."

김체건은 노인에게 사례했다. 노인이 바르는 약에서 역겨운 냄새가 풍겼다.

"상처에는 이보다 좋은 약이 없다. 멍이 든 상처가 딱지가 되고 새살이 돋아날 거야."

"의원이십니까?"

"의원이다."

"광표가 오시게 했습니까?"

"광표? 나는 광표가 누구인지 모른다."

노인이 빗줄기가 쏟아지는 밖을 내다보고 퉁명스럽게 내뱉었다. 김체건은 노인에게서 풍기는 범상치 않은 기운을 느꼈다. 흰 수염은 가슴까지 내려와 있고 깊은 눈은 때때로 금석이라도 뚫을 듯이 강렬한 빛을 뿜었다.

"그럼 이 산속에는 어떻게 오셨습니까?"

"이 절은 내가 때때로 거처하는 곳이다. 약초를 캐러 와서 머무는 곳이지."

그때 절문으로 보퉁이 하나를 끌어안고 애숙이 걸어 들어오는 것이 보였다. 김체건은 애숙이 지친 모습으로 걸어오는 것을 보자 눈을 감았다. 애숙에게 알리지 말라고 했는데도 서광표가 기어이 연통을 한 모양이었다.

"나는 다시 올 것이다."

김체건이 눈을 감고 있는데 노인의 웅후한 목소리가 들렸다. 김체건이 눈을 뜨자 휙 하는 바람 소리와 함께 몸을 날리고 있었다. 그는 어느 사이에 법당의 지붕 위로 올라가 있었다.

'아.'

김체건은 자신도 모르게 탄성을 내뱉었다.

'저 노인은 기인이구나.'

김체건은 자신의 눈을 의심했다. 노인이 번쩍하는 순간 지붕에서 사라져버린 것이다.

* * *

이이명은 망원정에 모인 사람들의 얼굴을 일일이 훑어보았다. 사람들의 얼굴에도 당혹스러워하는 빛이 역력했다. 사안이 중대하여 전례가 없었지만 연잉군까지 참석했다. 사방은 캄캄했으나 망원정에는 불이 환하게 밝혀져 있었다.

노론 강경파가 망원정에서 긴급 회동을 하는 것은 소론이 연잉군을 탄핵한다는 첩보를 입수했기 때문이었다. 장내의 분위기가 무겁게 가라앉아 있었다.

"대감, 조태구가 유생들을 동원하여 연잉군 나리를 탄핵한다는 것이 사실입니까?"

성균관 교수인 이정운이 몸을 떨면서 소리를 질렀다.

"사실이오."

이이명이 침중한 얼굴로 대답했다.

"대체 무슨 죄목으로 탄핵을 한다는 것입니까?"

망원정 앞 강물이 어둠 속에서 철썩이면서 흘러가고 있었다. 연잉군 이금은 부채로 얼굴을 가리고 있었다.

"그들이 성균관 유생에게 상소의 초고를 쓰라고 했는데 그 유생이 내 처조카라 나에게 알린 것이네."

이이명이 수염을 쓰다듬으면서 말했다. 초고를 쓰라고 했다면 아직 시간이 있다. 그들이 초고의 내용을 검토하고 후속 조치를 의논하려면 닷새는 걸릴 것이다.

"대감, 죄목이 무엇입니까?"

사간원의 정언 유학렬이 이이명에게 물었다.

"연잉군 나리께서 이준철의 여식과 간음하고 시정의 잡배들과 어울렸다는 거야."

이이명의 말에 좌중이 일제히 술렁거렸다.

"나리, 그게 사실입니까?"

망원정에 모인 사람들의 시선이 일제히 연잉군에게 쏠렸다. 연잉군은 사람들의 시선을 받자 얼굴이 뜨거워지는 것을 느꼈다.

"사실이 아닙니다. 나는 모든 일을 삼가고 조심했습니다."

연잉군이 불쾌한 목소리로 대답했다.

"그럼 이준철의 여식을 모르십니까?"

"아닙니다. 알고 있습니다. 그저 얼굴을 알고 있는 정도입니다."

"그렇다면 탄핵을 해도 소용이 없지 않습니까? 무고죄로 저들을 탄핵할 수도 있습니다."

"간음죄는 서로 이야기를 하거나 밥만 먹어도 성립됩니다. 조선의 법이 그렇지 않습니까? 저쪽에서는 이준철의 여식을 잡아다가 혹독하게 고문을 할 것입니다. 고문을 당하면 누구든지 허위로 자백을 하게 돼 있습니다."

형조정랑으로 있는 이호민이 말했다.

"간음죄로 탄핵을 받으면 귀양을 가게 됩니다. 대업과는 더욱 멀어집니다."

조태채가 심각한 표정으로 말했다. 좌중에 더욱 어두운 그림자가 드리워졌다.

"그래서 대책을 세우기 위해 여러분들을 소집한 것이오. 이 일을 어찌하는 게 좋겠소?"

이이명이 난감한 표정으로 좌중을 둘러보았다. 망원정에 밝힌 여러 개의 등불 때문에 그의 얼굴이 일그러져 있는 것처럼 보였다.

"하필이면 왜 간음죄로 탄핵하는 것이오?"

이건명이 무릎을 치면서 짜증스럽게 내뱉었다. 간음죄는 조선에서 그 어떤 범죄보다도 엄중하게 처벌한다.

"여러분 고견이 있으면 말씀해보시오."

이이명이 다시 좌중을 둘러보면서 말했다.

"고견이 어디에 있소? 우리가 목숨을 걸고 조태구를 탄핵해야지요."

조태채가 강경하게 말했다.

"나에게 좋은 방법이 있소."

수염을 쓰다듬으면서 조용히 앉아 있던 김창집이 입을 열었다.

"무슨 방법이오?"

이이명이 다급하게 물었다.

"이준철의 여식을 연잉군 나리께서 첩으로 맞아들이면 됩니다. 그러면 간음죄가 성립되지 않습니다."

김창집의 말에 사람들이 웅성거렸다. 연잉군이 깜짝 놀란 듯이 눈을 크게 떴다.

"절묘한 방법입니다."

이이명이 입을 벌리고 고개를 끄덕거렸다. 좌중의 사람들이 일제히 무릎을 치면서 연잉군의 얼굴을 쳐다보았다.

"그럴 수 없습니다."

연잉군이 부채를 내리고 단호하게 말했다. 그의 눈에서 불이 뿜어지는 것 같았다.

"나리, 어째서 안 됩니까?"

이정운이 눈을 부릅떴다.

"이준철의 여식은 연모하는 남자가 있습니다."

연잉군은 월이의 청초한 얼굴을 떠올리면서 대답했다. 그녀를 소실로 맞아들이는 것이 싫은 건 아니다. 그러나 그녀는 김체건이 연모하는 여자였다. 김체건의 여자를 소실로 맞아들이는 것은 머릿속에서 상상도 하지 않았던 일이었다.

"정혼을 했습니까?"

"아닙니다."

"정혼을 하지 않았으면 상관없습니다. 대국을 생각하셔야 합니다. 탄핵을 당하면 이준철의 여식은 살아남지 못합니다. 그들이 자백을 받으려고 죽을 때까지 곤장을 때리거나 주리를 틀고 불로 지질 것입니다. 죽는 것보다는 낫지 않습니까?"

김창집이 벼락을 치는 듯한 목소리로 말했다.

"이준철의 여식을 연모하는 사람은 저의 벗입니다. 인간으로서 어찌 그럴 수 있습니까? 내 위기를 모면하기 위해 벗을 배반하고 이준철의 여식을 희생시킬 수 없습니다."

"연잉군 나리의 벗이라는 그자는 어디에 있습니까?"

"몇 년째 소식을 알 수가 없습니다."

"이 일은 길게 보면 우리의 생사와 관련이 있습니다. 우리 노론이 몰살을 당할 수도 있습니다."

이이명이 연잉군을 달래듯이 말했다. 연잉군의 얼굴이 어두워졌다. 장내에 있던 사람들이 이구동성으로 월이를 소실로 맞아들이라고 권했다.

"연잉군 나리께서 이준철의 여식을 아낀다면 소실로 맞이하셔야 합니다. 연잉군 나리를 탄핵하기 위해 그들은 이준철의 여식을 고문할 것입니다. 이준철의 여식은 결국 형틀에서 죽게 될 겁니다. 이준철의 여식을 살리고 싶으시면 소실로 맞이하십시오."

　김창집의 말에 연잉군은 천길 벼랑으로 떨어지는 것 같은 절망감을
느꼈다.

* * *

　상수리나무가 하늘을 찌르고 잡목이 숲을 이루고 있었다. 초목은
잎잎이 녹색이고 흙냄새 풀 냄새가 코를 찔렀다. 서광표는 상수리나무
뒤에서 가만히 창룡사의 객방을 살폈다. 누나 애숙이 김체건을 정성껏
보살피고 있었고 김체건의 몸이 점점 회복되고 있었다.

　'이렇게 되면 체건이 놈이 내 매형이 되는 건가? 젠장……'

　서광표는 고개를 절레절레 흔들었다. 그래도 누나가 활짝 웃고 있
어서 다행이었다. 이제는 김체건이나 누나가 스스로 결정해야 한다고
생각했다.

　'저 노인네는 어디서 왔지?'

　김체건이 쉬고 있는 객방에는 노인이 치료를 하고 있었다. 그는 김
체건의 몸에 약을 바르고 애숙에게는 탕약을 달이게 했다.

　'의원인 모양인데 예사 인물이 아닌 것 같구나.'

　서광표는 노인의 행동을 주의 깊게 살폈으나 특별히 수상한 점은
발견되지 않았다. 그는 때때로 서광표가 숨어 있는 숲을 쏘아보면서
알 듯 모를 듯 미소를 짓고는 했다. 마치 네가 숨어 있는 것을 알고 있
다는 눈빛 같아서 서광표는 기분이 미묘했다. 그때 애숙이 빨래를 하
러 냇가로 내려왔다. 서광표는 천천히 애숙에게 다가갔다.

"아이 깜짝이야!"

인기척을 느낀 애숙이 자지러지는 시늉을 하면서 눈을 크게 떴다.

"놀라기는…… 누나, 체건이를 치료하는 노인은 누구야?"

"약초 캐는 노인이야."

애숙이 서광표를 보고 미소를 지었다.

"어디서 왔대?"

"그냥…… 이 산 저 산 돌아다니면서 약초를 캐고 있대."

"돌팔이 아니야?"

"아니야. 노인이 치료를 하면서 체건이가 빠르게 회복되고 있어."

애숙은 노인을 조금도 수상하게 생각하지 않았다. 서광표는 시간이 있을 때면 창룡사로 와서 김체건의 동태를 살폈다.

'저놈이 뭘 하는 거지? 염불이라도 하나?'

서광표는 김체건이 가부좌를 틀고 앉자 의아했다. 김체건은 단정하게 앉아 몇 시간 동안 움직이지 않았다. 노인은 그 옆에 앉아서 무엇인가 이야기를 하고 있었으나 멀어서 알아들을 수 없었다. 애숙은 마당에서 약을 달이고 있었다.

김체건과 애숙은 사이가 좋아 보였다. 노인이 없을 때 둘이서 도란도란 이야기를 나누는 것을 자주 볼 수 있었다.

'혼례는 나중에 올리더라도 애나 낳아라.'

서광표는 김체건과 애숙이 다정하게 이야기를 나누는 모습을 볼 때면 속으로 흡족했다. 김체건과 함께 있으면 행복해하는 애숙을 생각하자 마치 큰 짐을 덜은 것처럼 홀가분했다.

애숙은 아버지가 김인득에게 맞아 죽고 어머니가 자살을 하자 큰 충격을 받았었다. 김인득의 집을 도망치면서부터 말을 하지 않았다. 걸인이 되어 마포나루에서 구걸을 하던 그들 남매를 김체건의 어머니가 보살펴주었다. 서광표는 김체건과 매일같이 어울려 놀았다. 김체건의 어머니는 애숙에게 잔일을 시키고 쌀이나 먹을 것을 주고, 텃밭을 일구어 감자며 배추 같은 것을 심게 해주었다. 김체건은 장난이 심했다. 말을 하지 않는 애숙을 벙어리라고 놀리다가 울음을 터뜨리면 자신보다 덩치가 큰 애숙을 업어주기까지 했다. 그때부터 애숙의 얼굴이 밝아지고 말을 하기 시작한 것이다.

"너희 아버지는 어떻게 돌아가셨니?"

서광표가 김체건에게 물은 일이 있었다.

"병을 앓다가 돌아가셨어."

김체건은 아버지의 이야기가 나오면 우울해졌다.

"벼슬하셨니?"

"포도청에서 종사관으로 일하셨어."

김체건은 아버지에 대한 기억이 희미했다. 애숙은 김체건이 월이를 만나기 시작하자 너무나 슬퍼했다. 서광표는 월이에게로 향한 김체건의 마음을 막을 수 없었고 김체건에게로 향한 애숙의 마음도 막을 수 없었다.

* * *

김체건은 창룡사의 객방에서 나오자 사방을 휘둘러보았다. 여름이 깊어 아침부터 날씨가 후텁지근했다. 하늘은 구름 한 점 없이 푸르고 산들의 초목은 잎잎이 싱싱한 향기를 뿜고 있었다. 창룡사에서 상처를 치료하기 시작한 지 어느새 열흘이 지나 있었다. 김체건은 이제야 간신히 걸음을 떼어놓을 수 있었다. 신비의 노인도 보이지 않았고 애숙도 어디로 갔는지 절 주위가 적막했다.

김체건은 느릿느릿 걸음을 떼어 상수리나무가 울창한 숲으로 들어갔다. 상처 때문에 조심스럽게 걸어야 했다. 숲에는 작은 공터가 있었다. 김체건은 공터에 가부좌를 틀고 앉아 기(氣)를 운행하기 시작했다.

청정한 숲에서 기를 운행하는 것이 더욱 효과가 있었다. 노인은 김체건에게 기로 상처를 치료하는 법을 가르쳐주었다. 마음(心)으로 기를 일으키고, 기로 혈(穴)을 다스리는 법이었다. 단정하게 앉아서 단전으로 호흡을 하고 기를 모아야 했다. 노인은 그것을 운기(運氣)라고 했다. 운기를 하고 나면 정신이 맑아지고 몸이 가벼워지는 것을 느낄 수 있었다.

김체건이 운기에 열중하고 있을 때 노인이 소리 없이 나타났다. 김체건은 노인에게 공손하게 절을 했다.

"이제 몸을 움직일 수 있는가?"

노인이 가슴까지 내려온 수염을 쓰다듬으면서 물었다.

"예. 어르신…… 저에게 무예를 가르쳐주십시오."

김체건은 노인에게 공손하게 청했다.

"나는 무인이 아니다. 무예를 가르치지 않아."

노인이 단호한 목소리로 대답했다.

"무예를 하고 계시지 않습니까?"

"무예를 하는 것이 아니라 의술을 하고 있다. 양생술이지."

노인이 빙긋이 웃으면서 말했다. 그의 얼굴은 탈속했고 말투는 봄 바람처럼 부드러웠다.

"양생술이 무엇입니까?"

"건강하게 오래 살다가 신선이 되는 것이다."

"조선에 신선이 있습니까?"

"도처에 신선이 있다. 신선은 계룡산에서 아침을 먹고 저녁은 오대산에서 먹는다."

노인이 탈속한 목소리로 웃었다. 김체건은 노인의 말이 구름을 잡는 것처럼 공허하게 들렸다.

"어르신께는 제자가 있습니까?"

"없다."

"그러면 어르신의 의술이 사라지지 않겠습니까? 의술이 사라지는 것은 죄악입니다. 양생술을 널리 알려 사람을 이롭게 해야 합니다."

"무슨 헛소리냐? 나는 너를 치료할 뿐 가르치고 싶지 않다."

"어찌하여 그렇습니까?"

"무인은 사람을 죽이는 게 일인데 내가 어찌 사람 죽이는 일을 가르치겠느냐?"

"그럼 양생하는 법이라도 가르쳐주십시오."

노인은 우두커니 허공을 쳐다보았다. 김체건은 대답을 하지 않는 노인에게 몇 번이나 청했다. 노인은 김체건과 학문에 대해서 이야기했다. 그러다가 김체건이 사서오경을 외는 것을 보고 비로소 눈빛이 달라졌다.

"양생은 우주와 하나가 되는 것이다. 자연의 모든 생명은 우주에서 비롯되었다. 우주는 풀잎에 맺힌 작은 이슬방울 하나에도 존재하고 우리 마음속에도 존재한다. 우주는 음과 양으로 이루어져 있다. 들판에서 자라는 이름 없는 들꽃에도, 허공에 떠도는 티끌 같은 먼지 하나에도 생로병사의 오묘한 이치가 있으니 이 또한 음양의 조화가 아니고 무엇이겠느냐?"

노인이 단정하게 앉아서 말했다. 김체건은 정신을 집중하여 노인의 말에 귀를 기울였다. 노인이 그에게 양생술을 전수하기 시작한 것이다.

"하늘의 기운과 땅의 기운을 받아들여 단전으로 모으고 내 안의 기운을 합치면 마침내 건곤(乾坤)이 일치하여 참된 기운이 만들어진다. 이를 원양진기(元陽眞氣)라고 하는데 원양진기가 형성되면 전신 혈도로 보내라."

김체건은 노인을 따라 단정하게 앉아 양생술을 연마하기 시작했다.

"양생의 근본은 마음에 있으니 인(仁)으로 기를 운용하는 것이다. 무릇 진기는 바람처럼 자유로워야 하고 마음은 물처럼 부드러워야 한다. 매일같이 마음을 고요히 하는 수련을 하도록 하라."

김체건은 노인의 말을 가슴속에 깊이 새겼다.

"잘 알겠습니다."

김체건은 노인에게 머리를 깊숙이 조아렸다. 노인이 가볍게 몸을 흔들자 옷자락이 펄럭이면서 숲으로 사라졌다.

'저 노인에게 반드시 무예를 배워야 한다.'

김체건은 노인이 사라진 숲을 바라보면서 한숨을 내쉬었다. 홍동계의 계주 임도혁보다 노인의 무예가 훨씬 뛰어나다고 생각했다.

김체건은 다시 가부좌를 틀고 앉아서 운기에 들어갔다.

오후가 되자 비가 내리기 시작했다. 상수리나무가 울창한 숲에 비 안개가 자욱하게 피어올랐다. 김체건은 객방으로 돌아와 운기에 들어갔다. 애숙은 처마 밑에서 노인이 처방한 탕약을 달이고 있었다.

"누나……."

김체건은 비가 들이치는 처마 밑에서 탕약을 달이는 애숙을 불렀다.

"왜?"

애숙이 김체건을 쳐다보고 환하게 웃었다.

"비가 오고 있어. 약은 천천히 달여도 괜찮으니 비를 맞지 마."

김체건은 자신을 위해 처마 밑에서 비를 맞고 있는 애숙에게 미안했다.

"여름이라 괜찮아. 빗줄기가 시원해."

애숙이 잿빛 하늘을 쳐다보면서 말했다.

"누나……."

"응?"

"누나도 양생법을 배워봐."

"내가? 내가 뭣 하러 그런 걸 배워?"

"양생법은 몸을 보호하는 법이야. 내가 가르쳐줄게. 배워봐."

"그래?"

"여기로 와서 나처럼 단정하게 앉아."

김체건은 애숙에게 양생법을 가르치기 시작했다. 애숙은 객방으로 들어와 얼굴을 붉히면서 단정하게 앉았다. 김체건은 애숙에게 자세를 잡아주고 호흡하는 법부터 가르쳐주었다.

김체건은 하루에도 몇 시간씩 가부좌를 틀고 앉아서 진기를 일으키려고 했다. 그러자 신기하게 상처의 고통을 잊게 되고 상처도 빨리 아물어가는 것 같았다. 노인은 이틀에 한 번, 사흘에 한 번씩 창룡사를 찾아와 김체건에게 양생법을 가르쳤다.

"흥! 내가 네놈에게 양생법을 가르치고 있는데 허락도 받지 않고 다른 사람에게 전수를 하는 것이냐?"

노인은 애숙이 정좌를 하고 앉아 있는 것을 보고 혀를 찼다.

"양생법은 사람을 이롭게 하는 것이니 널리 알려야 한다고 생각합니다."

김체건이 웃으면서 대답했다.

"왜? 기왕이면 책이라도 써서 널리 퍼뜨리지 그러느냐?"

노인이 애숙을 살피면서 껄껄대고 웃었다. 노인은 겉으로 드러내어 말하자 않았으나 애숙을 귀여워하고 있었다. 애숙은 노인이 창룡사에 머물 때 식사를 정성껏 대접했다.

"저는 어르신에게 의술을 배우고 싶습니다."

애숙이 노인에게 말했다.

"의술을 배워서 뭘 하게?"

"마포나루에는 병이 있어도 돈이 없어서 의원에게 치료를 받지 못하는 가난한 사람들이 많습니다. 그들을 치료해주고 싶습니다."

"그래. 의술을 배워 그렇게 쓰는 것은 좋은 일이지."

노인은 창룡사를 찾아올 때마다 애숙을 데리고 약초를 캐러 다니면서 의술을 가르쳤다.

***

"이제 여기서 내려가야 돼. 천봉일이 시체가 없어진 것을 알고 수상하게 생각하고 있어."

창룡사에 머문 지 한 달이 지났을 때 서광표가 찾아와서 말했다. 날씨는 아직도 더웠고 장마가 시작되어 거의 매일같이 비가 내리고 있었다.

"그럼 집으로 돌아가자."

애숙은 근심이 가득한 얼굴로 말했다.

"노인이 오시면 인사를 드리고……."

김체건은 노인을 기다렸으나 며칠이 지나도 나타나지 않았다.

"노인 어른께 인사도 드리지 못하고 떠나야 하겠네."

애숙이 아쉬워하면서 말했다. 김체건은 어쩔 수 없이 애숙과 함께 창룡사에서 내려오기 시작했다. 빗줄기가 그쳤으나 날씨는 찌는 듯이 더웠다. 산에서 내려오는데도 땀이 흥건하게 흘러내렸다.

김체건은 애숙과 함께 조심스럽게 걸어서 여주나루에 이르렀다. 걸음을 떼어놓을 수 있었으나 완쾌되지 않아 걸어서 한양까지 가는 것은 불가능했다.

'아직 무예의 고수가 되지 못했는데 돌아가야 하는구나.'

김체건은 황포돛배가 나루를 출발하자 뱃전에 서서 점점 멀어지는 수리산을 바라보았다. 오랜 세월 수리산에서 무예 연마를 했으나 성공하지 못했다. 김체건은 가슴이 조각조각 찢어지는 것처럼 비감했다. 애숙이 위로를 하듯이 김체건의 손을 가만히 잡았다.

'누나……'

김체건은 애숙의 손에서 전해오는 따뜻한 온기를 느꼈다.

"바람이 시원하네."

애숙이 김체건을 향해 엷게 웃었다. 강바람이 그녀의 머리카락을 날리고 치맛자락을 펄럭이게 했다.

배는 순풍을 타고 쏜살같이 달렸다. 그러잖아도 여주에서 한양으로 흘러가는 남한강이었다. 가만히 있어도 물결을 따라 흐르는데 바람까지 타자 더욱 빨랐다. 광나루를 지나고 뚝섬나루를 지났다. 용산나루까지 지나자 정겨운 풍경인 마포나루 일대가 눈에 들어왔다. 마포나루를 보자 김체건은 눈이 시렸다.

마포나루에서 배를 내려 애숙의 집으로 돌아왔다. 애숙의 집은 한 달 동안이나 비웠으나 옛날과 다르지 않았다. 김체건은 애숙의 보살핌을 받으면서 양생법을 수련했다. 어떤 때는 하루 종일 단정하게 앉아서 수련을 했다. 그렇게 한 달이 지나자 몸이 더욱 가벼워지고 상처가 나았다.

김체건은 혼자 걸을 수 있게 되자 마포나루에 있는 집을 찾아갔다. 김체건의 집은 폭삭 무너져 있었다. 불과 몇 년 만에 집이 주저앉아 쓰레기를 쏟아놓은 것 같았다.

'어머니는 끝내 돌아오지 않았구나.'

김체건은 흙더미에 무성한 잡초를 보고 쓸쓸했다.

'어머니는 어디에 계실까?'

김체건은 이곳에서 형과 어머니와 함께 살았다는 사실이 믿어지지 않았다.

김체건은 강을 향해 천천히 걸음을 떼어놓았다. 또 비가 오려는지 하늘이 잿빛으로 낮게 가라앉고 축축한 물기를 머금은 하늬바람이 불고 있었다. 자신도 모르게 월이의 집으로 걸음이 떨어졌다. 월이의 집에는 뜻밖에 잔치가 벌어지고 있었다. 김체건은 무슨 일인지 알 수 없어서 은행나무 밑에 우두커니 서 있었다.

"너 체건이 아니냐?"

그때 등 뒤에서 굵은 목소리가 들렸다. 김체건이 뒤를 돌아보자 걸인패 오철삼이었다. 그는 여전히 누더기를 걸치고 있었다.

"철삼이……?"

오철삼은 이미 어른이 되었으나 옛날 모습이 그대로 남아 있었다.

"야, 이거 몇 년 만이냐? 이젠 아주 어른이 되었네?"

오철삼이 싱글벙글 웃으면서 김체건의 아래위를 살폈다. 김체건도 놀라서 오철삼의 손을 덥석 잡았다.

"월이 아가씨가 너를 얼마나 찾았는지 알아?"

"나를 찾았어?"

"그래. 하긴 월이 아가씨뿐이냐? 연잉군 나리도 너를 얼마나 찾았는데…… 대체 무얼 하다가 이제야 나타난 거야?"

오철삼이 한심하다는 듯이 김체건의 어깨를 두드렸다.

"사정이 있었어. 그런데 연잉군이 누구야?"

"모르고 있었냐? 흰둥이 이금이 연잉군 나리잖아? 임금님 둘째아들…… 왕자님이란 말이야."

이금이 왕자라고? 김체건은 그의 높은 신분에 가슴이 철렁할 정도로 놀랐다. 막연히 대갓집 자제일 것이라고 생각했으나 왕자일 것이라고는 짐작조차 못했다.

"그런데 월이의 집에서 무슨 잔치가 벌어지는 거냐?"

"정말 깜깜소식이구나. 월이가 이금…… 아니 연잉군 나리의 소실로 시집가는 잔치야. 월이 아버지 벼슬이 떨어져 문안에서 다시 여기 나와 살았는데 경사가 생긴 거야."

"월이가 이금에게 시집을 간다고?"

김체건은 벼락을 맞은 듯한 기분이었다.

"왕자님에게 시집을 가니 잘되었지. 가서 잔치 음식이나 얻어와야겠다."

오철삼이 대문 안으로 뛰어 들어갔다. 김체건은 꿈을 꾸고 있는 것 같았다. 월이가 연잉군 이금의 첩이 된다는 사실을 믿고 싶지 않았다.

'연잉군이 월이를 소실로 맞아들이다니…….'

김체건은 가슴이 무너져 내리는 것 같았다. 자신도 모르게 다리가 휘청거려 은행나무에 기대섰다. 얼마나 오랜 시간을 은행나무에 기대서 있었을까. 월이의 집에서 가마가 나오기 시작했다. 청사초롱이 앞에서 가고 아이들이 뒤를 따르면서 환호했다. 동네 사람들도 몰려들어 가마가 나올 때는 바깥마당에 발 디딜 틈이 없었다.

'비열한 놈.'

월이가 야속하고 이금에게 배신감을 넘어 분노를 느꼈다. 이금은 김체건이 월이를 좋아하는 것을 알고 있었다. 그런데도 이금이 월이를 소실로 맞아들이고 있는 것이다.

후드득.

빗방울이 떨어지기 시작했다. 사람들이 빗속에서 소리를 지르면서 흩어졌다. 김체건은 비를 맞으면서 은행나무 앞에 망연자실하여 서 있었다. 자신도 모르게 뜨거운 눈물이 흘러내렸다. 김체건은 빗속에서 터벅터벅 걸어 집으로 돌아오기 시작했다.

"왜 이렇게 비를 맞고 돌아다녀?"

애숙이 김체건의 빗물을 닦아주면서 물었다. 김체건은 아무 말도 하지 않고 벽을 향해 돌아누웠다. 김체건은 몇 달 동안 방 안에서 두문불출했다. 폐인처럼 방에 앉아서 우두커니 허공만 바라보았다. 눈은 우묵하게 들어가고 수염이 덥수룩했다. 애숙이 그런 김체건에게 술을 갖다가 주었다. 술을 마시자 슬픔이 더욱 북받쳤다. 월이에 대한 그리움에 사무쳐 목을 놓아 울었다.

"이 바보…… 월이 낭자가 시집을 간 것이 그렇게 슬퍼? 내가 월이 낭자 대신 너를 사랑해주면 안 돼?"

애숙이 김체건을 와락 끌어안았다. 술에 취했기 때문일 것이었다. 월이가 떠나 허전한 가슴을 달랠 수가 없었기 때문인지 몰랐다. 김체건은 애숙에게 안겨 짐승처럼 오열하다가 그녀의 가슴에 얼굴을 묻었다. 그녀의 몸속 깊숙이 들어가 소멸되고 싶었다.

밖에는 밤바람이 사납게 몰아치고 있었다. 김체건은 이성을 잃은 한 마리의 짐승이 되어 그녀의 가슴 깊은 곳에 설움을 쏟아놓았다.

7

북검의 고수들

여름이면 김체건의 집 울타리에는 해마다 봉선화가 피었다. 무덥고 긴 여름에 봉선화는 아름답게 꽃 피고 여자들의 손톱을 물들이고는 했다. 김체건은 여자들이 봉선화물을 들이는 것을 좋아했다. 가을바람이 솔솔 불어오면 봉선화는 꽃잎이 자욱하게 떨어졌다. 서리가 하얗게 내리고 찬바람이 몰아치면 형체가 없어졌다. 월이가 연잉군의 소실로 시집을 간 것도 그와 같지 않을까. 무너진 집터에서 무성한 잡초와 함께 솟아나온 한 떨기 봉선화를 보고 김체건은 그렇게 생각했다.

후드득.

잿빛 하늘에서 빗방울이 떨어지기 시작했다. 장마철이라 비가 더욱 자주 내렸다. 빗방울은 점점 굵어지고 세차게 쏟아졌다. 집터의 잡초와 봉선화가 빗줄기에 꺾어져 쓰러졌다.

김체건이 세찬 빗줄기를 그대로 맞고 허깨비처럼 비틀대며 집으로 돌아오기 시작했다. 망원정에 이르렀을 때 뜻밖에 한 노인이 앉아 있는 것이 보였다. 그는 수리산 절에서 그를 치료한 노인이었다.

"어르신……."

김체건은 정자로 올라가 노인에게 절을 했다. 노인이 눈살을 찌푸리고 그를 보았다.

"지난번에 소생의 목숨을 구해주시어 감사드립니다. 인사도 못 드리고 떠났습니다."

노인은 그윽한 눈빛으로 그를 보고 있었다.

"어찌하여 폐인이 되었느냐?"

노인이 서늘한 눈으로 김체건을 쏘아보았다. 김체건은 대답을 하지 않았다.

"내가 양생하는 법을 가르쳐주지 않았느냐? 양생의 진수는 욕심을 버리는 것이다."

"송구합니다. 소인은 가슴이 너무 아픕니다."

"이제 어떻게 할 것이냐?"

"모르겠습니다. 무엇을 해야 할지 모르겠습니다."

김체건이 무릎을 꿇고 울음을 터뜨렸다. 비는 들판과 강에 억수같이 쏟아지고 있었고 김체건의 가슴에도 피눈물 같은 빗줄기가 쏟아지고 있었다.

"인연이로다."

노인이 김체건을 살피다가 고개를 끄덕거렸다.

"나를 따르거라."

노인이 망원정에서 일어섰다. 김체건은 노인을 따라가기 시작했다.

노인은 김체건을 데리고 강을 건너 남쪽으로 하염없이 걸었다. 김체건은 노인을 따라 걷고 또 걸었다. 걷는 것도 수련이고, 숲이나 들에서 밤을 새우는 것도 수련이었다. 내를 건너고 산을 넘고…… 마을을 지나고 강을 건넜다. 그렇게 여러 날을 걷고 또 걸었다.

계룡산 깊은 골짜기에 동학사라는 절이 있고 동학사를 지나 산 중턱에 이르자 낡은 모옥*이 한 채 있었다.

김체건은 계룡산에서 노인에게 무예를 배우기 시작했다. 그는 장씨 성을 갖고 있는 노인이었다.

'장산인이구나.'

김체건은 그제야 노인이 북검의 제일고수 장산인이라는 사실을 알 수 있었다.

김체건은 허공을 베고 찌르고 돌아서고 솟아올랐다. 그렇게 하루도 거르지 않고 반복했다.

하루, 이틀…… 한 달…… 두 달이 지났다. 비가 오고 눈이 와도 멈추지 않았다. 그가 계룡산에 들어온 지 일년이 지나고…… 어느새 이년이 지났다.

때때로 월이의 얼굴을 가뭇하게 떠오르고는 했다.

* * *

김체건은 허공을 노려보았다. 허공에서 떨어지는 빗방울을 응시했

---

* 茅屋. 띠 따위의 풀로 이엉을 만들어 지붕을 이은 집. 띠집.

다. 빗방울을 노려보고 빗방울을 베었다.

"이제 본국검을 연마할 때가 되었구나."

그때 등 뒤에서 창로(蒼老)한 목소리가 들렸다.

"사부님……."

김체건은 깜짝 놀라서 머리를 조아렸다. 장산인은 몇 달 동안 계룡산을 떠났다가 돌아온 것이다. 장산인이 지팡이를 들고 검세를 취하고 있었다. 김체건은 재빨리 산인을 따라 검세를 취했다.

"본국검은 지검대적세(持劍對賊勢)부터 시작한다."

산인이 지팡이로 지검대적세를 취했다. 지검대적세는 적을 마주 보는 자세다.

"내략(內掠)……."

장산인이 자세를 바꾸었다. 내략은 방어와 동시에 공격을 하기 위한 연결 동작이다.

"진전격적세(進前擊賊勢)……."

장산인은 잇달아 본국검법의 세를 시연했다. 진전격적세는 적을 공격하는 자세였다.

"금계독립세(金鷄獨立勢)……."

금계독립세는 새가 외다리로 서는 것과 같은 세다.

"후일격세(後一擊勢)……."

후일격세는 앞의 적을 공격하다가 뒤에서 공격하는 적을 공격하는 세다. 본국검법은 모두 24세로 이루어져 있었다.

"오늘 가르친 것을 계속 연마하라."

장산인이 김체건에게 명을 내리고 모옥으로 돌아갔다.

김체건은 하루도 거르지 않고 본국검법을 연마했다. 장산인은 계룡산 모옥에 닷새를 머문 뒤에 떠났다. 장산인이 머무는 시간은 얼마 되지 않았다. 짧을 때는 사흘, 오래 머물 때는 한 달을 있다가 떠났다. 그가 무엇을 하는지, 어디로 가는지 알 수 없었다. 김체건은 무예를 연마하면서 양생술을 더욱 깊게 파고들었다.

'양생술과 무예를 결합해야 하겠구나.'

김체건은 무예를 연마할 때 양생술의 진기를 운영했다. 그러자 검이 눈에 보이지 않게 빨라지고 몸이 가벼워졌다. 그는 검세를 펼치면서 1, 2장씩 허공으로 솟아오르고 바람처럼 부드럽게 몸을 움직였다. 양생술을 깊이 연마하면서 무예가 상승의 경지에 이르게 되었다.

김체건이 본국검법을 연마하기 시작한 지 일년이 지났다. 김체건은 폭포 아래서 본국검법을 연마했다. 가을이었다. 단풍이 가득한 산에 스산한 가을비가 내리고 있었다.

'아!'

그때 김체건은 등 뒤로 예리한 살기를 느꼈다.

'유엽비도…….'

나뭇잎 하나가 칼날처럼 그의 목을 노리고 날아오고 있었다. 소리도 없이 단지 기운뿐이었다. 김체건의 몸이 바람처럼 허공으로 솟아오르고 목검이 등 뒤로 향했다.

팟!

나뭇잎이 김체건의 목검에 박혔다. 김체건은 허공에서 날아내리면서 뒤를 돌아보았다.

"사부님……."

장산인이 옷자락을 표표히 날리며 지팡이를 짚고 서 있었다. 김체건은 공손하게 장산인에게 허리를 숙였다.

"막아라!"

장산인이 창노한 목소리로 외치며 허공으로 몸을 솟구쳤다. 흰 옷자락이 펄럭이는 것을 보았을 뿐인데 지팡이가 김체건의 머리를 쪼갤듯이 사납게 내리쳐왔다. 상골분익세(霜鶻奮翼勢)라는 검세였다. 김체건은 소름이 쫙 끼치는 것을 느끼면서 목검을 추켜올렸다. 목검과 지팡이가 부딪치면서 손목이 시큰했다.

장산인은 숨 쉴 틈도 주지 않고 잇달아 격세를 전개했다. 그의 지팡이가 김체건의 요해처 스물네 곳을 노리고 쇄도해왔다. 김체건은 바짝 긴장하여 맞섰다.

"만지낙화세(滿地落花勢)……."

장산인이 전설의 검법인 만지낙화세를 전개했다. 그러자 지팡이와 그의 몸이 은행나무 사이로 솟아오르고 나뭇잎이 자욱하게 떨어졌다.

"만지낙화세……."

김체건도 장산인을 따라서 만지낙화세를 펼쳤다. 그의 만지낙화세에도 나뭇잎이 우수수 떨어졌다.

"핫핫핫! 네가 만지낙화세를 펼치는 것을 보니 이제 하산할 때가 되었구나."

장산인이 호탕하게 웃음을 터뜨렸다. 그의 웃음소리에 산이 쩌렁쩌렁 울렸다.

"사부님, 아직도 더 배워야 합니다. 제자는 부족합니다."

김체건은 가슴이 철렁했다. 장산인으로부터 하산하라는 말을 들은 것은 뜻밖이었다.

"무예는 세속에서도 배울 수 있는 것이다."

"하오나 제자가 미숙하여 스승님의 무예를 절반도 깨우치지 못했습니다."

"세상일은 뜬구름이요, 먼지와 같은 것이라고 했다. 준비하고 내일 떠나거라."

장산인의 음성은 낮았으나 단호했다. 김체건은 더 이상 그의 말을 거역할 수 없다는 것을 깨달았다.

모옥으로 돌아오자 장산인이 김체건을 앉혀놓고 조선의 무예에 대해서 설명하고 양평의 무적암에 가서 북검을 도우라고 지시했다. 김체건은 그날 밤 잠이 오지 않았다.

'이제 나는 산을 떠나는 거야.'

오랫동안 무예를 연마했는데도 막상 떠나려고 하자 오히려 많은 생각이 머릿속에서 떠나지 않았다. 김체건은 엎치락뒤치락하다가 새벽녘에야 간신히 잠이 들었다. 밖에는 줄기차게 비가 내리고 있었다.

날이 번하게 밝아올 때 눈이 떠졌다. 문을 열자 적막한 모옥 마당으로 성긴 빗발이 날리는 것이 보였다. 김체건은 잠시 동안 비안개를 거느리고 있는 계룡산의 웅장한 산봉우리를 바라보았다. 모옥에 있는 그의 방에서도 잿빛 하늘 아래 수묵화를 펼쳐놓은 것 같은 산이 보였다.

김체건은 주섬주섬 옷을 챙겨 입고 밖으로 나왔다. 그런데 장산인의 방 앞에 있는 툇마루에 죽립과 목검 한 자루, 엽전이 담긴 전대가 놓여 있었다. 김체건은 어쩐지 불길한 예감이 들었다.

'사부님께서는 미리 준비해놓으셨구나.'

김체건은 죽립을 머리에 쓰고 전대를 허리에 찼다. 목검을 들자 묵직했다.

'목검 속에 또 칼이 있구나.'

김체건은 차가운 검기가 손을 통해 심장까지 얼어붙게 하는 것을 느꼈다.

"사부님!"

김체건은 장산인의 방을 향해 낮게 외쳤다. 그러나 방에서는 아무 소리도 들리지 않았다. 세 번을 불렀으나 마찬가지였다. 김체건은 조심스럽게 방문을 열었다. 그러나 방은 덩그러니 비어 있었다.

'사부님께서 먼저 떠나셨구나.'

김체건은 마당에서 모옥을 향해 절을 했다.

빗줄기가 차가웠다.

김체건은 모옥을 지나 산을 내려가기 시작했다. 동학사를 지나 한낮이 가까울 무렵 금강에 이르렀다. 강의 수면에도 차가운 빗줄기가 떨어지고 있었다. 멀리 북쪽을 바라보자 아득한 하늘 아래 광활한 들판이 끝없이 펼쳐져 있었다.

* * *

애숙은 시린 눈빛으로 강둑을 응시했다. 마포의 한강 들녘도 가을이 깊어 황금빛으로 출렁이고 있었다. 바람이 일 때마다 출렁이는 황금빛 물결을 보자 애숙은 가슴으로 찬바람이 부는 것 같았다. 가을 곡식을 모두 거두고 나면 또다시 길고 추운 겨울이 시작될 것이다. 들녘

끝에는 수량이 풍부한 강물이 서쪽으로 철썩이면서 흘러가고 갈매기들이 끼룩거리고 날았다. 애숙은 저물어가는 가을 들녘과 강물을 보면서 슬픔을 참을 수 없었다.

김체건이 떠난 지 어느덧 삼년이 되었다. 그가 떠날 때까지만 해도 배 속에 있던 아이는 이제 두 돌이 되어 그녀의 등에 업혀 있었다. 배가 부르고 아이를 낳을 때 그녀는 내내 혼자였다.

애숙은 삼년 동안 하루도 거르지 않고 강 쪽을 바라보면서 김체건을 기다렸다.

'가을이 가기 전에 돌아왔으면……'

애숙은 등에 업은 아이를 어르면서 강둑을 응시했다. 김체건이 사무치게 그리웠다. 가만가만 봄비가 내리는 밤…… 어둑하게 땅거미가 내리는 여름날 오후…… 한밤중 눈이 사락사락 내릴 때는 그가 더욱 사무치게 그리웠다.

김체건이 떠난 뒤에 노인이 몇 달에 한 번씩 들러서 애숙에게 의술을 가르쳤다. 애숙은 노인을 통해서 김체건이 계룡산에서 무예를 연마하고 있다는 것을 알게 되었다.

"혼자 사는 것이 힘들지 않느냐?"

노인이 혀를 차고 물었다.

"괜찮습니다."

"아이 아버지는 무예 수련을 하고 있으니 때가 되면 돌아올 것이다. 너무 애달파하지 마라."

"그래도 자꾸 기다려집니다."

"네가 참으로 좋은 품성을 지녔구나. 장차 복을 받을 것이다."

애숙은 노인에게 배운 의술로 사람들을 치료했다. 애숙을 무지한 아낙으로 생각하던 마을 사람들이 차츰차츰 그녀를 찾아와 치료를 받았다. 애숙은 의술 때문에 마을 사람들로부터 멸시를 받지 않았다. 칭얼대던 아이가 잠이 들었는지 조용했다. 애숙은 시린 눈빛으로 저물어 가는 논을 응시했다. 논둑을 따라 아이들이 뛰어다니면서 새를 쫓고 메뚜기를 잡고 있는 것이 보였다. 강에는 유람을 즐기는 선비들의 놀잇배도 떠 있었다. 놀잇배에서 기생들의 장구 소리와 노랫소리가 아련하게 들려왔다.

'이제 저녁을 짓자.'

어느 사이에 해가 설핏 기울고 있었다. 김체건이 언제 돌아올지 몰라 애숙은 아침저녁으로 항상 따뜻한 밥을 지었다.

'아…….'

애숙이 몸을 돌리려고 할 때 멀리서 삿갓을 쓴 사내가 기다란 물건을 어깨에 메고 성큼성큼 걸어오는 것이 보였다. 애숙의 눈이 커졌다. 멀어서 확실하지는 않았으나 김체건이 틀림없었다. 어깨에 멘 것은 칼이고 삿갓을 쓴 이유는 먼 길을 다니기 위해서일 것이다.

'이것이 꿈인가?'

애숙은 자신의 눈을 믿을 수 없었다. 이미 몇 번이나 그런 경험을 했다. 김체건이 돌아오는지 알고 달려가면 엉뚱한 사람이었다. 가슴이 뛰고 얼굴이 화끈거려 어쩔 줄을 몰라 하다가 저절로 눈물이 흘러내리고는 했다.

강둑을 걸어오는 사람의 모습이 점점 뚜렷해지기 시작했다.

'체건이야.'

애숙은 가슴이 뭉클하면서 눈시울이 뜨거워져왔다. 강둑을 성큼성큼 걸어온 사내가 삿갓을 위로 추켜올렸다. 애숙은 갑자기 눈앞이 부옇게 흐려져 몸을 돌렸다. 설움이 복받쳐 눈물이 왈칵 쏟아졌다.

"내가 왔소."

김체건이 애숙의 앞에 와서 걸음을 멈췄다. 애숙은 눈물에 젖은 눈으로 김체건을 쳐다보았다. 김체건은 눈빛이 깊고 수염이 텁수룩해져 있었다.

"아들이오?"

"예."

김체건과 애숙이 존댓말을 하는 것은 서로가 너무 오랫동안 떨어져 있었기 때문일 것이다.

"혼자서 아이를 키우느라고 고생이 많았소."

"들어가세요. 저녁 지을게요."

애숙은 바쁘게 걸음을 놀려 집으로 돌아왔다. 김체건이 성큼성큼 뒤를 따라왔다. 애숙은 김체건에게 방문을 열어주고 부엌으로 들어가 불을 지폈다.

'돌아왔어. 돌아왔어.'

애숙은 입언저리로 웃음이 비어져 나왔다. 정신없이 아궁이에 불을 지피고, 쌀을 안치고 반찬을 만들고 있는데 부엌문 앞에 김체건이 나타났다.

"시장해요?"

"아니오. 그저 당신 얼굴을 보려고 왔소."

"쑥스럽게…… 들어가 계세요."

애숙은 눈을 흘기는 시늉을 했다.

"아이를 나에게 주시오."

"깨어나면 울 텐데⋯⋯."

"괜찮소."

애숙은 등에 업은 아이를 김체건에게 건네주었다. 아이가 깨어났으나 김체건이 어르자 방글방글 웃었다.

이내 밤이 왔다. 김체건은 아이가 잠이 들자 애숙과 나란히 누웠다. 김체건이 그녀에게 팔베개를 해주고 무예를 연마하던 이야기를 조곤조곤 들려주었다.

* * *

임도혁이 방으로 들어가자 임진남은 방석 등받이에 비스듬히 기대 앉아 술을 마시고 있었다. 그의 양옆에는 여자 둘이 어깨를 주무르면서 술을 따르고 있었다. 임도혁은 조심스럽게 임진남의 앞에 가서 절을 올렸다.

"왔느냐?"

임진남이 곁눈으로 임도혁을 살폈다.

"예. 아버님 부르심을 받고 왔습니다."

임도혁은 고개를 들고 임진남을 살폈다. 임진남은 눈웃음을 치고 있었으나 눈빛이 음침하여 소름이 끼쳤다. 임진남은 오십이 넘었는데도 수염이 없다. 피둥피둥 살이 쪘으나 여자들의 피부처럼 부드럽고 목소리도 가늘었다.

"앉거라."

임도혁은 임진남 앞에 무릎을 꿇고 앉았다. 임도혁은 임진남의 수양아들이었다.

"지시할 일이 있다."

"하명하십시오."

"너희들이 북검을 쳐라."

임도혁에게는 임진남의 말이 벼락을 치는 것처럼 크게 들렸다.

"북검을 치라고 하시는 것은……?"

"북검이 장악한 한양을 너희들이 장악하라는 것이다."

임도혁은 선뜻 대답을 하지 못했다. 북검을 치는 것은 그들과의 피비린내 나는 전쟁을 의미하는 것이다.

"포도청에서 대대적으로 단속을 나올 것입니다."

"포도청은 걱정하지 마라. 왕세자저하께서 뒤를 봐주실 것이다."

"왕세자저하의 지시입니까?"

"북검을 치면 한양이 혼란해질 것이다. 검계들이 구역을 빼앗기 위해 전쟁을 벌이는 거라 생각하겠지. 그때 창의궁을 치면 된다."

임진남의 말에 임도혁은 가슴이 철렁했다. 임진남이 연잉군을 암살하려 하고 있는 것이다.

"내일부터 북검을 쳐라. 한양에 피바람을 불러일으켜라."

"예."

임도혁은 깊숙이 고개를 숙였다.

"도혁아."

"예."

임도혁은 고개를 들다가 가슴이 섬뜩해지는 것을 느꼈다. 임진남이 그의 얼굴을 싸늘한 눈으로 쏘아보고 있었다. 임진남은 잔인했다. 첩이 말을 듣지 않는다고 여러 사람이 보는 앞에서 몽둥이로 때려 죽이는가 하면 배신자를 한겨울에 발가벗겨서 물통에 넣어 얼려 죽이기도 했다.

"애비가 지난번에 하사한 첩은 어떻더냐?"

임진남의 눈이 야릇하게 번들거렸다.

"아버님의 은혜에 감읍하고 있습니다."

임진남은 지난달 자신의 첩을 임도혁에게 주었다. 임진남은 기분 좋은 일이 있을 때 자신의 첩을 임도혁에게 한 명씩 하사했다.

"만족하느냐?"

"예."

"한잔 마셔라. 아들에게 술을 따라주어라."

임진남이 옆에 앉아 있는 첩에게 지시했다. 첩이 임도혁에게 와서 술을 따랐다. 첩의 몸에서 분 냄새가 물씬 풍겼다. 임도혁은 술잔을 단숨에 비웠다.

"도혁아."

임진남이 실눈으로 그를 살피면서 불렀다.

"예."

"돌아가서 일을 처리하라."

임도혁이 술 석 잔을 마셨을 때 임진남이 말했다.

"예."

임도혁은 머리를 숙여 절을 하고 물러나왔다. 등 뒤에서 여자들의 간드러진 웃음소리가 들렸다. 임도혁은 임진남의 방에서 나오자 등줄기가 축축했다. 그가 수양아버지이긴 했으나 정이 들지 않았다. 임도혁은 집에서 멀리 떨어지자 비로소 어떤 공포에서 해방된 듯한 느낌이 들었다.

'이제부터 전쟁을 해야 한다.'

임도혁은 어깨가 무거웠다. 북검과 싸우는 것은 승패를 예측할 수 없었다. 그러나 임진남의 지시가 떨어졌으니 피비린내 나는 전쟁을 벌여야 했다.

삼청동에서 빠르게 걸음을 놀려 중흥동으로 돌아오자 천봉일과 김학수가 허리를 접어 인사했다.

"형님."

"내일 아침에 애들 소집해라."

임도혁은 보료에 비스듬히 몸을 눕히면서 말했다.

"소집이요? 갑자기 무슨 일로 애들을 소집합니까?"

"내일부터 북검이 장악하고 있는 나루와 난전, 기루를 친다."

"예."

천봉일이 비로소 긴장한 표정으로 대답하고 물러가자 임도혁은 방에 앉아 잠시 생각에 잠겼다. 임진남은 환관 출신이었다. 젊었을 때 대궐에서 일을 했으나 거세가 잘못되었다는 이유로 내시부에서 곤장을 맞고 귀양을 갔다. 그 후 무예의 고수가 되어 나타나 홍동계를 조직했다. 그러나 한 번도 사람들 앞에 공개적으로 모습을 나타내지 않았다.

"형님, 아이들에게 집결하라는 영을 내렸습니다."

천봉일이 돌아와 보고했다.

"내일부터 전쟁을 해야 하니 오늘은 술을 마시러 가자."

임도혁은 여자들에게 둘러싸여 있던 임진남의 얼굴을 떠올리고 벌떡 일어섰다. 임진남은 삼청동에 대궐 같은 집을 지어놓고 십여 명의 첩을 거느리고 살고 있었다.

***

허름한 모옥이었다. 이런 곳에 북검의 제일고수로 불리는 장산인이 살고 있다는 사실이 믿어지지 않았다. 이이명은 말에서 내려 모옥을 응시했다. 마치 유비가 제갈량을 끌어들이기 위해 삼고초려를 하고 있는 기분이었다. 낮은 모옥 앞에 손바닥처럼 작은 마당이 있고 마당 앞에 짐승을 막기 위한 듯 싸리나무 울타리가 있었다. 모옥 앞에는 허름해 보이는 노인이 텃밭을 일구고 있었다. 산 중턱에 밭을 일굴 만한 땅이 있다는 사실이 신기했다.

"어르신, 어르신이 혹시 장산인입니까?"

이이명이 밭에서 일하는 노인에게 공손하게 물었다. 노인이 허리를 펴고 이이명을 쏘아보았다. 이이명은 도포를 입고 갓을 쓰고 있었다. 옥관자를 늘어뜨린 평범한 선비의 차림이었다.

"산에 사는 사람은 다 산인이지……."

노인이 느리게 대답했다.

"장씨 성을 쓰십니까?"

"성도 이름도 잊어버린 지 오래요. 나이가 들면 잊어버리는 게 많아."

노인은 다시 밭을 일구기 시작했다. 이이명은 노인을 망연히 보고 있다가 툇마루에 걸터앉아서 노인이 나오기를 기다렸다. 산세가 험하고 『정감록』에 길지로 기록되어 있어 도를 닦는 사람들이 몰려들고 있는 계룡산이었다. 이이명은 신령한 산에서 도인을 만난 기분이었다. 산이 좋아서인가. 아니면 도력이 높아서인가. 노인에게서 선풍도골의 탈속한 기운이 느껴졌다. 노인은 해가 질 때까지 밭에서 나오지 않았다.

'세상에 근심 없이 사는구나.'

이이명은 여러 가지 생각에 잠겼다. 노인을 보고 있으려니 세상의 부귀가 한낱 티끌에 지나지 않는 것 같았다.

"해가 기울고 있는데 어찌 내려가지 않소?"

노인이 밭에서 나와 이이명에게 눈길을 주었다.

"산인께 도움을 청하려고 왔습니다."

"나 같은 사람에게 무슨 도움이 필요하오?"

"연잉군 나리께서 위험에 처해 있습니다."

이이명은 탈속한 장산인의 눈빛이 일렁거리는 것을 보았다.

"그대는 연잉군을 따르다가 변을 당할 것이오. 차라리 나처럼 산으로 들어오면 화를 피할 텐데……."

장산인이 이이명을 그윽한 눈빛으로 살피다가 지나가는 말로 말했다.

"변이라니요?"

"장차 흉적이라는 이름을 듣게 될 것이오."

이이명은 잠시 생각에 잠겼다. 흉적이라고 불린다는 것은 역적으로 몰린다는 말이다. 그렇다면 연잉군은 끝내 보위에 오르지 못한다는 말인가. 아니 연잉군은 둘째치고 그도 죽임을 당하게 된다는 뜻이다.

"연잉군은 걱정하지 마시오."

그의 생각을 읽기라도 했는지 장산인이 잔잔하게 웃었다.

"산인의 제자라도 보내주십시오."

이이명은 간절하게 말했다. 사람은 누구나 죽는 것이니 죽음이 두렵지는 않았다. 왕세자를 떠받드는 자들은 연잉군을 탄핵하기 위해 간음죄를 뒤집어씌우려다가 실패하자 무뢰배를 동원하여 연잉군 세력을 공격하고 있었다. 어떻게 하든지 북검의 손을 빌려 그들을 막아야 했다.

"인생은 차를 한잔 마시는 것과 같소."

장산인은 이이명에게 차를 권했다. 한 모금을 마시자 맛이 씁쓸했다.

"소인은 이이명이라고 합니다. 얼마 전까지 판서 벼슬을 지냈습니다."

"연잉군을 도우려고 하는 것은 왕세자와 대적하려는 것이 아니오?"

"연잉군은 성군이 될 재목입니다."

"허, 조선에 요순이 나오겠군."

장산인의 말은 어쩐지 비아냥대는 것처럼 들렸다.

"조선은 당쟁으로 어지럽습니다. 연잉군은 탕평책을 실시하여 어지러운 조정을 바로잡을 것입니다."

"그것은 사대부들의 일이지 백성들은 상관없소. 백성들은 여전히 굶주리고 질병으로 죽어가고 있소."

"연잉군은 폭정을 하지 않을 것입니다."

"왕세자는 폭정을 한다는 거요?"

"앞으로의 일을 누가 알겠습니까마는 검계의 무리를 수하에 거두었습니다. 그들이 한양을 피로 물들이고 있습니다."

이이명의 말에 장산인의 얼굴이 어두워졌다. 장산인의 눈은 먼 허공을 더듬고 있었다. 이이명은 장산인을 따라 계룡산 골짜기를 응시했다. 해가 서쪽으로 넘어가면서 골짜기에 상포처럼 검은 어둠이 짙어져 오고 있었다.

"편지를 써주겠소. 양평의 무적암으로 가시오."

"감사합니다."

이이명은 일어나서 장산인에게 허리를 굽혀 절을 했다.

* * *

김체건이 애숙의 집을 떠나 양평의 무적암으로 간 것은 사흘이 지난 뒤의 일이었다. 무적암은 한때 왕실을 호위하는 대내시위를 양성하던 곳이었으나 이제는 북검이 연무장으로 활용하고 있었다.

'저기가 무적암이구나.'

산문 앞에 우뚝 솟은 수령 수백 년이 되어 보이는 은행나무를 본 김체건은 전신이 긴장되는 것을 느꼈다.

"어찌 왔는가?"

연무장에 이르자 건장한 사내들이 그를 살피면서 물었다.

"김호진 사형을 찾아왔습니다."

"김호진 사형?"

장정들이 김체건을 위아래로 살피면서 물었다. 김체건은 고색창연한 검은색 목검을 어깨에 메고 있었다.

"계룡산에서 장산인이 보내서 왔습니다."

김체건이 공손하게 대답했다.

"들어오라고 하라."

안에서 묵직한 목소리가 들렸다. 김체건은 장정들을 따라 안으로 들어갔다. 방에는 대여섯 명의 장한들이 앉아 있었다. 김체건은 그들에게 공손하게 인사를 올렸다.

"내가 북검을 이끌고 있는 김호진일세. 앉게."

김호진이 비어 있는 자리를 눈으로 가리키면서 말했다.

"예."

김체건이 무릎을 꿇고 앉았다. 장내에 어색한 침묵이 흘렀다.

김호진은 싸늘한 눈으로 바위처럼 앉아 있는 김체건을 응시했다. 계룡산의 산인 장산인이 보낸 자였다. 장산인은 제자를 거두지 않고 검객들과 싸우지도 않았다. 전국을 돌아다니면서 병을 앓고 있는 사람을 치료했다. 북검의 고수 중에도 장산인을 만난 사람은 손가락에 꼽을 정도였다. 그러나 북검의 무예는 그에게서 비롯된 것이었다.

"산인께서는 무탈하신가?"

김호진에게도 장산인은 스승이었다. 그에게 몇 달 동안 무예를 배운 일이 있어서 사부님이라 불렀다.

"정정하십니다."

김체건은 공손하게 대답했다.

"무예는 얼마나 배웠나?"

"십년 정도 배웠습니다."

김호진의 제자들이 일제히 웅성거렸다. 김호진의 제자들은 대부분 산인의 그림자도 본 일이 없었다. 김호진의 옆에 앉아 있던 윤기신도 놀란 표정을 감추지 못했다. 북검의 8대 고수라는 원명삼, 방정규, 이용재도 놀란 표정을 감추지 않았다.

"산인께 십년 동안 무예를 배웠다는 말인가?"

"산인께 배운 것은 삼년 정도입니다."

"전에는 누구에게 배웠나?"

"홍동계의 임도혁 수하에 있었습니다."

김체건의 대답에 사람들이 다시 웅성거렸다. 임도혁은 남검이고 양반을 닥치는 대로 죽이는 살인자라 북검과 대립하고 있었다.

"검계였나?"

김호진이 실망한 표정으로 물었다.

"이제는 아닙니다."

김체건의 대답은 짤막했다. 무적암에서 무예를 배운 무사들은 장용위와 용호영 같은 군영에 시험을 치르고 초관*이 되었다. 북검의 김호진이 그들을 가르치고 있었다.

"무예를 볼 수 있겠나?"

"명을 따르겠습니다."

김체건은 고개를 숙여 보이고 자리에서 일어나 연무장으로 나가 대적할 자세를 취했다. 김호진이 눈짓을 하자 제자들 중에 한 사람이 목검을 들고 나왔다. 무적암에서 삼년 동안 수련을 한 제자 두경일이었다. 8대 고수에 속하지는 않지만 북검의 젊은 무사들 중에는 가장 뛰어난 실력을 갖고 있었다. 김호진의 제자들이 두 사람에게 호기심이

---

* 哨官. 각 군영에 속한 종9품 무관.

가득한 시선을 보냈다. 장산인에게 무예를 배운 김체건의 실력이 어느 정도인지 가늠하고 싶었던 것이다. 김호진은 김체건을 세밀하게 살폈다. 김체건의 자세는 조금도 빈틈이 없었다.

"시작하라."

김호진이 영을 내렸다. 두경일과 김체건이 목검을 들었다. 장내에 숨 막힐 듯한 긴장감이 감돌았다. 두경일은 손에 땀이 흐르는 것을 느꼈다. 김체건은 검을 중단으로 들고 있다. 두경일은 검을 상단으로 하여 빈틈을 노리기 시작했다.

"얏!"

두경일이 김체건을 향해 빠르게 달려갔다. 두경일은 그 순간 김체건이 움직였다고 생각했다. 김체건의 어깨가 가볍게 흔들리는 것 같았다. 그러나 움직이는 모습을 보지도 못했는데 어느 사이에 명치끝에 강한 충격이 느껴져 숨을 쉴 수 없었다.

"헉!"

두경일은 전신이 뻣뻣해지는 것을 느꼈다. 김체건이 목검으로 순식간에 두경일의 명치를 찌른 것이다.

'내가 죽는구나.'

두경일은 처음에 그렇게 생각했다. 숨을 쉴 수 없을 정도의 강한 충격이 명치에 느껴지면서 앞으로 꼬꾸라졌다. 그는 맹렬한 고통 속에서도 의식이 뚜렷했다.

'참으로 빠르다.'

김호진은 김체건이 펼친 검세를 보고 자신도 모르게 탄성을 내뱉었다. 김호진의 제자들도 눈을 크게 뜰 정도로 놀란 표정이었다. 장내에 기묘한 침묵이 흘렀다. 김체건이 김호진에게 허리를 숙이고 뒤로 물러났다.

'저자는 우리 8대 고수와 비교해도 손색이 없겠구나.'

김호진은 마른침을 꿀꺽 삼켰다. 연무장에 가득 모인 북검의 무사들도 놀라서 웅성거리고 있었다.

"본국검을 보여줄 수 있겠나?"

그는 긴장하여 김체건에게 물었다.

"예."

김호진의 지시를 받은 김체건이 본국검의 지검대적세를 취했다. 검술을 시작하기 전에 펼치는 기본자세였다.

"얏!"

짧은 기합 소리와 함께 본국검의 검세가 내략으로 이어지고 본국검의 여러 세가 순식간에 펼쳐졌다. 김체건은 본국검의 24세를 펼치면서 허공으로 날아오르고, 허공에서 몸을 뒤집고 팽그르르 회전했다. 그세는 너무나 빠르게 연결되어 마치 춤을 추는 것처럼 현란하여 눈을 뜰 수가 없었다. 흙바람이 자욱하게 일어났다. 김체건이 만지낙화세를 펼치자 검과 몸이 하나가 된 듯 신형이 보이지 않았다. 어두운 허공에 매서운 칼바람만 불고 있었다.

'아, 우리는 김체건의 발뒤꿈치도 따라가지 못하겠구나.'

김호진은 발밑이 한없이 깊은 땅속으로 꺼지는 듯한 기분이었다. 김체건은 한참이 지난 뒤에야 허공에서 사뿐히 날아내렸다. 북검의 무사들이 모두 넋을 잃고 김체건을 바라보고 있었다. 그때 제자 하나가 황급히 달려와 보고했다.

"전 판서 이이명 대감이 오셨습니다."

＊＊＊

김호진은 제자들을 쉬게 하고 이이명을 방으로 안내하여 상석에
앉게 했다.

"산인께서 편지를 주셨소."

이이명이 자리에 앉아 소매에서 편지를 꺼냈다. 김호진은 산인의
편지를 읽고 얼굴이 굳어졌다. 북검의 고수들에게 연잉군을 보호하고
이이명의 지시를 따르라는 내용이었다.

"저희가 무엇을 해야 하겠습니까?"

김호진은 이이명을 쳐다보면서 물었다.

"검계를 막아야지."

이이명이 흰 수염을 쓰다듬으면서 말했다. 그는 먼 길을 온 탓에 지
쳐 있었다.

"그럼 피를 부르게 될 것입니다."

"검계는 조선에 해악을 끼치는 자들이야. 어찌 그들을 용납하겠는
가?"

이이명의 얼굴은 단호해 보였다.

"포도청에서 나서면 검계를 몰아낼 수가 있습니다."

"포도청은 안 돼. 계자들의 배후에 남검이 있다고 하니 포도청에서
감당할 수 없을 거야."

"알겠습니다."

김호진은 이이명의 말에 고개를 끄덕거렸다. 계자들의 실질적인 두목이 남검의 제일고수라는 소문은 그도 듣고 있었다.

김호진은 이이명이 돌아간 뒤에 오랫동안 생각에 잠겼다.

'일단 홍동계의 공격부터 대비하자.'

김호진은 8대 고수들에게 소집령을 내렸다. 김체건은 장산인의 수제자니 8대 고수와 같은 반열에 있게 했다. 밤 늦게야 청파동에 북검의 8대 고수 중 7대 고수가 모였다. 송파나루에 있는 최창규는 연락이 되지 않는다고 했다. 김호진은 7대 고수가 모이자 김체건을 소개하고 이이명이 찾아온 까닭을 설명했다. 김호진의 설명을 들은 7대 고수의 얼굴에 긴장하는 표정이 역력하게 나타났다.

"윤상휘는 창의궁을 경비하라."

김호진이 명령을 내렸다.

"예."

윤상휘는 허리에 찬 검을 힘껏 쥐면서 말했다. 그도 긴장한 표정을 숨길 수 없었다.

"우리가 먼저 도발하지는 않는다. 각 구역은 검계의 습격에 철저하게 대비를 해야 할 것이다."

"예."

북검 고수들이 일제히 대답했다. 그들은 남검과 싸워야 한다는 사실에 표정이 어두웠다. 남검의 무사들이 살인을 하고 약탈을 해도 애써 모른 척해온 북검이었다.

"원명삼은 별동대를 만들어 운영하라. 적이 기습하는 곳이 있으면 무사들을 데리고 가서 도우라. 김체건을 데리고 다니라."

김호진이 원명삼에게 명령을 내렸다.

"예."

원명삼도 짧게 대답했다. 김호진의 지시가 끝나자 김체건은 밖으로 나왔다. 장마가 시작될 모양이었다. 무적암에서 산 아래를 내려다보자 하늘에 검은 구름이 몰려와 캄캄하게 어두워지고 있었다.

* * *

송파나루 난전에 있는 주막이었다. 며칠째 내리는 장맛비로 주막까지 텅텅 비어 있었다. 평소라면 내륙에서 오는 상인들과 경강상인들로 북새통을 이룰 난전이었으나 장맛비 때문에 난전도 펼쳐지지 않아 주막이 빈 것이다. 그래도 밤이 되자 목이 칼칼한 사내들이 주막으로 몰려들어 걸쭉한 웃음소리가 들렸다.

쏴아아.

밖에는 장맛비가 퍼붓듯이 세차게 쏟아지고 있었다.

주막의 두어 칸 남짓 되는 방이었다. 머리에 흰 띠를 두른 사내들이 모여 앉아 술잔을 기울이고 있었다. 북검의 8대 고수로 불리는 최창규가 수하의 무사들과 술잔을 기울이고 있는 참이었다. 그들은 송파나루 난전에서 행패를 부리는 건달패를 막아주고 일정한 보호비를 받아 생활을 영위하고 있었다.

"형님, 산인께서 보낸 자의 무예가 보통이 아니랍니다."

윤돌석이 최창규에게 술을 따르면서 말했다. 최창규는 삼십대 후반으로 한때 장용위 군관으로 활약했다. 몸은 깡말랐으나 눈빛이 날카로웠다.

"산인께 배웠다면 무예가 출중하겠지."

"두경일과 겨뤘는데 일초도 버티지 못했다고 합니다."

윤돌석의 말에 최창규의 얼굴이 어두워졌다. 윤돌석은 이십대 초반의 사내로 몸이 우람했다. 산인이 보낸 자의 무예가 8대 고수를 능가할지 모른다는 소문은 최창규도 들었다. 그러한 소문을 들은 최창규는 심기가 편하지 않았다.

쏴아아.

빗줄기가 뒤꼍의 참나무 숲을 흔들면서 세차게 몰아치고 있었다. 빗소리에 섞여 천둥번개가 몰아치는 소리도 들렸다. 가까운 곳에서 벼락이 떨어진 듯 집이 흔들렸다.

"허, 천둥번개까지 몰아치네."

사내들이 밖을 향해 시선을 돌리며 혀를 찼다. 최창규는 가늘게 한숨을 내쉬었다. 문득 그의 귀가 밖을 향해 쫑긋거렸다.

"밖에 누가 왔는지 보라."

최창규의 말에 윤돌석이 문을 열었다. 찬바람이 휘익 하고 불어 들어오면서 빗줄기가 방 안까지 들이쳤다. 최창규는 그 순간 가슴이 철렁했다. 빗속에서 검은 옷을 입고 검은 삿갓을 눌러 쓴 사내들이 저승사자처럼 우뚝 서 있었다. 삿갓에는 구멍이 뚫려 있고 손에는 창포검을 들고 있었다. 그들이 걸치고 있는 검은색 피풍*이 비바람에 펄럭거렸다.

---

* 披風. 바람을 막는 옷.

'남검……!'

최창규는 전신이 팽팽하게 긴장되는 것을 느꼈다. 술을 마시던 사내들도 긴장하여 재빨리 옆에 있는 삼인검(參寅劍)을 집어 들었다. 삼인검은 인년(寅年), 인월(寅月), 인일(寅日)에 만든 검으로 검신에 북두칠성이 새겨져 있었다. 일명 악을 물리친다는 검이었다.

"너희들이 무슨 일로 우리를 찾아온 것이냐?"

최창규가 남검 무사들을 노려보면서 소리를 질렀다. 무사들은 얼추 십여 명이나 되어 보였다. 그들이 떼로 몰려온 것은 심상치 않은 일이다.

"너희들의 목숨을 거두러 왔다."

사내 하나가 음산하게 말했다. 삿갓에 뚫린 구멍으로 핏빛의 눈이 언뜻 보였다.

"핫핫핫! 너희는 내가 누군지 아느냐?"

방 안에서 서리를 뿜을 듯한 차가운 목소리가 들려왔다.

"북검 8대 고수 최창규…… 서열은 5위……."

"너는 홍동계 김학수로구나."

최창규는 남검이 그의 구역에 쳐들어왔다는 사실에 긴장했다.

"흥! 내 이름을 알아주니 고맙군."

김학수가 손짓을 하자 뒤에 있던 무리들이 일제히 주막을 향해 달려들었다. 그 순간 방문이 덜컹 열리고 안에서 섬뜩한 검기와 함께 한 줄기 인영이 쏟아져 나왔다.

'앗!'

김학수는 자신도 모르게 낮게 신음을 삼켰다. 방 안으로 달려 들어

가던 사내들이 처절한 비명을 지르며 후드득 떨어졌다. 단 일 검이었다. 그들은 최창규의 일 검에 피투성이가 되어 나뒹군 것이다.

"과연 북검의 검법은 천하에 짝을 찾기가 어렵다는 말이 사실이군. 오늘 이 사람의 안목이 높아졌소."

김학수가 등 뒤의 검을 뽑았다.

'남검이 감히 북검에 도전을 해?'

최창규가 싸늘한 눈빛으로 피풍을 두른 사내들을 훑어보았다. 최창규의 손에는 백색 광채가 뿜어지는 삼인검이 들려 있었다.

"월야참선세!"

최창규가 낮게 외치며 신형을 솟구쳤다.

'전력을 다해야 한다. 최창규는 북검의 8대 고수……'

김학수는 허공으로 신형을 솟구쳤다. 그의 검이 태양을 양단하는 듯한 기세로 무시무시하게 최창규를 향해 쇄도해갔다. 그러나 최창규는 신형을 가볍게 움직여 김학수의 공세를 피한 뒤에 현란한 초식을 펼쳤다.

"윽!"

김학수는 단말마의 비명을 지르면서 뒤로 주르르 튕겨졌다. 그의 어깨에서 피가 분수처럼 뿜어져 나오고 있었다.

"이…… 이럴 수가……."

김학수는 자신의 눈을 믿을 수가 없었다. 그의 어깨에서는 선혈이 쉴 새 없이 흘러내리고 있었다. 뒤에 있던 사내들이 재빨리 김학수를 부축했다. 그때 검은 삿갓을 쓰고 있던 사내 하나가 앞으로 나왔다. 최창규는 사내의 몸에서 범상치 않은 기도가 뿜어지는 것을 느꼈다.

"돌아가라. 너희들을 죽이고 싶지 않다."

최창규가 사내를 향해 낮게 말했다.

"북검의 고수라 솜씨가 훌륭하오. 그렇다면 내 검도 한번 받아보시오."

사내가 최창규에게 냉막하게 말했다. 심장이 얼어붙을 것처럼 싸늘한 목소리였다.

"너는 누구냐?"

"서광표라고 하오."

"서광표? 임진남의 전인이냐?"

최창규는 몸이 떨리는 것을 느꼈다. 남검의 절대고수 임진남에게 서광표라는 제자가 있다는 말이 장안에 은밀하게 나돌고 있었다.

"그렇소."

서광표가 살기를 내뿜으면서 대답했다. 최창규는 삿갓에 뚫린 구멍 사이로 서광표의 눈에서 기광이 뿜어지는 것을 보자 전신이 얼어붙는 듯하여 황급히 물러섰다. 그때 서광표가 허공으로 몸을 솟구쳤다. 무시무시한 검기가 허공에 원을 그리면서 쇄도해왔다.

"악!"

윤돌석을 비롯하여 북검의 사내들이 잇달아 처절한 비명을 지르면서 나가떨어졌다. 서광표의 창포검이 허공에 원을 그리고 그들을 벤 것이다.

'무, 무서운 검법이다…….'

최창규는 공포에 휩싸였다. 서광표의 일검은 그가 처음 접한 절기였다. 그때 서광표가 빗줄기 속에서 다시 허공으로 몸을 솟구쳤다. 최

창규는 몸을 팽그르 돌면서 서광표를 옆으로 베어갔다. 서광표의 창포
검이 최창규를 토막낼 듯이 내리쳐왔다. 최창규는 기다렸다는 듯이 허
공으로 몸을 뽑아 올리며 삼인검을 휘둘렀다.

"헉!"

허공에서 단말마의 처절한 비명이 들렸다. 서광표의 창포검이 팽이
처럼 돌고 있는 최창규를 벤 것이다.

'아.'

김학수는 경악했다. 최창규의 오른쪽 팔이 잘리고 그가 비명을 지
르면서 데굴데굴 구르고 있었다.

"이런 잔인한 놈!"

북검의 사내들이 일제히 서광표를 향해 허공으로 솟구쳤다. 그러자
서광표의 검이 허공에서 빗줄기를 갈랐다.

"악!"

북검의 사내들이 피를 뿌리면서 떨어졌다. 그들은 검을 펼치지도
못하고 서광표의 일 검에 나뒹군 것이다.

서광표는 빗줄기 사이로 검은 옷자락을 날리며 떨어져 내렸다. 그
는 비명을 지르는 최창규를 연민이 담긴 눈으로 내려다보다가 칼을 검
집에 꽂았다.

"북검에 전하라. 한양을 떠나지 않으면 모조리 베어버릴 것이다."

서광표가 냉랭한 목소리를 남기고 빗속으로 사라져갔다.

8
조선제일검

쏴아아.

빗줄기가 하얗게 쏟아지고 있었다. 김체건은 북검의 무사들과 함께 송파나루를 향해 뛰듯이 빠르게 걸음을 떼어놓았다. 비 때문에 무사들은 삿갓을 쓰고 가죽신을 신었다. 손에는 조선검으로 불리는 삼인검을 들고 있었다. 그들은 빗속에서 한 줄로 송파나루의 난전을 향해 가고 있었다.

그때 멀리서 검은 피풍을 두른 무리가 걸어오는 것이 보였다. 검은 삿갓을 쓰고 손에는 창포검을 들고 있었다. 창포검은 가늘고 길어서 어느 대장간이나 쉽게 만들었다. 일반적인 검계 무리는 대장간에 창포검을 주문하여 지팡이처럼 갖고 다녔다.

'홍동계 무리구나.'

김체건은 북검의 무사들을 이끌고 걷다가 검은 옷을 입은 사내들이

오는 것을 보고 목검을 바짝 움켜쥐었다.

'북검의 무리다.'

서광표는 무리들을 이끌고 가다가 북검의 무사들이 다가오자 긴장했다. 북검의 무사들이 걸음을 멈췄다. 앞에 오던 사내가 삿갓을 비껴 들었다. 서광표는 삿갓에 뚫린 구멍으로 북검의 사내를 쏘아보았다.

'김체건⋯⋯.'

서광표는 북검의 무사들을 거느리고 앞에 오는 사내가 김체건이라는 것을 알아보고 눈빛이 흔들렸다. 전혀 예상하지 못했던 일이었다. 김체건이 북검의 무리를 이끌고 있어서 더욱 당혹스러웠다.

'김체건이 왜 저들과 함께 있는 거지?'

서광표는 다시 걷기 시작했다. 검계 무리가 그를 따라 빠르게 걷기 시작했다.

'피 냄새가 난다.'

김체건은 검계 무리들이 옆을 스치듯이 지나가자 등 뒤를 바짝 경계했다. 그들이 언제 습격할지 알 수 없었다. 그러나 그들은 김체건의 예상과 달리 그대로 스쳐 지나갔다. 김체건은 등줄기로 흘러내리는 식은땀을 느꼈다. 한참을 가다가 걸음을 멈추고 뒤를 돌아보았다. 그들은 이미 저 멀리 난전의 모퉁이를 돌아 사라지고 있었다.

"우리 무사들이 당했습니다."

그때 난전의 주막에서 한 사내가 헐레벌떡 달려왔다. 북검의 무사들이 주막으로 우르르 달려갔다.

'한 발 늦었구나.'

김체건이 주막에 이르자 8대 고수 최창규가 팔이 잘려 혼절해 있었고 세 사람이 죽어 있었다. 술을 마시던 북검 무사 다섯은 중상이었다. 주막의 술청에는 피비린내가 진동했다. 김체건은 응급조치를 한 뒤에 의원을 불러 부상자들을 치료하게 했다.

"누구의 짓이냐?"

원명삼이 부상을 당한 무사 윤돌석에게 물었다. 원명삼은 북검의 8대 고수로 서열이 3위였다. 키가 크고 삼인검을 잘 썼다. 경공술이 뛰어나 기생을 옆구리에 끼고도 담을 넘어 다닐 정도였다.

"중흥동 홍동계라고 했습니다. 남검의 서광표라는 자도 있었습니다."

윤돌석의 말에 김체건은 쇠망치로 머리를 얻어맞은 것 같았다. 이마에 흘러내리는 빗물을 손으로 훔쳤다. 서광표가 살인을 하고 돌아다닌다는 사실이 씁쓸했다.

"물상객주가 살해당했습니다."

그때 무사 하나가 허겁지겁 달려와 보고했다.

"물상객주? 가보자."

김체건은 원명삼을 따라 물상객주의 집으로 달려갔다. 북검 무사들도 빗방울을 튀기면서 뒤를 따라왔다.

'아.'

김체건은 객주에 이르자 몸을 부르르 떨었다. 물상객주가 살고 있는 집은 피바다가 되어 있었다. 물상객주를 비롯하여 그의 밑에서 일을 하는 행수와 상인, 서원(書員)까지 여섯 명이 방과 마루에서 피투성이가 되어 죽어 있었다.

'서광표가 왜 이런 짓을 하는 것일까?'

김체건은 우울한 눈빛으로 하늘을 쳐다보았다. 그의 살인 행위에 분노가 일어났다. 원명삼은 시체를 살피고 무겁게 한숨을 내쉬었다.

"포도청에 신고할까요?"

무사 윤돌석이 원명삼에게 물었다.

"그만둬라. 검은 검으로 해결해야 한다."

원명삼이 잘라 말했다.

"형님, 홍동계가 물상객주를 죽인 이유가 무엇입니까?"

김체건이 원명삼에게 물었다.

"물상객주는 우리 북검에 자금을 공급하네. 자금줄을 끊어버리려는 수작이지."

원명삼이 침중한 표정으로 대답했다.

* * *

김호진은 송파나루의 물상객주가 살해되었다는 보고를 받자 눈을 부릅떴다. 홍동계의 무리가 장안을 피로 물들이고 있었다. 무적암의 어두운 하늘에서는 아직도 비가 세차게 쏟아지고 있었다.

"놈들이 언제 습격할지 모릅니다. 우리 쪽 사람들의 경비를 강화해야 합니다."

원명삼이 김호진에게 보고했다.

"놈들을 만나면 가차 없이 처단하라. 눈에는 눈, 이에는 이다."

김호진의 눈에 핏발이 섰다. 최창규의 팔이 잘리고 물상객주가 살해되어 머리카락이 곤추서는 것 같았다. 동시에 죽음에 대한 공포도

밀려왔다.

"예."

원명삼이 짧게 대답했다. 숨을 죽이고 있던 무사들의 얼굴에 긴장 감이 감돌았다. 김호진은 잠시 생각에 잠겼다. 북검의 무사들이 불안 한 표정으로 그를 쳐다보고 있었다.

"듣거라, 우리의 본거지를 청파동으로 옮기고 홍동계와 대적한다. 놈들을 만나면 용서하지 않을 것이다."

"예."

무사들이 일제히 대답했다.

"방정규, 중흥동 홍동계가 어디로 갔는지 조사했나?"

김호진이 방정규를 향해 물었다. 방정규는 8대 고수였으나 서열이 가장 낮았다.

"남산으로 옮긴 것 같습니다."

"남산을 이 잡듯이 뒤져서라도 홍동계의 본거지를 찾아내라. 마포 나루 걸인들을 동원하면 수일 내에 찾아낼 수 있을 것이다."

"예."

방정규가 고개를 숙여 보이고 물러갔다. 김호진은 방정규가 무사들 을 거느리고 밖으로 나가는 것을 보고 다시 생각에 잠겼다.

"홍동계에 남검의 고수가 있다고 하는데 사실인가?"

김호진이 원명삼에게 물었다.

"예. 서광표라는 자인데 남검 제일고수 임진남의 수제자라고 합니 다."

원명삼이 흘깃 밖을 내다보다가 대답했다. 잠시 멈췄던 빗줄기가

152

장대질을 하듯이 세차게 쏟아지고 있었다.

"임진남과 같은 괴물이 아직도 살아 있다는 말입니까?"

8대 고수의 한 사람인 이용재가 놀라서 물었다. 무사들도 경악하여 김호진과 원명삼을 쳐다보았다. 임진남은 전대의 괴인이다. 부모를 죽인 양반을 죽인 뒤 그 창자를 꺼내 몸에 감고 다녀 장안을 공포에 떨게 했었다.

"임진남은 괴물이다. 세상을 완전히 뒤집어엎으려고 하지."

김호진이 무겁게 신음을 삼켰다.

"서광표의 무예는 어떤가?"

"남검 무사들 중에 가장 뛰어난 자입니다. 소문에는 임도혁을 능가할지 모른다고 합니다."

"음."

"우리 무사들을 죽이고 있는 것도 서광표입니다."

"서광표에 대해서 자세히 알아보게."

"예."

원명삼이 고개를 숙였다.

"김체건은 어디에 있는가?"

김호진이 이용재에게 물었다.

"홍동계 무리를 공격하러 갔습니다."

"어디로 갔나?"

"용산입니다."

"남검이 살육을 하는데 김체건이 와서 다행이다."

김호진이 공허하게 웃었다.

* * *

중흥동 본부의 대문을 열고 들어가자 집 안이 텅텅 비어 있었다.

'모두 어디로 간 거야?'

천봉일은 썰렁하게 비어 있는 본부를 보자 기분이 나빴다. 그가 집에 들렀다가 온 사이에 수하들이 본부에서 철수한 것이다. 김체건이란 놈 때문이었다. 그가 홍동계 무사들을 곳곳에서 공격하고 있었다. 김체건에게 당한 계자들이 여럿이었다. 천봉일은 수리산에서 김체건을 죽이지 못한 것이 아쉬웠다.

'용산으로 가자.'

천봉일은 용산에 있는 홍동계의 지부를 향해 걸었다. 홍동계는 중흥동에 본부가 있고 한양 여러 곳에 지부가 있었다.

날씨는 좋았다. 며칠 전까지 장맛비가 퍼붓더니 날이 맑게 개었고, 밤이 되자 남산 위로 달이 하얗게 떠올랐다. 바람까지 선들거리고 불었다.

'누가 따라오나?'

천봉일이 용산을 향해 가는데 뒤통수가 간지러웠다. 뒤를 돌아보았으나 골목이 조용했다.

'공연히 의심을 하는 것인가?'

천봉일은 고개를 흔들고 달빛이 하얗게 깔린 길을 걸어 용산 지부에 이르렀다. 용산의 홍동계 무리들은 수령 수백 년이 된 은행나무 밑에서 술을 마시고 있었다.

"형님, 어서 오십시오."

무사들이 천봉일을 반갑게 맞이했다. 천봉일은 멍석에 앉아 무사들이 따르는 술을 마시려다가 흠칫했다. 지붕 위에 푸른 옷자락을 표표히 날리면서 한 사내가 서 있었다.

'아.'

지붕 위의 사내가 허공으로 솟아오르더니 그들 앞으로 날아내렸다. 마치 달빛을 타고 내려오는 듯한 신비로운 신법이었다.

"누, 누구냐?"

무사들이 경악하여 일제히 창포검을 뽑아 들었다. 사내가 삿갓을 휘익 벗어던졌다. 그는 뜻밖에 북검 김체건이었다.

"이놈! 네놈이 감히 우리 홍동계에 쳐들어왔느냐? 그때 죽지 않고 살아 있었구나. 오늘에야말로 네 명줄을 완전히 끊어주마."

천봉일이 이를 갈면서 소리를 질렀다.

"천봉일! 칼을 잘 사용하면 이기(利器)가 되고 잘못 사용하면 개백정이 된다."

김체건은 천봉일을 향해 싸늘하게 일갈한 뒤에 검을 뽑아 들고 허공에 원을 그렸다. 그의 검이 원을 그리자 검기가 맹렬한 회오리바람을 일으켰다. 천봉일은 흠칫하여 뒤로 물러섰다. 그때 남검 무사들이 일제히 김체건을 공격했다.

"악!"

김체건을 향해 달려하던 무사들이 일제히 뒤로 튕겨져 나갔다.

"이놈!"

그때 홍동계 무사 하나가 김체건의 등을 창포검으로 찔러갔다. 김체건의 검기가 갑자기 방향을 바꾸어 등 뒤로 향했다.

"으악!"

뒤에서 김체건을 공격하던 무사가 비명을 지르면서 나가떨어졌다.

"죽여라! 놈은 우리의 배신자다!"

천봉일이 무사들에게 살벌하게 영을 내렸다. 무사들이 일제히 김체건에게 달려갔다.

"용약일자세(勇躍一刺勢)!"

김체건이 허공으로 몸을 솟구치면서 날카로운 기합성을 터뜨렸다. 그러자 그의 몸이 바람처럼 움직이면서 은행나무 잎사귀 사이로 숨어들었다. 남검 무사들이 김체건을 향해 일제히 솟구쳤다. 김체건은 허공을 자유자재로 날았다. 무사들은 창포검으로 그를 공격했으나 허공을 찌르고 벨 뿐이었다. 오히려 얼마 지나지 않아 처절한 비명과 함께 땅바닥으로 후드득 떨어졌다.

'무사들이 치명적인 부상을 당했구나.'

천봉일은 안색이 창백하게 변했다. 김체건은 그가 생각했던 것보다 훨씬 무예가 뛰어났다.

"네놈이 감히 우리에게 대항해? 그날 용케 살아났으나 오늘은 살려두지 않겠다!"

천봉일이 노성을 터뜨리면서 김체건을 향해 몸을 날렸다. 그의 창포검이 무시무시한 칼바람을 일으켰다.

'천봉일은 남검의 고수다.'

김체건은 황급히 뒤로 물러났다. 그러나 천봉일은 촌각의 틈도 주지 않고 맹렬하게 공세를 전개했다. 천봉일의 창포검이 김체건의 가슴을 맹렬하게 찔러왔다.

"장교출해세(長蛟出海勢)."

김체건은 낭랑하게 일성을 터뜨리고 허공으로 솟아올랐다. 장교출해세는 긴 뱀이 바다에서 솟아오르는 듯한 검세다. 그의 몸이 허공으로 솟아올랐다가 팽그르 회전했다.

"악!"

천봉일은 두 눈에서 피를 흘리면서 주저앉았다. 무사들은 얼굴이 하얗게 변해 뒤로 물러섰다.

"내, 내가 목검에 당하다니……."

천봉일은 피눈물을 흘리면서 데굴데굴 굴렀다. 천봉일의 처절한 비명이 어둠 속으로 흩어졌다.

"가라. 죽이지는 않겠다."

김체건이 냉막하게 말했다.

"가자."

홍동계 무사들이 사색이 되어서는 천봉일을 부축하여 달아나기 시작했다.

김체건은 엎어지고 넘어지면서 달아나는 무사들을 싸늘한 눈빛으로 노려보았다. 그들은 순식간에 어둠 속으로 사라져버렸다.

천봉일은 죽지 않았다. 홍동계 무사들에게도 부상만 입혔다. 장산인이 그에게 목검을 준 것은 함부로 사람을 죽이지 말라는 뜻일 것이다. 게다가 그들은 몇 년 동안 함께 무예를 연마했다. 북검의 무사들도 놀란 표정으로 김체건을 응시하고 있었다.

'이제 홍동계가 함부로 날뛰지 못할 것이다.'

김체건은 목검을 등에 멨다. 북검 무사들이 김체건을 향해 모여들었다.

"먼저 청파동으로 돌아가시지요. 저는 집이 근처에 있으니 잠시 들르겠습니다."

김체건이 삿갓을 주워 쓰고 원명삼에게 말했다.

"그럼 내일 보세."

원명삼이 북검의 무사들을 데리고 어둠 속으로 사라졌다.

"체건아, 너는 무술을 대체 어디서 배운 거야? 남검 무사들이 오줌을 질질 싸네."

오철삼이 뒤에 와서 흥분한 목소리로 떠들었다. 김체건은 천천히 걸음을 떼어놓기 시작했다. 마포나루 걸인패 출신인 오철삼은 북검을 따르고 있었다.

"홍동계 패거리들이 마치 염라대왕을 보는 표정을 짓더라."

오철삼이 계속 떠들었다. 그 순간 김체건이 어둠 속으로 빠르게 몸을 날렸다.

'축지법이라도 쓰는 것인가?'

김체건이 순식간에 사라져 보이지 않자 오철삼은 귀신에 홀린 것처럼 넋을 잃었다.

'아직도 불을 켜놓았구나.'

김체건이 애숙의 초가 앞에 이르자 불빛이 아늑하게 흘러나오고 있었다. 애숙이 그를 기다리면서 불을 켜놓은 것이다. 김체건은 명치끝을 지그시 눌렀다. 이상하게 애숙의 집에 이르면 가슴이 묵지근하게 아파왔다.

홍동계의 계주 임도혁이 도착했을 때 용산 지부는 무사들이 피투성이가 되어 여기저기 쪼그려 앉아 있었다. 모두 달아났다가 김체건이 떠나자 다시 돌아온 것이다. 그러나 목숨을 잃은 자는 한 사람도 없었다.

"이게 전부 김체건에게 당한 것인가? 그것도 목검으로……."

임도혁이 침중한 표정으로 중얼거렸다.

"대체 김체건이 언제 북검의 고수가 된 거야?"

"수리산에서 무예를 연마할 때는 대단하지 않은 놈이었는데 이젠 적수가 없는 것 같아."

무사들은 불안한 표정으로 수군거렸다. 팔다리를 못 쓰게 되면 검계 노릇을 할 수 없다. 서광표는 한쪽에 앉아서 그들의 이야기에 귀를 기울였다. 김체건이 불과 삼년 만에 절정고수가 되었다는 사실이 믿어지지 않았다.

"놈이 우리를 배신했을 때 제대로 명줄을 끊었어야 해."

임도혁의 수족 노릇을 하는 강지환이 입술을 실룩거렸다.

"그때 죽었는데 어떻게 다시 살아난 거지?"

개천이 이해할 수 없다는 듯이 투덜거렸다.

"우리 중에 누가 구해준 거야. 우리 중에 배신자가 있는 게 분명해."

"배신자?"

"배신자가 없으면 그놈이 어떻게 살아서 도망갔겠어?"

강지환이 서광표를 힐끗 쏘아보았다.

"나를 의심하는 거야?"

서광표는 강지환의 말을 듣고 있다가 검을 뽑았다. 그의 검에서 예리한 살기가 뿜어졌다.

"왜, 왜 그래?"

강지환이 당황한 표정으로 서광표를 살폈다.

"전부터 너는 나를 못살게 굴었어. 증거도 없이 나를 의심하는 놈은 죽여버리겠어."

서광표는 칼끝으로 허공을 겨누었다.

"내가 언제 너를 의심했다고 그래? 배신자가 있을지도 모른다는 거지."

강지환이 움찔하여 고개를 돌렸다.

"우리끼리 서로 의심할 필요는 없어."

임도혁이 손을 내저었다. 서광표는 다시 칼을 검집에 꽂았다. 김체건이 홍동계 계자들을 공격하고 있어서 난감했다. 잘못하면 김체건과 목숨을 걸고 싸우게 될지도 몰랐다.

"몽둥이로 그렇게 때렸는데도 살아났어. 그 때문에 우리에게 복수하는 거야."

개천이 눈치도 없이 다시 떠들었다. 서광표는 용산 지부에서 나와 마포나루를 향해 천천히 걸음을 떼어놓았다. 그는 남대문을 지나다가 난전에서 고기와 과일을 샀다. 망원정에 이르자 붉은 흙탕물이 콸콸대고 흐르는 한강이 보였다. 군데군데 강둑이 무너진 곳도 있었다.

'물이 범람해 논까지 쓸어버렸구나.'

서광표는 물에 잠긴 넓은 들을 보고 씁쓸했다.

"왔구나."

집에 도착하자 애숙이 서광표를 반갑게 맞이했다. 애숙은 바느질을 하고 있었다. 김체건과 사이에서 낳은 아들은 더듬더듬 글자를 읽고 있었다.

"애아버지는 안 오나?"

서광표는 방을 둘러보면서 물었다. 김체건의 아들이 글을 읽는 것을 보자 신기했다.

"어제 자고 갔어. 밥 안 먹었지? 저녁 차릴게, 애기 좀 보고 있어."

애숙이 부엌으로 나가면서 말했다. 김체건과 애숙이 원만한 부부로 살아가고 있는 것 같아 흡족했다. 서광표는 김체건의 아들을 안아서 무릎에 앉혔다.

"노미야, 뭐라고 쓴 글이냐?"

서광표는 김체건의 아들에게 물었다.

"위선최락(爲善最樂)입니다."

김체건의 아들이 반짝이는 눈으로 서광표를 쳐다보았다.

"외삼촌에게 무슨 뜻인지 이야기 해봐라."

"착한 일을 하는 것이 제일 좋다는 뜻입니다."

아이가 또랑또랑한 목소리로 말하자 서광표는 얼굴이 굳어졌다. 김체건의 아들이 글자 뜻까지 헤아려 기분이 미묘했다.

"애가 똑똑하지? 벌써 글을 읽는다."

애숙이 저녁상을 들여오면서 자랑스럽게 말했다.

"노미가 몇 살이지?"

"이제 네 살이야."

서광표는 새삼스럽게 김체건의 아이를 살폈다. 위선최락이라는 글자는 김체건이 가르친 것 같았다.

* * *

임금은 연잉군의 부인 서씨가 안고 있는 아기를 보고 눈빛이 흔들렸다. 왕세자는 아기를 낳지 못했는데 연잉군이 아들을 낳은 것이다. 아기를 가까이서 보고 싶었으나 멀리서만 보고 말았다.

"전하, 한번 안아보시지요."

왕비가 옆에서 부드러운 목소리로 말했다. 임금은 아기를 향해 손을 내밀 듯하다가 거두었다.

"전하의 손자가 아닙니까?"

왕비가 임금을 재촉했다. 임금도 손자를 안아보고 싶었다. 그러나 선뜻 손을 내밀지 못하는 것은 그 사소한 일이 일파만파 소문으로 번질까봐 두려웠기 때문이었다. 연잉군의 아들을 안으면 임금이 연잉군을 마음에 두고 있다는 소문이 금세 조정에 퍼질 것이다.

"중전이 안아보시오."

임금이 아이에게서 시선을 거두면서 퉁명스럽게 내뱉었다. 연잉군이 아기를 안고 문후를 드리러 온 것은 무슨 까닭인가. 연잉군은 본부인 서씨에게 아들을 낳은 것이 아니라 첩인 월이라는 여자를 통해 낳았다.

"아이고, 아기가 어찌 이리 귀엽습니까?"

왕비가 아기를 안고 호들갑을 떨었다.

"전하께서 아기의 이름을 지어주신다고 하여 데리고 왔습니다."

임금의 속내를 짐작이라도 한 것일까. 연잉군이 낮은 목소리로 말했다.

"이름은 행*이라고 지었다. 곧을 행자를 쓴다."

임금이 허공을 보면서 뇌까렸다. 연잉군은 자신의 생모 숙빈 최씨의 제삿날에 첩과 정을 통했다. 탄핵을 받아 마땅하지만 쉬쉬하고 있을 뿐이었다.

"전하의 은혜가 하해와 같습니다."

연잉군과 서씨가 머리를 조아렸다.

"그만 물러가라."

임금은 탐탁지 않은 목소리로 내뱉었다. 연잉군과 서씨가 절을 올리고 조심스럽게 물러갔다. 상궁이 왕비에게서 아기를 받아서 뒤따라갔다.

"중전도 물러가시오."

임금이 아쉬운 표정을 짓고 있는 왕비에게 말했다. 그러자 왕비는 기다렸다는 듯이 허리를 숙여 보이고 물러갔다. 멀리서 궁녀들이 까르르 웃는 소리가 들렸다. 임금은 기다리고 있던 우포도대장 이기수를 들게 했다.

"신, 이기수 문후드리옵니다."

이기수가 편전에 들어와 엎드렸다.

"네가 포도대장이냐?"

임금이 불을 뿜을 듯이 매서운 눈으로 이기수를 노려보았다.

---

* 李緈. 요절한 효장세자.

"망극하옵니다."

이기수는 벌벌 떨면서 납작 엎드렸다. 방 안에 얼음장 같은 냉기가 감돌았다.

"도성에 무뢰배들이 활개를 치는데 포도대장이 무엇을 하고 있는 것이냐? 포도청이 네놈들 녹만 축내는 곳이냐?"

임금의 언성이 편전을 쩌렁쩌렁 울렸다.

"신은 오래전부터 속병을 앓고 있었습니다. 병이 깊어 포도청의 일을 볼 수가 없습니다. 신을 파직해주십시오."

이기수는 납작 엎드렸다.

"뭐라?"

"신을 파직해주십시오."

"이런 한심한 인사 같으니…… 이것이 파직으로 그칠 일이냐?"

"망극하옵니다."

"장차 도성의 치안을 어떻게 할 것이냐? 여기저기서 사람들이 죽고 있는데 포도청이 아무 대책도 세우지 못한다는 말이냐?"

"망극하옵니다."

"네가 아는 말은 망극하다는 말뿐이냐? 물러가라."

"예."

포도대장 이기수가 부들부들 떨면서 물러갔다. 임금은 이기수가 물러가자 눈을 부릅뜨고 허공을 노려보았다. 한양 장안에 피바람이 불고 있었다.

이기수는 편전에서 나오자 비 오듯이 흐르는 땀을 닦아냈다. 임금이 그토록 역정을 내는 것은 전에 없던 일이었다. 편전 밖에서 기다리고 있던 종사관 신하균이 옆으로 다가왔다.

"전하의 역정이 대단하신 것 같습니다. 밖에서도 노한 목소리가 들렸습니다."

이기수는 들은 체도 하지 않고 조복을 펄럭이며 성큼성큼 걸었다. 신하균이 빠르게 뒤를 따라왔다.

"어떤가? 우리가 검계를 소탕할 수 있겠는가?"

편전에서 멀어지자 이기수가 걸음을 멈추었다. 신하균도 따라서 걸음을 멈추었다.

"마음만 먹으면 싹 쓸어버릴 수 있습니다."

"놈들이 무예가 뛰어난데 어찌 잡아들인다는 말인가? 포도청 군사가 상대가 되는가?"

"놈들의 가족을 잡아들이면 저항을 하지 못합니다."

"그럼 싹 쓸어버릴까?"

이기수가 두 눈을 빛내면서 신하균을 살폈다. 도성을 피로 물들이는 검계를 소탕하는 일 때문에 곤혹스러웠다.

"누구를 쓸어버립니까? 남검은 왕세자가 뒤를 봐주고 북검인가 하는 놈들은 연잉군이 뒤를 봐주고 있는데 잘못 건드리면 우리가 먼저 죽습니다."

신하균이 펄쩍 뛰었다. 이기수는 무겁게 한숨을 내쉬었다.

"그럼 어떻게 하지?"

"늘 하던 대로 하면 됩니다. 검계와의 전쟁을 선포하고 잔챙이들만 감옥이 미어터지도록 잡아들이십시오."

"묘안이로다. 당장 검계 소탕 작전을 벌이도록 하라."

이기수가 얼굴을 활짝 펴고 신하균에게 명령을 내렸다.

이기수의 명령이 떨어지자 한양에 검거 선풍이 불어닥쳤다. 좌우포도청 포졸들이 돌아다니면서 대대적으로 무뢰배들을 검거하기 시작한 것이다.

"아니 왜 우리를 잡아들여? 우리가 무슨 죄를 지었다고…….."

무뢰배들이 격렬하게 항의했다.

"시끄러워! 그러니까 왜 난전에서 술 처먹고 무리를 지어 돌아다녀?"

포졸들이 육모방망이로 반항하는 무뢰배들을 사정없이 후려쳤다.

"술 먹고 난전을 돌아다닌 게 죄야?"

무뢰배들은 육모방망이에 얻어맞으면서 줄줄이 포도청으로 끌려들어갔다.

* * *

서광표는 칼끝을 노려보았다. 수양버들 잎사귀가 하늘거리고 떨어졌다. 그 미세한 움직임을 감지하여 서광표의 몸이 허공으로 솟아올랐다. 그의 신형이 버들가지 사이로 사라졌다. 이어 공기를 얼어붙게 만드는 칼바람이 몰아치고 나뭇잎이 우수수 떨어졌다. 서광표의 몸이 땅으로 곤두박질치다가 칼끝이 땅에 닿았다. 서광표는 그 반동으로 다시 솟아오르면서 검으로 원을 그렸다. 검기가 한줄기 빛처럼 뿜어졌다.

'베었다!'

서광표는 옷자락을 날리면서 땅으로 떨어졌다. 그의 칼끝에 베어진 나뭇잎이 우수수 떨어졌다.

"외삼촌!"

멀리서 김체건의 아들 노미가 소리를 지르면서 달려왔다. 노미의 뒤로 단풍이 붉게 물든 산이 보였다.

"왜 공부하지 않고 나왔어?"

서광표는 노미를 안아서 어깨에 얹었다.

"어머니가 저녁 진지 드시래요."

"그래."

"아버지도 오셨어요."

서광표는 노미의 말에 흠칫했다. 서광표는 북검 무사들을 공격하고 있었고 김체건은 남검 무사들을 공격하여 도성 일대에 피바람이 몰아치고 있었다.

'김체건을 죽여라. 그놈은 우리 배신자다.'

임도혁이 눈에 독기를 뿜고 계자들에게 명령을 내리기까지 했다. 서광표는 되도록 김체건과 마주치지 않으려고 했다. 김체건과 마주치면 칼을 뽑아야 할지도 모른다고 생각했다.

"왔니? 밥 먹자."

집으로 돌아가자 애숙이 멍석을 깔아놓은 마당에 저녁상을 차려놓고 있었다. 김체건은 상 앞에 앉아 있었다.

"응."

서광표는 김체건과 눈으로 인사를 나눈 뒤에 마주 앉았다. 짧은 가을 해가 기울면서 한강으로 붉은 노을이 번지고 있는 것이 보였다. 해 질 무렵에 한강을 보고 있으면 눈물이 나올 정도로 아름다웠다. 서광표는 묵묵히 밥을 먹기 시작했다. 김체건은 조용히 숟가락을 움직이고 있었다.

"왜 말들을 안 해? 둘이 싸우기라도 했어?"

애숙이 김체건과 서광표의 눈치를 살폈다.

"밥을 먹으면서 무슨 말을 해?"

서광표는 억지로 미소를 지었다. 언젠가는 김체건을 죽여야 할지 모른다고 생각하자 씁쓸했다. 밥을 먹고 나오자 김체건이 수양버들에 기대어 강물을 내려다보고 있었다.

"북검 제일고수라고 소문이 자자하더군."

서광표는 김체건의 등 뒤에 섰다.

"운이 좋았을 뿐이야."

김체건의 목소리에 공허함이 묻어났다.

"그런가?"

서광표는 쓸쓸하게 웃었다. 무슨 생각을 하고 있는 것일까. 김체건은 우두커니 강물만 내려다보고 있었다. 강물은 검푸르게 출렁이면서 유장하게 흐르고 있었다.

"이제 그만 떠나라. 누나와 노미 데리고……."

서광표가 냉락하게 말했다.

"떠나라고?"

"임도혁이 살인 명령을 내렸다. 너를 죽이고 싶지 않다. 누나의 남편이고 내 조카의 아버지니까."

김체건이 마른침을 꿀꺽 삼켰다.

"왜 내가 떠나야 하지?"

"나는 정의를 위해 싸우고 있어. 넌 무엇을 위해 싸우지?"

김체건은 대답을 하지 않았다. 서광표가 정의를 위해 싸운다는 말이 공허하게 들렸다.

"네 여자를 빼앗아간 연잉군을 위해 싸우나?"

김체건은 서광표의 말에 가슴이 찢어지는 것 같았다. 연잉군을 위해 싸우는 것이 아니다. 장산인의 지시로 북검을 찾아갔다가 홍동계의 살육을 막으려고 한 것뿐이었다.

"홍동계를 공격하는 것은 나를 공격하는 거야."

"홍동계는 살육을 일삼고 있어."

"아니야. 우리는 정의를 위해 싸운다."

서광표가 씹어 뱉듯이 말했다.

"정의라고? 살육하는 것이 무슨 정의야?"

"세상을 뒤집어엎는 것이다. 양반과 천민을 바꾸기 위해 싸운다. 너는 천민들이 양반에게 얼마나 핍박을 받고 있는지 알아?"

"반역을 하고 싶은 것이냐?"

"반역이 아니라 천민이 주인이 되는 세상을 만드는 것이다."

"내가 반대를 한다면?"

"내가 너를 죽여야 하겠지."

서광표의 눈에서 푸른 서슬이 뿜어졌다. 김체건은 서광표의 파란 눈빛이 비수가 되어 가슴을 찔러오는 것을 느꼈다.

"나와 싸울 생각이냐."

"너와 싸우고 싶지 않다. 그래서 떠나라는 거야."

서광표의 목소리는 애원하는 것처럼 간절했다. 김체건은 오랫동안 서광표를 노려보았다.

* * *

벼락이 치는 듯한 소리였다. 꿈에도 잊을 수 없는 김체건의 목소리였다. 김체건이 그녀를 애타게 부르고 있었다. 월이는 그 소리에 깜짝 놀라 눈을 번쩍 떴다. 밖에는 가지런히 비가 내리고 있었다. 꿈이었는가. 월이는 빗소리를 들으면서 김체건의 얼굴을 떠올렸다. 왜 이렇게 가슴이 뛰는 것일까. 불길한 생각이 뇌리를 엄습했다. 귀를 기울였으나 김체건의 목소리는 다시 들리지 않았다. 꿈이었거나 환청이었을 것이다.

밤이 얼마나 된 것일까. 잠을 다시 청했으나 정신이 말똥말똥했다. 밖에서 내리는 빗소리만 음산하게 들리고 있었다.

월이는 엎치락뒤치락하다가 다시 잠이 들었다. 태풍이 오려는 것일까. 담장 밖 홰나무의 앙상한 나뭇가지가 사나운 비바람에 나부끼고 있었다. 김체건은 어떻게 지내고 있을까. 김체건은 죽은 것일까, 살아 있는 것일까. 그의 목소리가 비몽사몽 중에 들린 것은 위험에 빠져 있기 때문이 아닐까. 온갖 불길한 생각이 두서없이 뇌리를 스치고 지나갔다. 김체건의 얼굴이 가뭇하게 떠올랐다. 월이는 자리에서 일어나 후원으로 걸어갔다. 차가운 빗줄기가 목덜미를 푸슷하게 때렸다. 연잉군과 혼례를 올리던 일이 어제 일처럼 선명하게 떠올랐다.

"네가 행실을 어찌하였기에 연잉군과 간음을 했다는 소문이 나도는 것이냐?"

하루는 아버지가 그녀를 준열하게 꾸짖었다.

"아버님, 제가 어찌 그런 짓을 합니까? 저는 결백합니다."

170

월이는 황당한 소문에 눈물을 흘렸다. 그때 연잉군으로부터 사람들이 왔다. 노론의 영수인 김창집이었다. 그가 이이명과 함께 아버지를 만나고 돌아갔다.

"소론 쪽에서 연잉군을 탄핵하기 위해 너와 연잉군이 간음했다는 소문을 퍼뜨렸다고 한다. 탄핵을 받게 되면 사실이 아니더라도 연잉군은 귀양을 가게 되고 너는 죽임을 당한다."

아버지가 하늘을 쳐다보고 우울하게 말했다. 집안 식구들도 모두 놀라서 어쩔 줄을 몰라 했다.

"아버님, 저는 결백한데 무슨 죄가 있어 죽임을 당합니까?"

"네가 복창군 형제의 일을 모르느냐? 그들은 왕자들인데도 간음을 했다는 누명을 쓰고 사약을 받고 죽었다."

청천벽력과 같았다. 복창군 형제의 죽음은 임금의 생모인 명성왕후가 조작한 사건으로 그들은 죽임을 당했다. 형제가 간음을 했다고 귀양을 보낸 뒤 허견의 역모 사건에 연루시켜 사형에 처하게 했다. 대신들이 벌떼처럼 들고 일어나 복창군 형제가 간음을 한 증거가 없다고 반대했으나 대비가 된 명성왕후는 완강했다.

'내가 어쩌다가 연잉군과 연루된 것일까?'

혼례는 다음 날 치르기로 결정되었다고 했다. 아버지는 노론이었기 때문에 김창집과 이이명의 지시를 거절할 수 없었다. 게다가 연잉군의 소실이 되는 것은 한미한 가문에는 영광이 되는 일이었다. 그렇게 하여 월이는 연잉군의 소실이 되었다. 간음죄로 탄핵하려던 소론 강경파는 월이가 연잉군에게 소실로 시집을 가자 닭 쫓던 개 지붕 쳐다보는 꼴이 되고 말았다.

"낭자를 소실로 맞이한 것은 내 뜻이 아니었소."

초야를 치르던 날 밤에 연잉군이 말했다.

"체건이나 낭자에게 볼 낯이 없소. 오직 대국을 위한 것이니 이해해 주시오. 사죄하는 뜻으로 절을 올리겠소."

연잉군은 괴로운 표정으로 절을 올리려고 했다.

"안 됩니다."

월이는 연잉군의 절을 받을 수 없었다.

"김체건은 내 벗이오. 혹여 훗날 김체건을 만나게 되면 내 진심을 말해주시오."

월이는 운명이라고 생각했다. 연잉군을 몸속에 받아들이면서 하염없이 울었다.

'대체 어디로 간 것일까?'

월이는 김체건이 너무나 그리웠다. 그는 기다려달라는 말도 하지 않았고 정혼을 약속하지도 않았다. 그러나 그와 함께 지낸 많은 시간이 그를 잊을 수 없게 했다. 월이는 그때부터 김체건을 기다리기 시작했다. 김체건과 함께 「이소경」을 읽던 한강의 갈대숲, 수양버들 강둑을 걸으면서 김체건이 돌아올 때를 기다렸다. 김체건은 한 달이 지나고 두 달이 지나도 돌아오지 않았다. 일년이 지나고 이년이 지나도 소식을 알 수 없었다. 봄이 가고 여름이 오자 언제나 그렇듯이 한강이 범람했다.

월이는 범람하는 강물에 잠긴 김체건의 집을 보고 울었다. 물이 빠지자 김체건의 집은 폭삭 주저앉아 있었다.

* * *

서광표는 느릿느릿 걸음을 떼어놓았다. 하늘은 잿빛으로 찌뿌둥했다. 눈이라도 오려는 모양이었다. 겨울답지 않게 따뜻한 공기에 물기가 섞여 있고 잡다한 소리가 가깝게 들렸다. 육의전 골목을 지나는데 시장이 활기찼다. 북검과 홍동계 계자들이 전쟁을 벌이지 않자 시장에 사람들이 들끓고 있었다.

'김체건이 왜관*으로 떠난 것을 전혀 모르는군.'

서광표는 속으로 코웃음을 쳤다. 북검도 김체건이 떠났다는 사실을 밝히지 않고 있었다. 김체건은 왜관에서 왜검을 배우겠다고 했다. 삼년 동안 돌아오지 않을 것이라고 했다.

'사부님은 무엇인가 음모를 꾸미고 있다.'

서광표는 그렇게 생각했다. 홍동계 본부는 중흥동으로 다시 돌아왔다. 임진남이 4대 제자를 남검에 파견했다.

'스승님에게 나 말고 다른 제자들이 있었구나.'

서광표는 그들이 중흥동에 왔을 때 깨달았다. 남검의 4대 제자는 항상 임도혁과 함께 다녔다. 그들은 한 번도 검을 사용하지 않아 무예가 어느 정도인지 알 수 없었다.

"계주의 뒤에 남검의 절대고수가 있다는 말을 들어봤어?"

개천이 서광표에게 은밀하게 말했다.

"어떻게 알아?"

---

* 倭館. 조선시대 국가의 허락을 받고 일본인들이 무역을 하던 관사.

서광표도 남검의 절대고수가 누구인지 궁금했다.

"임도혁의 첩에게 들었어. 그 첩도 절대고수가 하사한 여자래."

임도혁은 첩이 여럿이었다.

"그래?"

서광표는 일부러 관심이 없는 체했다.

'임도혁의 뒤를 미행하면 알 수 있겠지.'

서광표는 임도혁의 동정에 신경을 곤두세웠다. 임도혁의 뒤에서 정
체를 드러내지 않는 남검의 절대고수가 누구인지 밝히고 싶어졌다. 그
는 홍동계 계자들 중에서 걸음이 빠른 한수근을 은밀하게 불러 임도혁
을 미행하라고 지시했다.

"임도혁은 삼청동에 있는 기와집으로 들어갔어."

한수근이 임도혁을 미행하고 돌아와서 보고했다.

"삼청동? 가보자."

서광표는 한수근을 따라 삼청동의 깊은 골짜기로 갔다. 골짜기의
안쪽에 별장처럼 보이는 기와집 한 채가 있었다. 서광표는 한수근을
돌려보내고 밤이 되기를 기다렸다.

'임도혁과 이 집은 무슨 관계가 있는 것일까?'

저녁이 오면서 눈이 내리기 시작했다. 깊은 골짜기라 오가는 사람
이 전혀 없었다. 서광표는 사방이 캄캄하게 어두워지자 담장으로 올라
갔다. 그 기와집은 불이 환하게 켜져 있었다. 행랑채가 여러 칸이었고
안채와 별채로 나뉘어져 있었다. 안채에서는 건장한 사내들이 눈을 쓸
고 부엌에서는 여자들이 분주하게 음식을 만들고 있었다.

'잘사는 집인 모양인데······.'

서광표는 오랫동안 동정을 살폈다. 대청마루에 남자가 나타난 것은 꽤 오랜 시간이 지난 뒤의 일이었다. 안방 문이 열리면서 오십대의 남자와 젊은 여자들이 나오고 있었다.

'사부님……!'

서광표는 오십대의 남자를 보고 깜짝 놀랐다. 그는 서광표의 사부 임진남이었다.

'임도혁의 배후가 사부님이었구나.'

임진남은 서광표에게 한 번도 집을 가르쳐주지 않았었다. 여자들이 임진남에게 아양을 떨고 있는 것을 보면 첩들인 모양이었다. 임진남에게 여러 첩이 있다는 사실을 알게 되자 서광표는 마치 배신을 당한 듯한 기분이었다. 그때 임도혁이 들어오더니 마당에 무릎을 꿇고 앉았다.

'왜 저러지?'

서광표는 임도혁이 마당에 무릎을 꿇고 앉아 있는 것을 보고 의아했다. 임진남이 임도혁을 손가락질하면서 무엇이라고 소리를 지르고 있었다. 마당에 늘어선 장정들이 몽둥이로 임도혁을 때리기 시작했다. 임도혁은 비명도 지르지 않고 몽둥이를 맞고 있었다. 장정들이 몽둥이질을 그친 것은 한참이 지난 뒤의 일이었다. 임진남과 여자들은 방으로 들어가고 임도혁은 그대로 꿇어앉아 있었다. 장정들도 행랑채로 돌아가 마당이 텅 비었다. 날씨는 살을 엘 듯이 추웠다. 삭풍이 앙상한 나뭇가지를 흔들면서 불어왔다.

서광표는 담장에서 집 안으로 잠입했다. 안에서 무슨 일을 하는지 소리가 들리지 않았기 때문이었다. 그믐이라 사방이 캄캄하여 한 치 앞도 보이지 않았다. 행랑채 모퉁이에 몸을 숨기자 비로소 말소리가 들렸다.

"아버님, 소자가 잘못했습니다. 소자를 용서해주십시오."

임도혁이 절을 하면서 용서를 빌었다.

'아버지라고?'

서광표는 더욱 의심이 일어났다. 그때 안에서 여자가 나왔다.

"계주는 그만 일어나서 돌아가시래요."

여자가 새침한 표정으로 말했다.

"아버님, 감사합니다."

임도혁이 절을 한 뒤에 휘청거리고 물러갔다. 서광표는 임도혁이 물러간 뒤에도 임진남의 집을 떠나지 않았다. 그는 소리 없이 뒤꼍으로 돌아갔다. 방 안에서 여자들의 간드러진 웃음소리가 들렸다. 손가락에 침을 묻혀 창호지에 구멍을 뚫고 방 안을 살폈다. 방 안에는 임진남이 여러 여자들과 발가벗고 뒹굴고 있었다.

'괴물이구나. 내가 저런 자를 스승으로 모셨다니……'

서광표는 임진남의 집에서 나오면서 몸을 떨었다.

* * *

중흥동으로 돌아오자 임도혁은 4대 제자들과 술을 마시고 있었다. 그때 동궁전에서 궁녀가 왔다.

"저하께서 대궐에 한번 들어오시라고 합니다."

궁녀가 주위를 살핀 뒤에 밀봉한 봉투를 꺼냈다. 춘란이라는 이름의 무수리였다. 봉투에는 뜻밖에 어음이 들어 있었다.

"언제 들어가면 좋겠느냐?"

"밤에 대궐의 담을 넘을 수 있습니까?"

"어렵지 않다."

"그럼 내일 밤에 동궁전에 들어오십시오."

"알았다."

춘란은 서광표를 힐끗 쳐다보고 돌아갔다. 서광표는 임도혁의 방에서 나와 수진방* 집으로 돌아왔다.

임도혁은 며칠에 한 번씩 삼청동을 오갔다. 서광표는 그때마다 미행을 했다. 그러나 한동안 아무 일도 없었다. 임도혁은 방으로 들어가 임진남과 술을 마시고 돌아오고는 했다.

'부자 관계가 다시 좋아진 것인가?'

서광표는 고개를 갸우뚱했다. 그러던 어느 날이었다. 그날도 서광표가 몰래 숨어서 임진남의 본채를 감시하고 있는데 날카로운 비명 소리가 들렸다. 서광표는 행랑채 지붕 위에 납작 엎드려 있었다. 그때 임진남이 본채 방에서 대청으로 뛰쳐나왔는데 임도혁이 뒤를 따라와 칼로 내리치고 있었다. 순식간에 벌어진 일이었다.

'어떻게 된 일이지?'

서광표는 임도혁이 임진남을 칼로 찌르는 것을 보고 어리둥절했다.

"이놈, 네놈이 감히 나를 배신해?"

임진남이 피투성이가 되어 임도혁에게 소리를 질렀다.

"네놈은 죽어야 돼. 이 음탕한 가짜 내시 놈아!"

---

* 壽進坊. 종로구 수송동, 청진동 일부.

임도혁이 다시 임진남을 칼로 찔렀다. 임진남이 처절한 비명을 지르면서 쓰러졌다. 서광표는 무예의 고수인 임진남이 임도혁에게 맥없이 당하는 것을 이해할 수 없었다. 그때 행랑채에서 장정들이 칼을 들고 우르르 뛰쳐나왔다. 그와 함께 4대 제자들도 본채로 날아 들어왔다. 그들은 빠르게 임도혁 뒤에 병풍을 쳤다.

"멈춰라! 나는 임진남을 죽였다. 4대 제자도 나에게 투항했다. 너희들도 나에게 투항하라!"

임도혁이 장정들을 향해 악귀처럼 소리를 질렀다. 그의 전신이 피투성이가 되어 있었다. 임도혁의 말에 장정들이 주춤했다.

"임진남은 가짜 내시다. 너희들에게 잔인한 짓만 시키고 돈을 긁어모았다. 나는 너희들을 형제처럼 대우할 것이다. 내 형제가 돼라!"

임도혁이 피가 흐르는 칼을 치켜들고 악귀처럼 소리를 질렀다. 장정들이 웅성거리다가 칼을 버리고 임도혁에게 투항했다. 임도혁은 투항한 장정들에게 임진남의 시체를 치우게 했다. 장정 하나가 임진남의 시체를 질질 끌고 밖으로 나갔다.

서광표는 몸이 떨렸다. 임진남의 집에서 일어난 일이 마치 꿈을 꾸는 것 같았다.

'스승님을 어떻게 하지?'

서광표는 잠시 생각에 잠겼다.

'스승님은 천민이 주인이 되는 세상을 만들려는 자가 아니야.'

서광표는 임진남에게 실망했다. 그를 도와주고 싶지도 않았고 시체를 어디에 버리는지 살펴보고 싶지도 않았다.

임도혁이 방으로 들어갔다. 방 안에서 여자의 처절한 비명이 들렸다.

"나를 배신한 계집이다."

임도혁이 한 여자의 머리채를 끌고 대청으로 나왔다.

"배신자는 용서하지 않는다."

임도혁이 칼을 뽑아 여자를 찔렀다. 여자가 단말마의 비명을 지르면서 쓰러졌다. 서광표는 찬물을 뒤집어쓴 것처럼 한기가 엄습해왔다. 임도혁은 임진남 못지않게 잔인한 자였다.

"갖다가 버려라. 짐승의 밥이 되게 하라."

임도혁이 칼을 거두면서 장정들에게 지시했다. 장정 하나가 대청으로 올라가 여자를 들쳐 메고 나왔다. 서광표는 지붕에서 내려와 장정을 따라갔다. 칠흑 같은 어둠 속이었기 때문에 산속으로 들어가는 것이 쉽지 않았다.

'아.'

장정은 기와집에서 얼마 떨어지지 않은 골짜기에 여자를 던졌다. 그는 어둠 속에서 빠르게 기와집으로 돌아갔다. 서광표는 골짜기로 달려 내려갔다.

'죽지 않았어.'

여자는 피투성이가 되어 있었으나 다행히 숨이 붙어 있었다. 서광표는 지혈을 하고 여자를 등에 업었다. 여자를 왜 살리고 싶었는지 알 수 없었다. 여자의 등에서 피가 쉬지 않고 흘러내리고 있었다. 서광표는 빠르게 삼청동 골짜기에서 수진방 집으로 돌아왔다.

한겨울이었다. 하늘에서는 눈발이 날리고 있었다. 산은 잎사귀가 떨어진 나뭇가지들이 앙상했고 들판은 가을걷이가 끝나 황량했다. 눈이 오고 나면 몹시 추워질 것이다. 김체건은 무심한 눈빛으로 스즈키 쇼고를 살폈다. 스즈키 쇼고는 하늘을 향해 검을 치켜들고 있었다. 김체건은 눈 가까이 검을 수평으로 놓았다.

"선생은 왜검을 훔쳐 배우시는군요."

스즈키 쇼고가 김체건을 비웃듯이 말했다. 김체건은 대답을 하지 않고 자욱하게 날리는 눈발 사이로 스즈키 쇼고를 노려보았다. 김체건이 왜관에 내려온 것은 삼년 전의 일이었다. 그는 왜관에서 허드렛일을 하면서 왜인들의 검술을 훔쳐 배웠다. 나무 뒤에서 숨어서 보기도 하고 땅속에 움을 파고 숨어서 보기도 했다. 그런데 왜관의 관주인 스즈키 쇼고에게 발각된 것이다.

"그대들이 검술을 전수하지 않아 어쩔 수 없었소."

김체건은 담담하게 말했다. 스즈키 쇼고가 비난하는 말에 평정심을 잃지 않으려고 집중했다.

"나는 선생이 노비로 왜관에 처음 들어왔을 때부터 검객이라는 것을 알아보았소."

"그렇소? 어떻게 알았다는 것이오?"

"걸음걸이가 일정했소."

"그런데 왜 나를 왜관에 있게 한 것이오?"

"검술이란 연마하는 자의 것이지 누구의 것도 아니기 때문이오."

김체건은 스즈키 쇼고의 말이 옳다고 생각했다. 갈대숲이었다. 찬바람이 갈잎을 스치고 지나갔다.

"핫!"

스즈키 쇼고가 검을 들고 달려오자 김체건은 전광석화처럼 빠르게 몸을 움직이기 시작했다. 스즈키 쇼고가 가까이 와서 검을 내리치는가 싶더니 허공으로 솟아올라 맹렬하게 공세를 전개했다. 마치 바위를 쪼개는 듯한 무서운 중압감이 느껴지는 검세였다. 칼날이 허공에서 번뜩일 때마다 매서운 바람이 일었다. 김체건은 정신을 집중하여 요해처를 노리는 스즈키 쇼고의 검날을 밀어내기도 하고, 피하기도 하고, 회오리처럼 몸을 돌면서 튕겨내기도 했다. 현란한 무예술이었다. 용과 호랑이가 으르렁거리고 맞붙어 싸우는 것처럼 맹렬했다. 김체건과 스즈키 쇼고는 순식간에 수십 초를 거루었다.

'마치 춤을 추는 것 같구나.'

스즈키 쇼고는 숨 쉴 틈도 주지 않고 김체건을 향해 공세를 펼치면서 탄복했다. 김체건은 물이 흐르듯 부드럽게 움직이면서 그의 공세를 피하고 있었다.

'이 사람은 왜검의 진정한 고수다.'

김체건은 스즈키 쇼고에게 감탄했다. 스즈키 쇼고는 산악과 같은 기세로 김체건을 공격하고 있었다.

"아!"

김체건은 자신도 모르게 탄성을 내뱉었다. 어느새 스즈키 쇼고의 검이 그의 공격을 무위로 만들고 목을 향해 쇄도해오고 있었다. 요해처를 공격하는 검을 모두 방어하려 했는데도 놓치고 말았다. 김체건이 몸을 흔들자 스즈키 쇼고의 검이 아슬아슬하게 비껴갔다.

'역시 왜검의 고수라는 말이 무색하지 않구나.'

김체건은 등줄기로 식은땀이 흐르는 것을 느끼면서 허공으로 솟아 올라 검을 휘둘렀다. 허공에서 백광이 원을 그리고 매서운 파공성이 일어났다. 순식간에 사방에서 가공할 살기가 스즈키 쇼고를 향해 몰 아치고 있었다. 스즈키 쇼고가 경악하여 분분이 물러서며 검을 거두었 다. 그와 함께 그를 겹겹이 에워싸고 있던 검기가 사라졌다. 스즈키 쇼 고는 안도의 한숨을 내쉬면서 허공에서 떨어져 내렸다. 이마에서 굵은 땀방울이 흘러내렸다.

그때 수양버들의 무성한 잎사귀들이 비처럼 쏟아져 내리기 시작했 다. 김체건이 스즈키 쇼고를 베는 대신 수양버들의 잎사귀를 벤 것이다.

"졌소."

스즈키 쇼고가 털썩 무릎을 꿇고 절을 했다.

* * *

서광표는 임진남의 시체를 찾기 위해 삼청동 골짜기를 돌아다녔으 나 찾을 수 없었다.

'시체를 땅에 묻어주었나?'

서광표는 고개를 갸우뚱했다. 여자는 서광표가 의원을 데리고 와서 치료했으나 상처가 깊어 한 달도 살지 못하고 죽었다. 그러나 그녀는 임진남과 임도혁의 정체에 대해서 낱낱이 이야기해주었다. 그녀는 한 양의 용산강 노들나루에 사는 객주의 며느리로 어느 날 밤에 임진남의 습격을 받았다. 임진남에게 가족들이 몰살당하고 그녀는 납치되었다. 임진남은 그녀에게 강제로 첩이 되게 했다. 거부한 여자들이 몽둥이로 맞아 죽는 것을 본 그녀는 공포에 떨면서 첩이 되었다.

임진남은 어릴 때 내시부에 들어갔다. 내시부는 거세를 했거나 어릴 때 개에게 물려 생식기를 사용할 수 없는 아이들이 주로 들어갔다. 임진남은 농사를 짓는 사람의 자식이었으나 흉년으로 먹고 살기가 어려워 내시가 되었다. 그러나 어른이 되면서 거세를 한 생식기가 되살아나 스무살이 되었을 때 발각이 되었다. 그는 외모는 여자 같았으나 실제로는 남자인 괴물이었다. 어릴 때 거세를 한 탓인지 수염이 나지 않고 여자처럼 가슴도 달려 있었다. 임진남은 귀양지에서 도망을 간 뒤로 누군가에게 무예를 배워 남검의 고수가 되었다.

"임진남에게 무예를 가르친 사람은 누구요?"

서광표가 물었으나 여자는 들은 일이 없다고 대답했다.

임진남은 남검의 절정고수가 되자 양반이나 부호들을 습격하여 재물을 빼앗고 여자들을 납치하여 첩으로 삼았고, 저항하는 여자들은 많은 하인들 앞에서 몽둥이로 때려서 죽였다고 했다.

'임진남은 피도 눈물도 없는 자구나.'

서광표는 여자의 이야기를 들으면서 몸서리를 쳤다. 임도혁은 걸인 노릇을 하던 자였으나 임진남이 거두어 무예를 가르치고 양자로 삼았다.

"임도혁이 왜 양아버지를 배신했소?"

"임진남은 의심이 많았어요."

임진남은 임도혁을 양자로 삼았으나 자신의 첩인 여자를 하사하여 감시했다.

"당신이 임진남이 하사한 여자요?"

"네."

"임도혁의 불만을 당신이 밀고했군."

"말하지 않으면 죽이겠다고 했어요."

여자가 눈물을 주르르 흘렸다.

"그런데 임도혁이 어떻게 임진남을 죽일 수 있었소? 임진남은 무예의 고수요."

"독을 썼어요."

"독을 써?"

"임진남이 좋아하는 꿩고기에 독을 묻혔어요. 부엌에서 일을 하는 여자를 포섭했어요."

서광표는 비로소 임도혁이 임진남을 죽인 까닭을 알 수 있었다.

임도혁은 남검의 수괴가 되어 중흥동과 삼청동을 오가면서 지냈다. 그는 임진남이 거느리던 첩을 모두 자신의 첩으로 만들었다.

죽은 줄 알았던 임진남이 서광표를 찾아온 것은 차가운 삭풍이 몰아치는 겨울이 가고 흙바람이 자욱하게 날리던 봄이 왔을 때였다.

"사부님……."

서광표는 깜짝 놀라서 임진남을 맞이했다. 그는 머리를 산발하고 있었고 눈이 핏빛이었다. 피둥피둥 살이 쪘던 몸은 바짝 마르고 얼굴은 창백했다.

"너에게 남검을 넘겨주겠다. 나를 따르라."

임진남의 목소리가 삭막하게 흩어졌다.

"예?"

서광표는 어리둥절했다.

"나는 오래 살지 못한다. 죽기 전에 배신자 임도혁을 먼저 죽일 것이다."

임진남의 목소리는 지옥에서 들려오는 것처럼 음산했다. 서광표는 불안했으나 임진남을 따라나섰다. 여자들과 뒹굴던 임진남의 괴물 같은 모습이 떠올랐으나 그는 스승이었다.

임진남은 술에 취한 것처럼 걸음이 비틀거렸다. 아직도 임도혁에게 당한 상처가 완전히 낫지 않은 것 같았다.

임진남이 삼청동에 이르자 집안이 발칵 뒤집혔다. 집을 지키던 장정들이 공포에 질려 분분히 뒤로 물러서고 4대 제자도 경악하여 칼을 뽑아 들었다.

"물러서라! 누구든지 저항하는 놈은 사지를 찢어 죽이고 배를 갈라서 간을 씹어 먹을 것이다."

임진남이 무시무시한 살기를 뿜자 장정들이 부들부들 떨었다.

"아, 아버님……."

임도혁이 사색이 되어 안방에서 뛰어나왔다.

"아버님이라고? 네놈이 감히 나를 배신해? 내가 오늘 네놈을 죽일 것이다."

임진남이 칼을 뽑아 들었다. 그러자 임도혁의 눈빛이 차갑게 변했다.

"뭣들 하느냐? 저놈은 포악무도한 자니 저놈을 베라."

임도혁이 악에 받쳐 장정들에게 소리를 질렀다. 그러나 장정들은 못이 박힌 듯 움직이지 못하고 있었다.

"들어라. 오늘부터 우리 홍동계의 계주는 나의 수제자 서광표다."

임진남이 장정들에게 선언했다.

"닥쳐라!"

임도혁이 허공으로 솟아올라 임진남을 맹렬하게 공격했다. 임진남도 허공으로 몸을 뽑아 올려 임도혁과 맞부딪쳤다. 허공에서 검과 검이 부딪치면서 파랗게 불꽃이 일어났다. 임도혁은 임진남의 상대가 되지 못했다. 그러나 임진남은 부상이 심한지 움직임이 무뎌져 있었다. 몇 차례나 임도혁과 부딪치면서 뒤로 밀려났다.

"얏!"

임진남의 몸이 갑자기 허공에서 팽이처럼 회전을 하기 시작했다. 장내에 흙먼지가 자욱하게 일어나고 무서운 칼바람이 몰아쳤다. 그와 함께 허공에서 처절한 비명이 들렸다.

'아!'

서광표는 눈을 크게 떴다. 흙먼지가 가라앉으면서 목을 절단당한 임도혁이 후드득 떨어졌다. 뒤를 이어 칼이 가슴에 깊숙이 박힌 임진남도 굴러떨어졌다. 임도혁은 그 자리에서 절명하고 임진남은 치명적인 부상을 당했다. 장내에 피비린내가 가득했다.

'둘이 함께 죽는구나.'

서광표는 마치 꿈을 꾸고 있는 기분이었다. 홍동계의 계자들도 넋이 빠진 듯 우두커니 서 있었다. 서광표는 임진남에게 달려갔다.

"광표야."

임진남이 꺼져가는 목소리로 서광표를 불렀다.

"예, 스승님……."

"나는 정의로운 검객이 되려고 했다. 그런데 남검의 최고 고수가 되고 권력이 생기자 색과 재물의 유혹에 빠졌다."

임진남이 회한이 가득한 눈빛으로 서광표를 응시했다.

"너는 내 전철을 밟지 마라. 나의 모든 것을 너에게 넘겨준다. 옥련봉에 비급과 어음이……."

임진남의 손이 서광표에게서 빠져나갔다. 그의 눈이 허공을 더듬다가 움직이지 않았다.

'남검의 절대고수가 이렇게 죽는구나.'

서광표는 임진남의 손을 잡고 비감했다.

* * *

마포나루를 건너자 눈에 익은 갈대숲이 들어왔다. 장마철이면 해마다 강물이 범람하여 물에 잠기는 곳, 한때 월이와 함께 뛰어다니면서 놀았던 갈대숲이 눈에 들어오자 김체건은 가슴이 뛰었다. 왜관에서 삼년이나 있다가 돌아오는 길이었다. 서광표와 다투고 싶지도 않았고 연잉군을 위하여 칼을 들고 싶지도 않았다. 왜검에 대한 호기심도 왜관에서 떠날 수 없게 만들었다. 그러나 언제까지나 왜관에 머물러 있을 수 없어서 한양으로 돌아오고 있는 것이다.

"저희들에게 본국검법을 지도해주십시오."

스즈키 쇼고의 청에 의해 김체건은 노비에서 빈객(賓客)이 되어 그들을 지도했다. 스즈키 쇼고를 통해 일본의 검술과 검류에 대해서도 자세하게 들을 수 있었다. 그의 딸 나츠에가 모든 시중을 들었다.

'청파천이로구나.'

김체건은 강둑을 따라 걷다가 수양버들 아래서 잠시 걸음을 멈췄다. 청파천 냇물을 보자 가슴이 싸하게 저려왔다.

"노미야."

김체건은 집에 이르자 큰 소리로 아들을 불렀다. 그러나 이상하게 집이 비어 있었다. 집 안팎이 적막할 정도로 조용했다.

'어디로 간 거지?'

김체건은 문을 열어놓고 방바닥에 벌렁 누웠다.

'집이 빈 지 벌써 여러 날이 되었어.'

김체건은 문득 그렇게 생각했다. 방 안은 깨끗하게 정리되어 있었으나 온기가 느껴지지 않았다. 그때 마당에 인기척이 느껴졌다. 김체건은 벌떡 일어나서 마당을 내다보았다. 뜻밖에 월이가 쓰개치마를 팔에 걸고 마당에 그린 듯이 서 있었다.

'월이……'

김체건은 가슴으로 뜨거운 것이 치밀고 올라오는 듯한 기분이 들었다.

"노미와 부인을 창의궁으로 모셨어요."

월이가 낮게 말했다. 김체건은 월이를 보자 가슴이 컥 하고 막히는 것 같았다.

"왜 그런 일을 했소?"

김체건이 떨리는 목소리로 간신히 물었다. 김체건은 월이가 노미와 애숙을 데려간 것을 이해할 수 없었다. 월이가 손을 저어 여종들과 무사들을 물러나 있게 했다.

"연잉군의 호위무사가 되어주세요."

월이가 빠르게 말했다. 그녀의 눈에 물기가 어려 있었다.

"나는 그를 위하여 일하지 않겠소."

김체건은 피를 토하듯이 짧게 말했다. 해가 기울기 시작하면서 바람이 차가워지고 있었다.

"연잉군은 좋은 사람이에요. 당신 형을 죽게 만든 무뢰배들을 모두 잡아들여 참수시켰어요. 당신의 복수를 대신했어요."

"나는 그런 일을 요구한 적이 없소."

"그 때문에 임금에게 대궐에 출입하지 말라는 벌도 받았어요."

"연잉군을 위하여 아무것도 하고 싶지 않소."

"저 때문인가요? 마포나루를 떠나서 몇 년 동안 돌아오지 않았잖아요?"

월이가 입술을 깨물었다. 김체건은 대답을 하지 않았다.

"제가 연잉군의 소실로 가지 않았으면 죽임을 당했을 거예요. 저는 죽고 싶지 않았어요."

"……."

"제가 왜 죽고 싶지 않았는지 아세요?"

김체건은 소리를 죽여 울고 있는 월이를 응시했다. 아직도 사랑하고 있느냐고 물으면 그렇다고 대답을 할 수 있을 것 같았다. 그는 시선을 돌려 은빛으로 반짝이면서 흘러가는 강물을 응시했다.

"꼭 한번 보고 싶었어요."

김체건은 입술을 깨물었다.

"꼭 한번 보고 싶어서 차마 죽을 수 없었어요."

월이의 눈에서 눈물이 흘러내리기 시작했다. 김체건도 가슴이 미어 터지는 것 같았다.

"저를 사랑하세요?"

"그렇소."

"그럼 저를 위해 연잉군의 호위무사가 되어주세요. 저를 위해 칼을 잡으세요."

월이는 거침이 없었다. 김체건은 가슴이 터질 것 같았다.

'사랑을 위해서 연잉군의 호위무사가 되어달라고?'

김체건은 월이가 돌아가자 강둑에 주저앉아 통곡을 하고 울었다.

<u>9</u>

조선에서 온 검객

쏴아아.

빗줄기가 삼나무 숲을 하얗게 물들이면서 달려왔다. 김체건은 삿갓을 들어 올리고 울창한 삼나무 숲을 응시했다. 삼나무 숲을 지나야 마을이 있고 마을을 지나야 후쿠오카라고 했다. 인적 없는 숲을 빗속에서 지나야 할 일이 아득하게 생각되었다.

"괜찮겠느냐?"

김체건이 낮은 목소리로 나츠에에게 물었다. 나츠에의 기모노가 흠뻑 젖어 추워보였다.

"견딜 만합니다."

나츠에가 김체건을 쳐다보고 생긋 웃었다. 하얀 얼굴이 비를 맞아 더욱 창백하고 젖은 옷자락은 그녀의 몸에 찰싹 달라붙어 여체의 굴곡이 그대로 드러나 있었다. 유난히 키가 작고 가냘픈 몸을 갖고 있지만

무가(武家)의 딸이었다.

시모노세키에서 배를 내린 뒤 하카타를 거쳐 후쿠오카를 향해 가고 있는 중이었다. 하카타까지 오는 데 열흘이 걸렸고 하카타의 무도관에서 사범 모리 산스케와 결투를 하느라고 사흘이 걸렸다. 이제 하카타를 떠나 후쿠오카에 가까이 이르렀는데 굵은 빗줄기가 쏟아지고 있는 것이다.

나츠에는 왜관에서부터 따라온 스즈키 쇼고의 딸이었다. 갸름한 얼굴에 눈매가 곱고 입술이 봉긋했다. 스즈키 쇼고는 김체건이 일본으로 올 때 자신의 딸을 거두어달라고 청했다.

"나는 이미 혼인을 했고 아이까지 있소."

김체건은 당황하여 정중하게 거절했다. 왜관에서 검술을 연마할 때 나츠에가 항상 그에게 차를 가져오고는 했었다. 나츠에는 자신의 이야기를 하는데도 생글거리고 웃고 있었다.

"그렇다면 종으로 데리고 다니시오."

"어찌 귀한 따님을 종으로 데리고 다니겠습니까?"

"일본의 무사들은 미동(美童)을 데리고 다니면서 시중을 들게 하고 있습니다. 미동이 없는 무사는 실력이 없는 무사로 취급합니다. 조선 검객이 그런 말을 들어서야 되겠습니까?"

"나는 편리할지 모르나 따님에게는 바람직하지 않은 일일 것입니다."

"딸이 조선검을 배우기를 원합니다. 일본에 데리고 가시면 딸이 크게 도움이 될 것입니다. 아들이 없어서 어릴 때부터 무예를 가르치다 보니 혼기까지 놓치게 되었습니다. 부디 데리고 가주십시오. 이는 제 뜻이 아니라 딸의 뜻입니다."

스즈키 쇼고가 거듭 사정을 했다. 김체건은 그렇게 하여 나츠에를 데리고 일본에 온 것이다. 스즈키 쇼고의 말대로 나츠에는 무예도 뛰어나고 일본 지리도 잘 알아 크게 도움이 되었다. 나츠에는 항상 그를 주인님이라고 불렀다.

"날이 어두워지고 있다. 산에서 밤을 새울 수는 없다."

"예."

나츠에가 어두운 얼굴로 머리를 숙였다. 산을 내려오면서 빗길에 미끄러져 발목을 접질린 뒤로 걸음을 떼어놓을 때마다 고통스러워했다.

"나츠에, 나에게 업혀라."

"주인님……."

나츠에의 얼굴이 금세 붉어졌다. 스물다섯 살이라고 했던가. 나츠에에게서 성숙한 여인의 체취가 풍겼다.

"어두워지기 전에 마을에 이르러야 한다."

"예."

김체건이 허리를 숙이자 나츠에가 마지못해 업혔다. 김체건은 나츠에를 등에 업고 빠르게 산을 내려가기 시작했다. 삼나무 숲을 때리는 빗소리 때문에 귓전이 어지러웠다. 김체건이 나츠에를 업고 산 밑에 이르자 멀리 들판이 보였다. 김체건은 이마의 땀과 빗물을 손등으로 훔친 뒤에 들판을 가로질러 마을에 이르렀다. 붉은 흙탕물이 콸콸대고 흐르는 강 옆에 허름한 농가가 있었다.

"하룻밤 신세를 지고 싶소."

김체건은 농가의 마당에 나츠에를 내려놓고 주인에게 말했다.

"방이 누추합니다."

농가의 주인이 말했다. 그는 마흔이 넘어 보였고 누더기에 가까운 낡은 바지저고리를 입고 있었다. 농가의 주인이 방을 내주고 마른 수건을 갖다가 주었다. 비는 밤에도 그치지 않았다. 농가에서 저녁을 얻어먹고 헌옷을 빌려 갈아입었다.

김체건은 다다미 위에 누웠으나 좀처럼 잠이 오지 않았다. 밤은 더디게 흘러가고 빗줄기는 더욱 굵어지는 것 같았다. 새벽에야 간신히 잠이 들었다. 비는 아침에 그치고 날이 화창하게 밝았다. 나츠에의 발목 때문에 후쿠오카로 출발하지 못하고 농가에서 쉬면서 검술을 연마했다.

농가에는 말이 한 필 있었다. 농가에서 사흘을 쉬고 후쿠오카로 출발할 때 말을 샀다.

"주인님……."

김체건이 나츠에를 말에 태우자 그녀가 당황하여 어쩔 줄을 몰라 했다.

"여자가 말에 타야지 남자가 말에 탈 수는 없지 않느냐?"

김체건은 강을 따라 걸으면서 웃었다.

"하오나 주인이 말을 끌고 종이 말을 타는 법이 어디에 있습니까?"

"남자가 말을 타고 여자가 말을 끌면 사람들이 모두 이상하게 생각한다."

김체건은 웃기만 할 뿐 휘적휘적 걸음을 떼어놓았다. 강둑을 따라 걷다가 벼들이 푸르게 웃자란 들길로 들어섰다. 일본의 논은 벌써 벼 이삭이 패기 시작하고 있었다. 십 리가 넘는 평야를 지나 후쿠오카의 구로다 성으로 들어섰다.

성안의 거리는 집들이 즐비하고 많은 사람들이 오가고 있었다. 김체건은 말을 끌면서 거리를 오가는 사람들을 살폈다. 일본은 조선과 달리 많은 남자들이 칼을 차고 다니고 여자들은 기모노 차림을 하고 종종걸음으로 걷고 있었다.

'여기가 무도관이구나.'

김체건은 구로다 무도관 앞에서 잠시 걸음을 멈췄다. 대문이 활짝 열려 있어서 도장을 살폈다. 무도관은 넓은 마당과 기와집이 있고 칠십여 명에 이르는 수련생들이 검술을 연마하고 있었다. 그들의 기합 소리가 담장을 넘어 대로까지 들렸다.

"구경거리 아니야. 가라!"

그때 수련생 하나가 나와서 그들에게 눈알을 부라렸다. 김체건은 무도관을 지나 시장이 가까운 여관에 방을 잡았다. 유카다로 갈아입고 목욕을 한 뒤에 나츠에와 함께 국수를 먹었다. 조선과 풍습이 달라 보고 듣는 것이 모두 신기했다.

김체건이 잠깐 잠이 들었을 때 어디선가 사미센 소리가 희미하게 들려왔다. 사미센을 연주하는 여인은 게이샤인가. 후원의 어느 일실에서 들리는 사미센 소리가 가냘프게 애조를 띠고 있었다. 떠나간 남자를 그리워하기라도 하는 것인가. 아니면 히데요시 가문의 몰락이 안타깝기라도 한 것인가. 애조 띤 가락에 맞춰 노래를 부르는 여자의 목소리가 가늘게 떨리고 있었다.

봄날 높은 누각에 꽃놀이 잔치
주고받는 술잔에 웃음소리 들린다.

천년 소나무 가지 사이로 달빛이 비추건만

지나간 자취 어디서 찾으랴.

가을 군영에 서릿발 감돌고

맑은 하늘에는 기러기 몇 마리 날고 있네.

김체건이 왜관에 있을 때도 들었던 노래였다. 밤이 되자 김체건은 술집을 찾아다니면서 후쿠오카 최고의 무사에 대해 정보를 수집했다. 후쿠오카의 무사들은 한결같이 무도관의 관주인 야마자키 스스무가 가장 뛰어난 무사일 것이라고 말했다.

"야마자키 스스무에게 갖다주어라."

김체건은 여관에서 하루를 쉰 뒤에 나츠에에게 결투를 신청하는 봉서를 주었다.

"주인님…… 답을 받아옵니까?"

나츠에가 긴장한 표정으로 물었다.

"그렇다."

"알겠습니다."

나츠에가 머리를 숙이고 여관에서 나가 무도관으로 갔다.

"스스무 님이 결투를 허락했습니다."

나츠에는 한참이 지나서야 돌아왔다.

"나를 따르라."

김체건은 의관을 단정하게 하고 여관을 나와 무도관으로 걸어갔다.

무도관의 문은 활짝 열려 있고 넓은 뜰에는 무도관의 수련생들이 좌우로 도열해 있었다. 관주인 야마자키 스스무가 의자에 다리를 벌리고 앉아 있고 그의 뒤에는 무사들이 도열해 있었다.

김체건은 무도장의 연무장으로 들어가자 정중하게 야마자키 스스무에게 허리를 숙여 인사를 했다.

"조선에서 온 검객이라고 했나? 구로다 무도관에 도전하는 이유가 무엇인가?"

야마자키 스스무가 봉서를 내던지고 오만한 표정으로 물었다. 그는 삼십대 후반으로 눈빛이 날카로웠다.

"일본검의 술(術)을 견식하기 위해서다."

야마자키 스스무가 반말을 하자 김체건도 반말을 했다. 야마자키 스스무의 눈빛이 싸늘하게 변했다.

"술이란 세(勢)를 말하는 것인가?"

"그렇다."

"일본검의 특징은 무엇이라고 생각하는가?"

"쾌(快)와 패(覇)다. 강(鋼)을 위주로 하고 있다."

"그렇다면 조선검의 특징은 무엇인가?"

"정(靜)과 유(柔)다."

"정과 유?"

"고요한 가운데 부드러움을 위주로 하고 있다. 일본검이 강이라면 조선검은 유라고 할 수 있을 것이다."

"나에게 도전한다고 무조건 받아줄 거라고 생각했는가?"

"받아주기를 희망한다."

"조선에서 온 검객이 건방지지 않은가? 나부터 격파하라."

그때 야마자키 스스무의 뒤에 있던 무사가 칼을 뽑아 들고 나왔다.

"그대는……?"

"구로다 무도관의 사범 테라자키다."

테라자키가 검을 맹렬하게 휘두르면서 달려왔다. 그러자 김체건이 우뚝 서 있다가 몸을 살짝 움직이면서 발길질을 했다. 김체건의 발은 아무 힘도 없어 보였다. 그러나 김체건의 발이 테라자키의 복부에 꽂히면서 그가 비명을 지르면서 나가떨어졌다. 무사들이 우 하고 함성을 질렀다. 테라자키는 일어나지 못했다.

"음."

야마자키 스스무는 무겁게 신음을 삼키고 자리에서 일어섰다. 그러자 뒤에 있던 무사가 칼을 공손히 바쳤다.

"죽어도 나를 원망하지 말라."

야마자키 스스무가 일본도를 뽑아 들었다. 김체건도 검을 뽑아 들었다. 야마자키 스스무는 산악과 같은 기세로 김체건을 공격하고 김체건은 바람처럼 부드럽게 움직였다. 수십 개의 눈동자들이 그들을 주시하는 가운데 두 사람이 허공으로 솟아올랐다. 두 사람은 허공에서 빠르게 움직이면서 자리를 바꾸었다. 허공에서 검과 검이 부딪치면서 파랗게 불꽃이 튀었다.

"아……."

구로다 무도관의 무사들이 일제히 탄성을 내뱉었다. 허공에서 피가 확 뿌려지면서 야마자키 스스무가 곤두박질을 친 것이다. 순식간에 일어난 일이라 무사들은 경악한 표정으로 눈을 부릅떴다.

"조선놈을 죽여라."

무도관의 무사들이 일제히 칼을 뽑아 들었다.

"멈춰라."

야마자키 스스무가 피가 흐르는 허리를 움켜쥐고 말했다. 그는 간신히 칼에 의지하여 버티고 서 있었다.

*　*　*

김체건은 구마모토를 향해 느릿느릿 말을 몰았다. 이번에는 나츠에가 앞에서 말을 끌고 김체건이 탔다. 후쿠오카에서 야마자키 스스무와 결투를 하여 승리를 하자 복수를 하려는 무사들이 뒤를 따라왔다. 김체건은 그들을 피하기 위해 한동안 절에서 숨어 지냈다. 그러는 동안 여름이 가고 가을이 온 것이다. 나츠에는 틈틈이 산을 내려가 무사들에 대한 정보를 수집해 왔다.

"주인님……."

나츠에가 그를 쳐다보면서 생글거리고 웃었다.

"구마모토의 코지로 님은 창(槍)의 달인입니다."

구마모토에는 규슈의 검객이라는 별명을 갖고 있는 요시오카 코지로가 살고 있었다. 그는 일본 전국에서도 손에 꼽힌다는 검객이었다.

"창이라……."

"제가 몇 가지 동작을 알고 있습니다만……."

"그래?"

"한번 살펴보시겠습니까?"

"그러자. 이년을 일본에서 보내려면 서두를 일이 없지."

김체건이 말에서 내려 대숲으로 들어갔다. 규슈는 일본의 남쪽 지역이라 대나무가 많았다. 김체건이 말을 매자 나츠에가 대나무를 길게 잘라서 죽봉을 만들었다.

"주인님, 준비되셨나요?"

"되었다."

김체건은 빠르게 지검대적세를 취했다. 나츠에가 재빨리 보법을 전개하여 맹렬하게 달려오면서 김체건의 단전을 찔러왔다. 김체건은 바람처럼 부드럽게 움직여 나츠에의 죽봉을 피했다. 나츠에는 점점 빠르게 죽봉을 휘둘렀다. 김체건과 수백 초를 겨누는 동안 전신이 땀으로 흥건하게 젖어왔다. 그러나 김체건은 한 방울의 땀도 흘리지 않고 있었다.

"주인님, 이제 그만할래요."

나츠에가 헐떡거리면서 말했다.

"어두워지기 전에 인가를 찾자."

김체건이 칼을 검집에 꽂고 말을 끌고 왔다. 이번에는 나츠에가 앞에 타고 김체건이 뒤에 탔다. 그들은 해가 뉘엿뉘엿 기울기 시작할 때 시(施)라는 마을에 이르렀다. 김체건은 마을에 한동안 머물면서 검술을 연마한 뒤에 구마모토를 향해 출발했다.

구마모토에 도착하자 요시오카 코지로에게 나츠에를 보내 결투를 신청했다.

"조선에서 온 검객이 왜 결투를 하려는 것인가?"

요시오카 코지로가 나츠에를 노려보면서 물었다.

"검술 수행입니다."

나츠에가 납작 엎드려서 말했다.

"조선에서의 검술은 어느 정도인가?"

"조선제일검이라고 불릴 만합니다. 야마자키 스스무 님을 격파했습니다."

나츠에의 말에 수련생들이 탄성을 내뱉었다.

"좋다. 도장으로 오라고 하라."

요시오카 코지로가 말했다. 김체건은 일각이 지나자 요시오카 코지로의 도장에 도착했다. 나츠에가 그의 검을 들고 뒤를 따랐다. 도장에는 수십 명의 무사들이 창을 들고 기다리고 있었다.

김체건은 요시오카 코지로와 정중하게 허리를 숙여 인사를 나누었다. 요시오카 코지로는 눈빛이 깊은 사내였다. 나이는 마흔을 조금 넘어 보였다. 김체건은 도장의 한가운데서 요시오카 코지로와 대치했다.

대결은 치열하게 전개되었다. 요시오카 코지로가 창을 휘두르자 흙먼지가 자욱하게 날리고 나뭇잎이 회오리바람을 일으켰다. 허공에서 창을 내리칠 때는 산과 같은 위력이 있고 찌를 때는 빛살처럼 빨랐다.

'나는 바람이다.'

김체건은 춤을 추듯이 유연하게 움직였다. 요시오카 코지로의 창이 매섭고 사나웠으나 바람처럼 움직이는 김체건을 찌를 수 없었다. 그의 검은 바람을 베고 달빛을 갈랐다.

"앗!"

요시오카 코지로는 경악했다. 김체건의 검이 허공에서 무수하게 백광을 뿌리다가 갑자기 그의 창을 자른 것이다. 창은 두 동강이 나고 요시오카 코지로는 황급히 뒤로 물러났다. 무사들이 경악하여 입을 벌렸다. 그들은 요시오카 코지로가 패하는 것을 한 번도 본 일이 없었다.

'아아, 일본 검술은 그동안 너무 강한 것만을 추구해왔다.'

김체건에게 패한 요시오카 코지로가 탄식했다. 무릎을 꿇고 앉아 있던 나츠에가 검을 받아 칼집에 꽂고 일어섰다. 김체건은 석양의 긴 그림자를 늘어뜨리고 있는 무도관을 걸어 나가고 있었다.

* * *

요시오카 코지로가 조선 검객 김체건에게 패했다는 소문은 빠르게 구마모토 성에 퍼졌다. 일본인들은 두셋만 모이면 그 일을 화제로 삼았다. 김체건에게 검술을 겨루기 위해 찾아오는 무사들도 있었다. 김체건은 그들과 검술 시합을 하기도 하고 술을 마시면서 이야기를 나누기도 했다.

"이제 떠나자."

김체건은 겨울이 오기 시작할 무렵 가고시마를 향해 길을 떠났다. 눈이 자욱하게 내리기 시작했다.

"주인님, 산을 넘기 어려울 것 같아요."

구마모토를 떠난 지 열흘이 되었을 때 나츠에가 말했다. 낭산(狼山)이라는 산 중턱에 있는 초막 앞이었다. 날이 어두워지고 있었기 때문에 눈 쌓인 첩첩 산을 넘을 수가 없었다.

"오늘 밤은 여기서 보낼 수밖에 없겠구나."

김체건이 눈 쌓인 골짜기를 살피면서 나츠에에게 말했다. 밤이 깊어지자 골짜기와 숲에서 늑대 우는 소리가 들렸다.

'이곳에는 늑대가 사는 모양이구나.'

나츠에는 늑대의 음산한 울음소리를 들으면서 전율했다.

'그런데 주인님이 어디 가신 거지?'

김체건의 자리가 썰렁하게 비어 있었다. 나츠에는 문을 열고 밖을 내다보았다. 눈 쌓인 첩첩연봉에서 차가운 바람이 불어왔다. 김체건은 매일 밤 밖에 나갔다가 돌아왔다. 어떤 때는 옷이 찢어지기도 하고 할 퀸 자국이 난 얼굴로 돌아오기도 했다.

"오늘은 이놈을 구워 먹자."

하루는 김체건이 늑대 한 마리를 어깨에 메고 돌아왔다. 나츠에는 그때서야 김체건이 날마다 늑대와 싸우고 돌아왔다는 사실을 알 수 있었다. 그는 캄캄한 밤중에 골짜기와 산등성을 누비고 다니면서 늑대와 싸웠던 것이다.

김체건은 골짜기의 눈이 녹기 시작할 때 낭산을 떠났다.

가고시마에는 타케 마네무사라는 천류류(千柳流)의 달인이 있었다. 천류류는 일본 검객 구로다 요시타카가 창안한 검술 유파로 반달 모양의 독특한 검을 사용했다.

김체건이 가고시마에 이르렀을 때는 벚꽃이 하얗게 피어 있었다. 가고시마 도장에서 김체건은 천류류의 후계자 타케 마네무사를 격파했다. 타케 마네무사가 조선 검객에게 패했다는 소문이 퍼지면서 규슈가 발칵 뒤집혔다.

"규슈에 조선 검객이 나타났다."

일본에 김체건의 이름이 퍼지기 시작했다.

김체건은 가고시마를 떠나려다가 낭인 검객 후쿠다 히데이에를 만났다. 후쿠다 히데이에는 뜻밖에 김체건이 처음 만나는 일본의 절정고수였다. 그의 검이 허공에 번쩍일 때마다 무시무시한 살기가 휘몰아쳤다.

"만지낙화세……."

김체건은 검과 몸이 하나가 되어 허공으로 솟구쳤다. 후쿠다 히데이에가 처절한 비명을 지르면서 나뒹굴었다.

'대단한 무사였다.'

김체건은 허리를 움켜쥐고 고통스러운 표정을 지었다. 후쿠다 히데이에는 죽었으나 그도 왼쪽 옆구리를 베인 것이다. 김체건은 나츠에와 함께 미야자키를 거쳐 시코쿠 섬의 에히메로 들어갔다. 그는 에히메에서 한동안 머물렀다. 후쿠다 히데이에와의 결투에서 입은 상처가 의외로 깊었다. 김체건은 상처가 나을 때까지 에히메에서 무예를 연마했다.

"이헤이 산 혼원사가 호조 도키마사가 무예를 연마하는 곳이랍니다."

나츠에가 외출을 했다가 돌아와서 말했다.

"이헤이 산으로 가자."

김체건은 나츠에를 데리고 이헤이 산으로 달려갔다. 과연 이헤이 산에서는 호조 도키마사가 무예 연마를 하고 있었다. 호조 도키마사는 머리가 허리까지 내려온 장발괴인이었다. 김체건은 그에게 결투 신청을 했다.

"미야모토 무사시의 흉내를 내서 도장 깨기를 하겠다는 것인가?"

호조 도키마사가 빙긋이 웃었다. 그는 쉰이 넘은 승려였다.

"도장 깨기?"

"미야모토 무사시가 일본 전국을 돌면서 무사들을 격파한 것을 그렇게 부른다네."

"그런 것은 모르오."

"그렇다면 겨루어보지."

호조 도키마사가 벚나무 아래에 가서 섰다. 그는 승복을 입고 육척에 이르는 철장(鐵杖)을 무기로 사용하고 있었다. 그가 철장을 휘두르자 산악과 같은 바람이 휘몰아쳤다. 김체건은 바람처럼 몸을 움직여 혼원사의 호조 도키마사를 격파했다. 그러자 그의 명성이 규슈와 시코쿠 섬에 더욱 높아졌다.

"조선검을 꺾으면 일본제일 무사가 된다."

낭인 무사들이 시코쿠로 달려와 김체건과 겨루다가 죽임을 당했다. 김체건은 시코쿠의 도쿠시마를 거쳐 배를 타고 오사카로 향했다.

'일본에 온 지 어느덧 일년이 가까워지고 있구나.'

김체건은 뱃전에 서서 망망대해를 바라보고 깊이 한숨을 내쉬었다. 그동안 일본의 많은 무사들과 결투를 했으나 만족스럽지 않았다.

'나는 조선 최고의 무사가 될 것이다.'

김체건은 허공을 쏘아보면서 눈을 부릅떴다. 오사카에 이르자 간류 유파의 제일검객 도도 다카토라를 격파하여 오사카를 발칵 뒤집어놓았다.

"조선놈이 일본검에 치욕을 안겨주고 있다."

일본 무사들이 분개하여 김체건을 찾아다녔다. 그러나 김체건을 찾는 일은 쉽지 않았고 김체건을 만나 결투를 하면 목숨을 잃는 일이 허다했다.

"김체건은 귀신이다."

김체건은 오사카 일대에서 두 달을 머물다가 교토로 갔다. 교토에서는 외눈 검객 모리 산스케를 격파하고 호유류의 도장에서 사범 마시타 나가모리를 격파했다. 마침내 김체건의 이름이 일본 전역에 널리 알려졌다. 김체건이 니가타에 이르렀을 때는 가을이었고 아오모리에 이르렀을 때는 겨울이었다.

'이제 조선으로 돌아갈 날이 얼마 남지 않았구나.'

김체건은 하얗게 날리는 눈을 보고 아득하게 회한에 젖었다.

아오모리에서 겨울을 지내고 후쿠시마로 갔다. 그것은 길고 긴 여정이었다. 후쿠시마에서 봄을 보내고 이번에는 지바로 갔다.

지바에서 에도로 가기 위해 히라 산을 넘을 때 김체건은 코가 닌자의 습격을 받았다. 히라 산은 대숲이 울창했고, 닌자들은 대숲에 은신하고 있다가 습격했다. 김체건은 보이지 않는 적들과 치열한 혈투를 벌이면서 히라 산을 넘기 시작했다. 닌자들은 나무 위에 숨기도 하고, 땅속에 숨어 있기도 했다.

김체건이 나츠에를 보호하면서 히라 산을 완전히 넘었을 때는 피투성이가 되어 있었다.

'아아 마침내 닌자들을 격파했다.'

김체건은 닌자들의 시체를 보고 씁쓸했다.

"히라 산의 코가 닌자가 김체건에게 몰살을 당했다."

에도는 발칵 뒤집혔다.

김체건은 절에서 한 달을 보내고 에도 성으로 들어갔다.

김체건은 에도의 번화한 거리를 느릿느릿 걸었다. 나츠에는 종종걸음으로 앞서 걷고 있었다. 에도 성은 일본 천황의 궁전이 있고 막부가 있었다. 일본 정치사회의 중심지라 화려한 집들이 즐비하고 인파가 들끓고 있었다. 나츠에는 간간이 뒤를 돌아보면서 미소를 지었다. 그는 번화가를 지나 변두리 쪽으로 걸음을 떼놓았다. 일본인들의 옷을 입었기 때문에 그가 조선에서 왔다고 의심하는 사람은 없었다. 변두리로 나오자 군데군데 농가가 보이고 개울물도 보였다. 에도도 조선의 한양과 크게 다르지 않았다. 사는 집이 다르고 사람들 입은 옷이 다르고 쓰는 말이 다를 뿐이었다.

'이제는 격검을 끝내야 한다.'

히라 산에서 수십 명의 코가 닌자를 죽인 김체건은 회한이 일어났다. 김체건은 일본에 와서 수많은 무사들과 격검을 벌여 그들을 무릎 꿇게 만들었다. 그러나 일본 무사들과의 결투는 부질없는 일이었다. 일본 무사들과 겨루어서 검술을 배울 수도 있었으나 많은 무사들이 죽고 있었다.

"주인님, 에도 성 북쪽에 작은 집을 하나 얻었어요. 무예를 수련하기 좋은 곳이에요."

김체건은 나츠에를 따라 초막으로 갔다. 나츠에가 얻은 초막은 대숲에 있었다. 그래도 바닥에는 다다미가 깔려 있고 발을 걷으면 대숲이 한눈에 내려다보였다.

김체건은 초막에서 나츠에게 조선검을 가르쳐주었다.

"조선검은 부드러움을 위주로 한다. 상대의 공격을 물이 흐르듯이 유연하게 받아들인다. 내가 이렇게 찌르면 너는 물을 피하듯이 피하라."

김체건은 검으로 나츠에의 좌상을 찌르고 설명했다. 나츠에는 적응이 되지 않는지 막으려고 했다.

"막지 마라."

김체건이 재빨리 말했다.

"주인님, 막지 않으면 제가 위험하지 않습니까?"

"물길을 만들듯이 네 몸에서 내 공격이 옆으로 흘러가게 하라."

김체건은 그럴 때마다 나츠에의 자세를 수정해주었다.

"발이 춤을 추는 것 같습니다."

"이것을 보세라고 한다."

김체건은 보세를 시연해 보였다. 나츠에가 고개를 갸우뚱했다.

"발놀림이 너무 가벼운 것 같습니다."

"바람이 무거운가, 가벼운가?"

"예? 바람의 무게를 어떻게 가늠할 수 있겠습니까?"

"보세는 바람처럼 가벼워야 한다."

"저에게는 마치 춤을 추는 것 같습니다."

"일본 검술을 잊어야 조선 검술을 배울 수 있다."

김체건은 눈살을 찌푸렸다. 나츠에가 조선검을 배우는 건 쉽지 않을 것이라고 생각했다.

김체건은 자신이 연마한 일본 검법을 일일이 기록했다.

"왜검보 닌자조……."

나츠에는 김체건이 기록하는 책을 보고 놀랐다. 그 책에는 왜검의 여러 유파에 대해 상세하게 기록되어 있었다.

'주인님은 일본인들보다 더 많은 검술 공부를 했구나.'

나츠에는 자신도 모르게 감탄했다.

"왜검보 토유류(土由流)…… 토유류는 칼을 감추어 오른편에 끼고 바로 섰다가 오른손 오른다리(右手右脚)로 버티고 왼편을 한 번 치고 (左一擊) 오른손과 왼다리(右手左脚)로 버티고서 왼편을 한 번 치고(左一擊), 나아가 앉으며 칼을 오른편 다리에 감추었다가 오른손과 오른다리로 칼을 이고 앞을 한 번 치고 오른편 다리를 들며 왼편에 감추고 오른손과 오른다리로 오른편을 밀치고 오른손과 왼편 다리로 앞을 한 번 친다……."

토유류의 검술은 에도 지방에서 명성을 떨치고 있는 유파였다. 나츠에는 토유류 유파의 검술에 상세하게 기록되어 있는 김체건의 책을 보고 놀랐다.

그날 밤의 일이었다. 나츠에가 설거지를 하고 방으로 들어오자 김체건이 단정하게 앉아 있었다.

"나츠에."

김체건의 모습은 그 어느 때보다도 근엄했다.

"예."

나츠에는 무릎을 꿇고 김체건에게 절을 했다.

"이제는 조선으로 돌아갈 날이 가까워졌다. 너는 어떻게 할 것이냐?"

김체건의 말에 나츠에는 깜짝 놀랐다.

"주인님, 저를 버리지 마십시오."

"조선으로 가겠느냐?"

"예."

"그러면 이 종이를 에도 시내 곳곳에 붙여라."

김체건이 나츠에게 종이 한 뭉치를 건넸다. 나츠에가 조심스럽게 종이 뭉치를 받아 들고 물러갔다.

* * *

에도의 무도관 옆 찻집이었다. 수많은 사람들이 찻집 벽에 붙은 방(榜)을 보고 웅성거리고 있었다. 칼을 찬 무사들이 방을 손가락질하고 기모노를 입은 여자들이 방을 힐끗 쳐다보고 종종거리고 지나갔다. 날씨는 후텁지근했다. 에도 성에는 여름이 오고 있었다.

"뭐라고 쓴 거야?"

글자를 읽지 못하는 사람들이 답답하다는 듯이 말했다.

"뭐라고 쓰여 있는지 몰라?"

물지게를 지고 가던 노인이 젊은 사람 뒤에서 물었다. 젊은 사람은 글을 읽지 못해 고개만 갸우뚱했다. 그때 말에서 내린 무사 하나가 긴장한 표정으로 벽에 가까이 가서 글을 읽기 시작했다.

"조선 검객이 일본 검객에게 격검을 청하노라. 나는 조선에서 온 검객 김체건이다. 나와 일전을 격(擊)하고자 하는 자는 유월 십오일 사시(巳時)에 마사야노 평원으로 오라. 일본인들이 구경을 하는 것도 허하노라."

무사가 글을 읽자 사람들이 일제히 탄식했다. 조선인 검객이 일본인 무사에게 결투를 요청한 것이다.

"조선인 검객이면 히라 산에서 코가 닌자를 격파한 검객 아니야?"

삼십대 무사의 말에 구경을 하던 사내들의 얼굴이 하얗게 변했다. 히라 산의 결투는 에도 사람들이 모두 알고 있었다.

"이게 무도관 옆에만 붙어 있는 게 아니야."

"그럼 또 어디에 붙어 있나?"

"에도 곳곳에 붙어 있어. 에도 사람 중에 모르는 사람이 없어."

일본인들이 수군거리고 있을 때 무도관에서 수련생이 나왔다. 그들은 사람들을 헤치고 벽 앞으로 가까이 가더니 종이를 떼어 무도관으로 가지고 들어갔다.

"이것이 무도관 옆에 붙어 있었다는 말인가?"

무도관의 사범인 무라카미가 침중한 목소리로 물었다.

"사흘째 에도 시내 곳곳에 나붙었습니다."

수련생이 긴장한 목소리로 대답했다. 무라카미는 가슴이 뛰는 것을 느꼈다. 히라 산에서 김체건이 코가 닌자를 격파한 뒤에 에도 막부마저 긴장하고 있었다. 에도 막부는 일본의 최고 무사들을 소집했고, 무라카미도 소환장을 받았다.

밤이 되자 무라카미는 에도 막부로 들어갔다.

쇼군 요시무네는 눈을 지그시 감고 정무실 도코노마 앞에 앉아 있었다. 막부의 대신들은 숨을 죽이고, 각 유파의 무사들은 머리를 바짝 조아리고 납작 엎드렸다. 무사들이 쇼군을 알현하는 것은 처음이었다. 장내는 무거운 긴장감이 흐르고 있었다.

"주상, 토유류의 무사 요시카와 에이지입니다."

유노스케가 사십대의 무사를 보면서 머리를 조아렸다. 에도 막부의 가신인 유노스케. 그는 에도 막부 쇼군 직속의 군사를 거느린 하타모토*다. 에도에서 가까운 하세가와(長谷) 번(藩)의 다이묘이기도 했다.

요시무네의 싸늘한 눈이 에이지의 얼굴을 더듬었다.

"토유류의 요시카와 에이지입니다. 주상을 알현하게 되어 가문의 영광입니다."

에이지가 몸을 떨면서 머리를 조아렸다.

"천류류의 무사 아사카와 도칸입니다."

유노스케가 다시 무사를 소개했다.

"아사카와 도칸이 주상을 알현합니다."

아사카와 도칸은 깡마른 사내였으나 목소리는 굵었다. 요시무네가 또다시 그를 쏘아보았다.

"유피류(柳彼流)의 구로다 요시다카입니다."

유노스케는 차례로 각 유파의 무사들을 소개했고, 무사들이 머리를 조아리고 절을 올렸다.

"게나시 산의 카즈야마가 주상께 인사 올립니다."

카즈야마가 절을 올리자 요시무네의 눈빛이 크게 흔들렸다. 그는 몇 번이나 사람을 보내 막부로 초청을 했으나 거절했던 자였다.

"카즈야마가 주상을 알현합니다."

카즈야마가 납작 엎드렸다.

---

* 旗本. 군대의 장군.

"에도 무도관의 사범 무라카미입니다. 무라카미가 주상을 알현합니다."

무사들이 차례로 절을 했다.

"모두들 오느라고 고생했다. 연회장에서 가서 즐기라."

요시무네가 손을 내저어 무사들을 물러가게 했다.

"예."

요시무네가 영을 내리자 무사들이 일제히 머리를 조아리고 물러갔다.

"유노스케."

"예."

"일본 무사들이 패했을 때 조선 검객을 살려서 돌려보내지 마라."

유노스케는 선뜻 대답하지 않았다. 공개적인 대결에서 패한 뒤에 조선 검객을 죽이면 일본 무사들의 치욕이 된다.

"대답하라."

"주상, 군대를 동원해야 합니까?"

"그대는 하타모토가 아닌가?"

하타모토는 쇼군 직속의 군대를 거느리고 있는데 유노스케는 1천 명의 조총부대를 수하에 두고 있다.

"대답하라."

"명을 실행하겠습니다."

유노스케가 머리를 조아렸다. 그는 조선 검객이 일본 검객을 격파하면 조총으로 사살하라는 명령을 받자 긴장했다.

* * *

　유월 십오일. 김체건이 에도에 방을 붙여 일본 무사들과 결투를 신청한 날이다. 사람들이 날이 밝기도 전에 아라카와 강 유역에 있는 평원 마사야노로 몰려갔다. 마사야노는 강 유역에 우뚝 솟아 있는 산이었으나 오랜 세월이 흐르면서 평원이 되었다. 서쪽으로는 강이 흐르고 동쪽으로는 에도 성과 연결된다. 경치가 수려했으나 평원에는 갈대숲이 무성했다. 사람들이 소리를 지르면서 마사야노로 몰려가고 있었다. 칼을 찬 무사들도 있고 깃발을 들고 무리를 지어 행진을 하는 사람들도 있었다.

　에도 시가 거대한 풍선처럼 부풀어 오른 기분이었다. 나츠에는 초막에서 나와 아라카와 강으로 향했다. 김체건은 지난밤부터 보이지 않았다.

　'주인님이 이길 수 있을까?'

　나츠에는 그 생각에 골몰했다. 이제는 그가 단순한 조선 검객이 아니라 그녀의 주인이었다.

　"나는 이제 조선으로 돌아가야 한다."

　김체건의 목소리는 저 깊은 땅속에서 들리는 것 같았다.

　"왜검은 이미 배우지 않으셨습니까? 굳이 이런 방법으로 대결을 하는 것은……."

　나츠에는 김체건이 패하여 죽을까봐 불안했다. 김체건이 일본의 수많은 검객들과 결투를 하겠다는 것은 납득할 수 없었다.

　"진정한 검술은 대결에서 완성된다."

"주인님, 그들은 일본에서 검신으로 불리고 있습니다."

"조선은 검신 위에 검선이 있다."

김체건이 희미하게 웃으면서 대답했다. 그는 이미 결심이 확고한 것 같았다.

'이 사람은 검선이 되려고 하는구나.'

나츠에는 그가 산처럼 거대해 보였다. 순간 김체건이 패하지 않을 지도 모른다고 생각했다. 미야모토 무사시는 천 번을 연마해야 단(鍛) 이 되고, 만 번을 연마해야 연(鍊)이 된다고 했다. 그렇게 단련을 거쳐 야 진정한 무사가 된다는 것이었다.

"나츠에…… 너에게 부탁이 있다."

"부탁이라고 하시는 것은……."

"아라카와 강에 배를 한 척 준비하라."

"주인님, 어떤 배를 말씀하시는 것입니까?"

"조선에 갈 수 있는 배다."

나츠에는 김체건의 지시에 따라 아라카와 강에 배를 준비했다. 거리로 나오자 사람들이 마사야노를 향해 달려가는 것이 보였다. 거리가 사람들의 물결로 가득했다.

'저 사람들은?'

무도관 앞을 지나던 나츠에는 경악했다. 무도관 앞에 1천 명 정도 되어 보이는 군사들이 정렬하여 아라카와 강으로 이동하고 있었다. 그들의 병기는 조총이었고 허리에는 칼을 차고 있었다.

'김체건을 죽이려는 것인가?'

나츠에는 군사들의 삼엄한 모습에 몸을 떨었다. 나츠에는 군대가 매복하는 것을 김체건에게 알려줄 수 없었다. 그가 어디에 있는지조차 알 수 없었다.

　강가에는 배가 기다리고 있었다. 나츠에는 배에 올라타 상류로 거슬러 올라가다가 마사야노에 정박했다. 배에서 마사야노를 올려다보자 까마득한 절벽이었다.

* * *

　흰 옷자락이 표표히 날리고 있었다. 바람이 일 때마다 갈대숲이 일제히 누웠다가 일어섰다. 사람들은 손에 땀을 쥐고 비무대에 서 있는 조선 검객 김체건을 응시했다. 그는 푸른 옷을 입고 무심한 표정으로 칼끝을 응시하고 있었다. 그의 칼끝은 사선으로 땅을 향해 있었다.

　'벌써 다섯 고수가 패하다니……'

　유노스케는 전방을 노려보면서 마른침을 꿀꺽 삼켰다. 막연히 그의 검술이 출중할 것이라고 생각했으나 예상보다 훨씬 뛰어났다. 그러나 조선 검객 김체건이 살아서 돌아가지 못할 것이라고 생각했다. 그의 뒤에는 1천 명의 군사가 갈대숲에 매복해 있었다.

　'조선 검객의 검술은 우리와 다르다.'

　유노스케는 무사였다. 김체건의 검이 허공에서 번뜩일 때마다 그의 검세를 주의 깊게 살폈다. 김체건에게 패한 무사들은 각 유파의 최고 고수 다섯이었다. 나름대로 명성을 떨치고 있었으나 잇달아 패했다. 천류류의 아사카와 도칸과 유피류의 구로다 요시다카도 패했다. 군중들은 일본 무사들이 패하자 아쉬워하면서 분노하고 있었다.

"토유류의 요시카와 에이지요."

우렁찬 목소리와 함께 토유류 요시카와 에이지가 장내로 달려 나갔다. 요시카와 에이지는 저 멀리 홋카이도에서 왔다.

"조선 검객 김체건이오."

김체건이 담담한 목소리로 응대했다. 두 사람이 서로 팽팽하게 대치했다. 공기조차 얼어붙는 것 같았다.

"그럼 시작하겠소. 긴말은 필요하지 않을 터······."

"오시오."

김체건이 미동도 하지 않고 말했다. 그 순간 요시카와 에이지가 김체건을 향해 맹렬하게 달려갔다.

"탓!"

요시카와 에이지가 허공으로 솟구치면서 검을 내리쳤다. 그러자 허공에서 백광이 원을 그렸다. 백색의 원이 살기를 뿜으면서 김체건에게 쇄도해갔다.

'원월검법이구나.'

유노스케는 속으로 탄복했다. 원월검법은 미야모토 무사시가 창안한 검법이었다.

"상골분익세!"

그때 김체건이 일성을 터뜨리면서 허공으로 솟아올랐다. 그의 검에서 요시카와 에이지의 원을 쪼갤 듯이 묵광이 떨어졌다. 마치 천지를 가르는 듯한 무서운 검세였다. 요시카와 에이지가 경악하여 뒤로 물러서고 군중들이 우 하고 함성을 질렀다.

"핫!"

요시카와 에이지가 다시 맹렬하게 김체건을 공격했다. 그는 토유류 유파라 장검과 단검을 절묘하게 사용했다. 그때 김체건이 요시카와 에이지의 하단을 맹렬하게 공격하다가 위로 솟구쳤다. 요시카와 에이지도 몸을 솟구쳐 김체건을 베려고 했다. 그때 김체건의 검이 위에서 아래로 내리쳐왔다.

'아!'

유노스케는 자신도 모르게 벌떡 일어섰다. 요시카와 에이지가 어깨에서 피를 뿜으면서 나뒹굴었다. 머리를 내리쳤으면 그대로 즉사했을 것이다.

'인을 아는구나.'

유노스케는 김체건에게 감탄했다.

"내가 상대한다!"

그때 머리를 산발한 검객 하나가 비무대로 날아 올라갔다. 요시카와 에이지는 피가 흐르는 어깨를 움켜쥐고 비무대에서 내려갔다.

"너는 누구냐?"

김체건이 검을 사선으로 비껴들고 사무라이에게 물었다.

"교토의 이시하라 신타로다."

이시하라 신타로의 말에 군중이 일제히 술렁거렸다. 이시하라 신타로는 자신에게 패한 사무라이들의 피를 마시기 때문에 귀검(鬼劍)이라고 불렸다.

"네놈이 일본에 온 목적이 무엇이냐?"

이시하라 신타로의 목소리는 음산했다.

"왜검을 격파하러 왔다."

김체건이 무심한 목소리로 대답했다.

"흥! 네놈 뜻대로 되지는 않을 것이다."

귀검 이시하라 신타로가 김체건을 공격하기 시작했다. 그는 귀검이라는 별명답게 얼굴이 창백하고 머리를 산발하고 있었다. 그가 검을 휘두르자 무시무시한 파공성이 일어났다. 그의 검에서 피비린내가 풍기는 것 같았다. 그러나 귀검 이시하라 신타로도 김체건의 적수가 되지 못했다. 김체건을 향해 맹렬하게 달려가 부딪친 이시하라 신타로가 갑자기 우뚝 걸음을 멈춘 것이다.

'아…….'

유노스케는 자신도 모르게 입을 벌렸다. 이시하라 신타로의 가슴에 김체건의 검이 깊숙이 꽂혀 있었다. 김체건이 검을 뽑자 피가 분수처럼 뿜어졌다.

"크억!"

이시하라 신타로가 단말마의 비명을 지르면서 쿵 하고 꼬꾸라졌다.

"우!"

군중들이 비무대를 향해 야유를 하면서 소리를 질렀다.

"김체건, 내 검을 받아라!"

그때 낭인 검객 테라오 마고노조가 김체건에게 달려갔다. 그는 미야모토 무사시의 후인으로 이도류의 최고 검객이었다. 두 개의 칼로 공격과 수비를 교묘하게 하고 있었다. 다른 무사들이 몇 차례 공세를 펼치지도 못하고 패했으나 그는 조선 검객과 백중세를 이루었다.

'과연 미야모토 무사시의 후인답구나.'

유노스케는 비로소 얼굴이 밝아졌다. 두 사람의 대결은 눈이 부셨다. 검과 검이 허공에서 부딪치고 기합 소리가 진동했다. 찌르고 베고 솟아오르고 하는 것이 마치 검무를 추는 것 같았다. 군중들은 숨을 죽이고 두 사람의 대결을 지켜보았다.

'조선 검객이 이도류 검법을 훔쳐 배우고 있구나.'

다음 순간 유노스케는 경악했다. 김체건이 시간을 끌면서 광검 테라오 마고노조의 검술을 배우고 있었다.

"죽어랏!"

테라오 마고노조가 그의 머리를 노리고 맹렬하게 장검을 내리쳤다. 김체건이 민첩하게 피하자 이번에는 단도를 이용해 등 뒤로 공격했다. 그러나 김체건이 허공으로 솟아오르면서 검을 사선으로 긋자 목덜미에서 핏줄기가 왈칵 뿜어졌다. 광검 테라오 마고노조가 털썩 무릎을 꿇었다. 김체건은 피 묻은 검을 들고 천신처럼 우뚝 서 있었다.

"놈을 살려 보내서는 안 돼."

유노스케는 분노로 몸을 부르르 떨었다.

"들어라."

유노스케는 벌떡 일어나서 군사들에게 명령을 내렸다.

"예."

군사들이 일제히 대답했다.

"조선인 검객을 사살한다."

"예."

"조준."

군사들이 일제히 김체건을 향해 조총을 겨누었다. 군중들은 비무대에 있는 김체건을 향해 아유를 하고 있었다.

"사격!"

유노스케가 명령을 내렸다. 1천 명의 군사들이 일제히 김체건을 향해 총을 발사했다. 요란한 총성이 울리면서 화약 연기가 자욱하게 흩어졌다. 마사야노 평원은 갑작스러운 사격으로 무사들과 군중들이 이리 뛰고 저리 뛰면서 일대 혼란이 일어났다. 그때 김체건이 허공으로 높이 솟아오르더니 강으로 추락했다.

"사격 중지."

유노스케는 손을 들어 사격을 중지시켰다. 김체건은 탄환에 맞아 죽었을 것이라고 생각했다.

* * *

빗줄기가 사정없이 온몸을 때렸다. 맹렬한 한기 때문에 몸이 얼어붙는 것 같았다. 사방은 캄캄하게 어두웠다. 그래도 의식이 돌아온 것이 다행이었다. 조총의 탄환을 몇 발이나 맞은 것일까. 유노스케의 사격 명령이 떨어졌을 때 그는 몸을 옆으로 돌려 세웠다. 전면에서 탄환을 맞으면 심장이나 치명적인 급소에 맞을 수도 있었다. 요란한 총성과 함께 몸의 여러 곳에 화끈한 충격이 느껴졌고 이내 절벽으로 추락했다.

'내가 이제 죽는구나.'

김체건은 그렇게 생각했다. 일본인들이 군사를 동원할 것이라고는 생각했으나 조총으로 사격할 것이라고는 예상하지 못했다. 다행히 강에 떨어졌다. 일본인들이 군사를 동원하여 활을 쏠 것이라고 예상을 했기 때문에 나츠에에게 배를 준비하게 했던 것이 다행이었다. 조총이 아니었다면 이런 부상을 당하지는 않았을 것이다.

몸이 으슬으슬 떨렸다. 차가운 빗방울이 얼굴에 떨어졌다. 눈을 뜨자 빗줄기가 세차게 쏟아지고 있었다. 날은 밝았으나 하늘은 잿빛이었다. 김체건은 뱃전에서 일어나 앉았다. 이제야 죽지 않고 살아 있다는 것을 확실하게 느낄 수 있었다. 얼마나 오랜 시간이 지난 것일까. 배는 나뭇잎처럼 망망대해에 떠 있었다.

"주인님……."

나츠에가 무릎을 꿇고 그를 살폈다. 나츠에도 전신이 빗물에 흠뻑 젖어 있었다.

"나츠에, 고맙구나."

김체건은 사방을 휘둘러보았다. 탄환의 상처 때문에 고통이 엄습해왔다. 상처는 왼쪽 옆구리와 허벅지, 그리고 어깨에도 있었다.

'이건 고통이 아니다.'

김체건은 눈을 감았다.

"주인님, 탄환이 박혀 있어요."

김체건은 뱃전에 기대어 이를 악물었다. 한기가 맹렬하게 몰아쳤다. 추위 때문에 온몸이 떨리고 이가 딱딱 부딪쳤다.

"주인님, 탄환을 빼내야 합니다."

"어떻게 된 것이냐?"

"유노스케가 군사를 동원하여 총을 쏘았습니다. 주인님은 강으로 뛰어내리셨고 제가 구출했습니다. 급히 바다를 향해 떠났는데 군사들이 추격하여 총을 쏘았습니다. 사공들 여럿이 죽고 한 사람밖에 남지 않았습니다."

"얼마나 시간이 지난 것이냐?"

"이틀이 지났습니다."

김체건은 눈을 질끈 감았다. 그동안 나츠에가 고생한 것을 생각하자 가슴이 저렸다.

"주인님, 탄환을 빼내야 합니다."

"빼내거라."

"몹시 고통스러울 것입니다."

"술이 있나?"

"뱃사람들이 마시는 술이 있습니다."

나츠에가 술을 찾아왔다. 김체건은 술을 병째로 마시고 탄환을 빼내게 했다. 탄환은 왼쪽 어깨와 옆구리에 박혀 있었다. 다른 곳은 관통하거나 스쳤다. 살점이 떨어져 나간 곳도 있었다. 김체건이 이를 악물자 나츠에가 칼로 살을 찢어 탄환을 뽑아냈다. 김체건은 이가 딱딱 부딪치는 고통을 참다가 의식을 잃었다.

얼마나 시간이 흘렀는지 알 수 없었다. 목이 타는 갈증이 느껴졌다. 나츠에는 그의 어깨에 기대어 잠들어 있었다. 김체건은 사방을 둘러보았다. 언제 비가 그쳤는지 하늘이 밝았다. 사공은 혼자서 키를 잡고 있었다. 배는 순풍을 타고 앞으로 나갔다.

* * *

바다는 검푸르게 출렁이고 있었다. 조선도 장마철이 시작되었는가.

조선이 가까워지면서 내리기 시작한 비가 아직도 그치지 않고 있었다. 김체건은 죽립을 깊이 눌러쓴 채 바다를 응시하고 있었다. 검푸른 바다에 성긴 빗방울이 떨어지고 있었다.

멀리 조선 땅이 보이자 김체건은 여러 가지 회한이 밀려왔다. 이년 만에 돌아가는 길이었다. 대마도를 출발한 뒤에 부산포에 상륙할 예정이었으나 풍랑 때문에 양산으로 밀려왔다. 그러나 그의 임금에게 지시를 받은 하루가 모자라 바다에 떠 있었다.

"주인님, 왜 뭍에 오르지 않습니까?"

김체건이 아득한 생각에 잠겨 있을 때 나츠에가 뱃전에서 물었다.

"임금과 약속한 날이 하루 남았다."

김체건은 바다를 보면서 묵연히 대답했다. 김체건은 하루 때문에 상륙하지 않는 것인가. 나츠에는 비바람 때문에 몸을 가늘게 떨었다.

'긴 여행이었어.'

나츠에는 뒤를 돌아보았다. 저 캄캄한 바다 건너에 일본이 있을 것이다. 이제 일본으로 다시 돌아갈 수 있을 것인가. 에도에서 조선으로 오는 데 자그마치 한 달이 걸렸다. 나츠에는 김체건이 살아서 돌아온 일이 기적이라고 생각했다. 김체건은 오랫동안 앓았다. 탄환을 뽑고 상처까지 치료했으나 회복하는 데 오랜 시간이 걸렸다.

"그럼 내일 아침에야 뭍에 오릅니까?"

"그렇지 않다. 자정이 되면 내일이다. 자시까지는 한 시진이 남았다."

빗줄기가 더욱 굵어지고 있었다.

"빗줄기가 굵어지고 있습니다. 이 밤중에 한 시진 일찍 뭍에 오른다고 누가 알겠습니까?"

"무사의 약속은 누가 보지 않더라도 스스로 지키는 것이다."

김체건은 육지를 바라보면서 말했다. 나츠에는 죽립을 깊이 눌러쓴 채 바다만 바라보는 김체건의 등을 응시하면서 고개를 끄덕거렸다.

자시가 지나자 양산포에 상륙했다. 나츠에는 조심스럽게 김체건을 따라 조선 땅을 밟았다. 김체건은 양산의 역참으로 가다가 민가에서 헛간을 빌려 잠을 잤다. 비가 쉬지 않고 내리고 있었고 밤이 깊어 사방이 캄캄하게 어두웠다. 김체건은 날이 밝자 역참에 가서 신고를 했다.

"이라!"

김체건은 역참에서 말을 얻어 한양을 향해 달리기 시작했다. 양산에서 밀양, 대구, 수원을 거쳐 닷새 만에 과천에 이르렀다. 그는 노들나루에 이루자 어둠에 잠겨 있는 만호장안 한양을 응시했다.

<u>10</u>

사랑의 검, 정의의 검

임금은 비스듬하게 옥좌에 앉아 있었다. 대궐의 마당에는 내금위 갑사들과 대내시위들이 빽빽하게 도열해 있었다. 내금위는 대궐을 지키는 갑사들과 임금을 호위하는 대내시위로 나뉜다. 대내시위는 비밀 조직으로 오로지 임금의 호위에 목숨을 건다. 임금의 호위 외에는 어떤 권력투쟁이나 정치적인 사건에도 개입하지 않는다. 조선의 역대 왕들 중에 자객들에게 암살당한 임금이 없는 것은 이들의 활약 때문이다.

대궐에는 비가 내리고 있었다. 대궐의 전각과 누각의 잿빛 기와 위에 빗줄기가 쏟아져 임금과 왕비는 커다란 차일 안에 앉아 있었다.

박상검이 임금에게 속삭이듯이 아뢰었다. 임금은 눈을 지그시 감고 있었다.

"남검과 북검이 돌아왔습니다."

박상검의 목소리는 다른 사람들에게 들리지 않을 정도로 낮았다.

임금의 얼굴은 병을 앓고 있어서 수척했다.

"남검은 하루 전에 돌아와 세자를 만났습니다."

임금의 얼굴이 굳어졌다. 남검 서광표는 하루 전에 돌아와 이년 안에 돌아오지 말라는 왕명을 지키지 않았다.

"북검은 하루 전에 양산에 도착했으나 뭍에 오르지 않고 자시가 지날 때까지 기다렸다가 상륙했다고 합니다."

"북검을 들라 해라."

임금이 영을 내렸다. 박상검이 총총걸음으로 달려 나가고 이내 푸른 옷을 입은 김체건이 대궐 마당에 나타났다. 대신들과 시위들의 시선이 일제히 김체건에게 쏠렸다. 시위들 앞에는 중국에서 돌아온 서광표도 있었다.

'태산과 같구나.'

서광표는 긴장된 눈빛으로 저벅저벅 걸어 들어오는 김체건을 응시했다. 김체건은 이년 전과 다른 풍모를 갖고 있었다.

김체건은 어전으로 걸어 들어오다가 서광표를 보았다. 그러나 두 사람은 어떤 내색도 하지 않았다.

"신 김체건, 전하께 문후 올립니다."

김체건이 마당에서 군례를 올렸다.

"왜검을 배웠느냐?"

임금의 목소리는 낮았으나 찌르듯이 날카로웠다.

"배워왔습니다."

김체건이 담담한 목소리로 대답했다. 수많은 사람들이 주시하고 있는데도 그는 자세가 전혀 흐트러지지 않았다.

"어떤 검법을 배웠느냐?"

"왜검은 이도류, 토유류 등의 여러 유파가 있습니다. 그들의 검법을 배워 서책에 기록했습니다."

"서책이 있느냐?"

"예."

"올리라."

임금이 다시 명을 내렸다. 김체건이 품속에서 서책을 꺼내 두 손으로 머리 위로 들어 올렸다. 그러자 박상검이 재빨리 책을 받아 임금의 앞으로 가져갔다. 임금이 김체건이 올린 서책을 살폈다. 그의 서책에는 '왜검보'라고 쓰여 있었다.

"시연을 보이라."

임금이 명을 내리자 김체건이 마당에서 왜검을 시연하기 시작했다. 그는 두 개의 칼을 휘두르면서 앞으로 달리고 치고 베었다. 칼 한 자루는 길고 한 자루는 짧았다. 조선에서 쌍검을 사용하는 무사는 흔치 않다. 대내시위들이 김체건의 왜검술을 눈을 부릅뜨고 지켜보았다. 김체건의 검술에 낮게 탄성을 토하는 대내시위도 있었다.

"왜검은 강하고 패도적입니다. 쾌와 패를 위주로 하고 있습니다."

박상검이 임금의 뒤에서 아뢰었다. 그때 무사들이 재 가루가 담긴 상자를 가지고 와서 재를 마당에 뿌렸다. 사람들이 잔뜩 긴장하여 김체건을 살폈다. 김체건은 임금을 향해 공손하게 허리를 숙인 뒤에 재 위로 몸을 날렸다. 그는 재 위에서 현란하게 칼춤을 추었다.

"저자의 검술을 어찌 보아야 하느냐?"

임금이 박상검에게 낮게 물었다. 박상검은 대전내관이지만 정체를 숨기고 있는 비밀 대내시위였다.

"전하, 발을 보십시오. 재가 날리지 않습니다."

"음."

임금은 자신도 모르게 탄성을 내뱉었다.

"만지낙화세입니다. 전설로만 전해져 내려오는 최고의 경지입니다. 왜검을 가미하여 더욱 상승절학이 된 것 같습니다."

비밀 대내시위인 박상검이 흥분한 목소리로 아뢰었다. 그는 오랫동안 상승의 무학을 연마해 왔다. 임금도 감탄한 눈으로 몸을 바짝 앞으로 당겨 검술 시연을 살피고 있었다.

서광표는 재 가루가 날리지 않는 김체건의 검세를 뚫어질 듯이 쏘아보았다.

'체건의 검술이 더욱 발전했구나.'

서광표는 속으로 탄복했다.

박상검은 조용히 김체건을 응시했다. 그의 검술은 일본에 갔다가 온 뒤에 더욱 상승한 것 같았다.

'서광표와 김체건이 쌍벽을 이루겠구나.'

박상검은 서광표에게 시선을 돌렸다. 서광표도 긴장한 눈빛으로 김체건을 주시하고 있었다. 박상검이 서광표를 처음 만난 것은 오래전 일이었다. 언제였던가. 여주 신륵사에 가기 위해 용산나루에서 배를 탄 일이 있었다. 우락부락한 사내가 배 안에서 계속 술을 마시더니 상민으로 보이는 부녀자들을 희롱했다. 마흔이 안 되어 보이는 여인과 열다섯 열여섯 나이 정도 되어 보이는 소녀였다. 양반 갓을 비스듬히 쓰고 관자가 없는 것을 보면 몰락한 양반인 것 같았다. 그들 일행은 모두 셋이었는데 수염이 덥수룩한 자는 여자들에게 강제로 술을 따르게 하고 엉덩이까지 만지면서 희롱했다. 배에 탄 사람들은 모두 사색이 되어 고개를 돌려 외면하고 있었다.

"사공, 손이 더러워지면 어떻게 해야 하나?"

배가 여주나루에 닿자 젊은 사내가 큰 소리로 물었다.

"손이 더러워지면 씻어야지요."

사공이 어리둥절하여 대답했다.

"더러운 손은 씻어도 또 더러워지지. 그런 손은 베어버려야 한다네."

젊은 사내의 말이 끝나기도 전에 그의 칼날이 허공에서 춤을 추었다. 그와 함께 처절한 비명이 들렸다. 수염이 덥수룩한 양반의 손을 젊은 사내가 베어버린 것이다. 배에서 내린 사람들이 깜짝 놀라 얼굴이 하얗게 변했다. 양반이 자신의 손목에서 피가 왈칵 뿜어지는 것을 보면서 비명을 지르다가 눈을 까뒤집고 혼절했다. 사람들이 공포에 질려 후닥닥 달아났다. 젊은 사내의 옷에도 피가 튀어 피비린내가 왈칵 풍겼다. 박상검은 그때 젊은 사내의 눈에서 짐승을 죽이는 도살자의 눈빛을 보았었다.

"노형, 술이나 한잔합시다."

박상검은 서광표에게 감탄하여 주막으로 청해 술을 대접했다.

"나는 박상검이요."

"서광표라고 합니다."

서광표가 십년이나 연하였기 때문에 박상검은 그를 아우라고 불렀다. 그 후로 틈틈이 만나 술을 마셨다.

김체건의 시연이 끝이 났다. 김체건이 절을 하고 물러나자 서광표가 앞으로 나갔다. 박상검은 바짝 긴장하여 서광표를 주시했다. 남검 최고 고수로 불리는 서광표가 장내에 서자 팽팽한 긴장감이 더해지는 것 같았다.

"신 서광표 전하께 문후 올립니다."

서광표가 임금에게 예를 올렸다.

"중국에서 언제 돌아왔느냐?"

임금의 목소리는 서릿발이 내릴 것처럼 싸늘했다.

"신은 이달 초이레에 대강을 건넜습니다."

임금의 얼굴이 싸늘하게 굳어졌다. 서광표는 초하루에 압록강을 건너고도 거짓말을 하고 있는 것이다.

"중국에서 어떤 검법을 배워 왔느냐?"

"용행검법을 배워 왔습니다."

"용행검법이 중국에서 널리 알려진 검법이냐?"

"널리 알려지지 않았으나 왜구들을 물리친 척계광 장군이 창안한 검법입니다."

서광표가 짤막하게 대답했다. 척계광은 명나라의 명장으로 유명했고, 『기효신서』라는 무예서를 남긴 장군이었다. 대신들이 그의 이야기를 듣고 고개를 끄덕거렸다.

"서책이 있느냐?"

"서책은 가져올 수 없었습니다."

서광표의 말에 장내가 술렁거렸다. 박상검은 임금과 임금의 옆에 있는 노론과 소론의 대신들을 살폈다. 북검과 남검의 시연은 노론과 소론의 대결이기도 했다.

"시연을 보이라."

임금이 퉁명스럽게 명을 내렸다.

"용행검법은 대련을 해야 합니다."

서광표의 오만한 말에 임금의 눈에서 차가운 빛이 뿜어졌다.

"남검과 대련을 할 자는 앞으로 나오라."

임금이 영을 내렸다. 대내시위들이 서로의 얼굴을 번갈아 쳐다보았다. 임금이 다시 영을 내리려고 할 때 갑사들 중에 한 사람이 앞으로 나왔다.

"신이 대련을 하겠습니다."

갑사가 임금에게 군례를 바쳤다.

'죽으려고 자처하는구나.'

박상검은 속으로 혀를 찼다. 갑사는 임금 앞에서 자신의 무예 솜씨를 보여 대내시위로 발탁되고 싶어하는 것 같았다.

"가하다."

임금이 영을 내렸다. 이내 갑사가 허리를 숙여 보이고 앞으로 나왔다. 서광표와 갑사가 칼을 뽑아 들었다. 박상검은 김체건을 살폈다. 김체건은 팔짱을 끼고 서광표와 갑사의 대련을 주시하고 있었다.

쏴아아.

바람이 일면서 빗줄기가 사선으로 뿌리기 시작했다.

팟!

갑사가 먼저 허공으로 솟아올라 서광표를 공격했다. 서광표가 검을 머리 위로 들어 올려 갑사의 공격을 막았다. 갑사는 맹렬하게 서광표를 공격하고 있었다. 그의 검은 허공에서 푸른 검광을 만들면서 서늘한 냉기를 뿌렸다.

'독특한 검법이구나.'

김체건은 갑사의 검술을 보면서 탄복했다. 그때 서광표의 몸이 빠르게 회전하기 시작했다.

'역시……'

김체건은 서광표의 몸이 빛살처럼 빠르게 움직이는 것을 보고 놀랐다. 그는 한줄기 바람처럼 빠르게 갑사의 요해처를 공격했다. 갑사의 얼굴이 하얗게 변하여 뒤로 밀려났다. 갑사의 검술도 상당한 경지에 올라 있었다. 서광표의 맹렬한 공격에 뒤로 밀리다가 갑자기 공세로 전환했다. 두 사람은 허공으로 솟아올라 부딪쳤다.

'아!'

김체건은 짧게 탄성을 내뱉었다. 서광표가 허공에서 거꾸로 낙하하고 있었다. 그의 검이 그대로 갑사의 머리에 꽂히려는 순간이었다.

땅!

경미한 금속성이 들리면서 서광표의 검이 튕겨졌다. 서광표의 검은 갑사의 왼쪽 어깨에 박혔다. 김체건은 깜짝 놀라 임금이 앉아 있는 쪽을 쳐다보았다.

'무서운 고수다.'

김체건은 임금의 옆에 상상을 초월하는 고수가 있다는 것을 알고 몸을 부르르 떨었다.

"멈춰라."

임금이 명을 내렸다. 서광표는 뒤로 물러나고 갑사는 비명을 지르면서 주저앉았다. 구경을 하던 사람들이 일제히 손뼉을 쳤다.

"두 사람에게 상을 내리라."

임금이 자리에서 일어나 돌아가기 시작했다. 궁녀와 내시들이 분분히 임금의 뒤를 따랐다.

'대체 누구인가?'

서광표는 임금이 돌아가자 눈을 부릅뜨고 사방을 둘러보았다. 누군가 그에게 콩알만 한 돌맹이를 던져 검을 튕겼다. 그 돌맹이가 아니었다면 갑사는 죽음을 면치 못했을 것이다.

"북검과 남검은 상을 받으시오!"

그때 대전내시가 내시들을 거느리고 와서 큰 소리로 외쳤다. 서광표와 김체건이 재빨리 무릎을 꿇었다.

"북검 김체건에게는 청풍검, 남검 서광표에게는 월영검을 하사한다!"

"성은이 망극합니다."

서광표는 김체건과 함께 절을 하고 검을 받았다.

* * *

은 나라가 하 나라를 멸하고, 주 나라가 은나라를 멸한 것은 태평성대를 이끌던 왕도가 행해지지 않고 폭정으로 백성들이 도탄에 빠졌기 때문이다. 요 임금은 백성이 굶주리는 것을 보면 가슴 아파했고 순 임금은 추운 겨울에도 허름한 옷 한 벌을 입고 지냈다. 조선의 국왕과 선비들은 요순과 삼대를 본받아 어진 정치를 하겠다고 입버릇처럼 말했다. 그러나 그들은 노비나 천민을 백성으로 생각하지 않았다. 조선시대 내내 노비와 천민은 양반의 노리개로 버러지와 같은 삶을 살았다. 양반에게 몽둥이로 얻어맞고, 양반에게 강간을 당하고, 양반에게 죽임을 당했으나 자식들이 고발하지 못했다.

'세상을 바꿔야 돼.'

서광표는 그렇게 생각했다. 임진남의 제자로 활동할 때는 오로지 양반을 죽여 세상을 바꿔야 한다고 생각했다. 그러나 박상검을 만나면서 그의 생각이 달라졌다. 박상검은 눈이 작고 심지가 깊은 사내였다. 몇 달 전 안국방*에 있는 박상검의 집에서 술을 마셨다. 그는 내시인데도 아내를 거느리고 양자까지 두고 있었다.

"전하께서 환후가 심해지고 있는 것 같네."

박상검이 어두운 표정으로 말하면서 서광표의 잔에 술을 따랐다. 서광표는 술잔을 들어 단숨에 입속에 털어 넣었다.

"그럼 왕세자저하께서 보위에 오르시겠군요."

"너무 노골적이군. 전하께서 승하하시는 것을 바라는가?"

"당치 않습니다. 무인이라 생각이 짧아서 그렇습니다."

서광표가 재빨리 머리를 조아리는 시늉을 했다. 박상검은 서광표의 사죄에 별다른 반응을 보이지 않았다.

"버러지 같은 것들이 동궁전을 어지럽게 하고 있어."

"무슨 말씀입니까? 소인은 아둔하여 잘 모르겠습니다."

"춘란이라는 동궁전 계집을 알고 있나?"

"예. 동궁전에서 소인에게 심부름을 보낼 때 그 계집애를 보냅니다."

---

*安國坊. 종로구 재동, 화동, 안국동 일부.

서광표는 술을 마시면서 오종종한 춘란의 얼굴을 머릿속에 떠올렸다. 동궁전 무수리인 춘란이 그의 집에 올 때마다 헬끔거리면서 추파를 던지고는 했었다.

"계집이 맹랑해서 장차 우환이 될 것 같아."

"우환이라면 무얼 말하는 것입니까?"

"춘란이 저하와 밤을 보내고 있어."

박상검의 말에 서광표는 가슴이 철렁했다. 그것은 춘란이 왕세자의 여자라는 사실을 의미하는 것이었다.

"왕세자저하께서 생산을 못 하시니 별 탈은 없겠지만…… 계집이 밖으로 나돌다가 잉태라도 하는 날이면…… 생각만 해도 아찔하네."

박상검이 몸을 부르르 떠는 시늉을 했다. 그러나 정작 심장이 얼어붙을 것처럼 놀란 사람은 서광표였다.

'왕세자는 생산을 하지 못한다. 그런데 왕세자와 합방을 한다니…… 합방을 하여 아기를 낳을 수 있는가?'

서광표는 춘란이 잉태를 하여 그녀가 아들을 낳으면 조선의 왕이 될 것이라고 생각했다. 박상검과 술을 마시는데 아무리 마셔도 취기가 오르지 않았다.

자정이 되자 밤이 늦었다고 박상검에게 작별을 하고 집을 나와 수진방으로 향하는 도중 걸음이 비틀거렸다. 하늘에 별들이 총총하게 박혀 있었다. 여름이 끝나가면서 가을이 오기 시작했고 하늘이 맑아지면서 달빛이 밝았다.

'춘란이 나와 방사를 해서 잉태를 하면…….'

서광표는 가슴이 터질 것 같았다. 왕세자는 춘란을 잉태시키지 못할 것이다. 그러나 서광표는 추파를 던지는 춘란을 잉태시킬 수 있었다.

서광표는 이튿날부터 대궐의 움직임에 촉각을 곤두세웠다. 임금은 병이 깊어 정사를 제대로 보지 못하고 왕세자도 하루도 거르지 않고 시약청의 진찰을 받고 있었다. 서광표는 동궁전에서 밀지를 가지고 나오는 춘란을 자신의 여자로 만들기 위해 보석과 노리개를 선물했다.

"나리, 왜 이런 것을 저에게 주십니까?"

춘란이 눈웃음을 치면서 물었다.

"나를 위해 고생을 하고 있지 않느냐? 너에게 무엇을 주어도 아깝지 않다."

서광표는 춘란의 손을 잡고 다정하게 말했다.

"그럼 단풍놀이를 시켜주십시오."

"단풍놀이?"

"가을이 아닙니까? 풍악산은 못 가도 삼청동 뒷산은 오를 수 있지 않습니까?"

"좋은 말이다. 삼청동 골짜기에 마침 내 집이 있다. 골짜기에서 단풍을 즐기자꾸나."

가을이라 하늘이 높고 바람결이 청량했다. 서광표는 춘란을 데리고 삼청동 골짜기로 가서 단풍을 즐겼다. 그리고 그날 밤 임진남이 물려준 집에서 춘란을 품에 안았다.

춘란은 좀처럼 잉태를 하지 않았다. 가을이 가고 겨울이 왔다. 서광표는 춘란을 임신시키기 위해 전력을 다했다. 눈이 하얗게 내리는 밤…… 봄비가 부슬부슬 내리는 밤…… 백치처럼 하얗게 웃는 춘란을 품에 안았다.

"나리, 제가 임신을 하면 대궐에서 쫓겨납니다."

춘란은 임신하는 것을 두려워했다.

"아니다. 너는 왕세자저하의 총애를 받고 있으니 임신을 하면 왕세자저하의 아기를 낳는 것이다."

"예? 그게 무슨 말씀입니까?"

"잉태하여 아들만 낳아라. 그럼 세손의 어미가 될 것이다."

"나리, 왕세자저하께서 의심하실 것입니다."

"왕세자저하께는 비밀로 해라."

"전하께서 연잉군에게 유조(遺詔)를 내리면 어떻게 합니까? 그렇게 되면 소용없는 일이 아닙니까?"

"연잉군?"

서광표는 춘란의 말에 정신이 번쩍 들었다.

"임금이 연잉군에게 유조를 내릴 것이라는 소문도 있습니다."

"그렇게는 안 될 것이다. 죽은 사람에게는 유조를 내리지 않지."

서광표는 춘란을 가슴에 안고 눈을 부릅떴다.

* * *

김체건은 오후가 되자 애숙을 따라 청파천으로 갔다. 애숙이 다른 날과 달리 청파천 집에 다녀오자고 김체건에게 말한 것이다. 애숙은 연잉군의 사저인 창의궁으로 거처를 옮겼으나 며칠에 한 번씩 옛날에 살던 청파천의 집을 찾아가 청소도 하고 텃밭을 일구었다.

남대문을 나서 청파천으로 길을 잡자 장마가 지나고 늦더위마저 한

풀 꺾인 탓에 초가을 햇살이 고즈넉했다. 볕은 따갑고 그늘은 서늘한 계절이었다. 빛과 그늘의 차이가 심했다. 애숙은 모처럼 함께 나들이를 한 탓인지 해사한 얼굴에 웃음꽃이 활짝 피었다.

"우리 집이네. 나는 창의궁보다 여기가 더 좋아요."

청파천 집에 이르자 애숙이 활짝 웃으면서 말했다. 김체건은 모처럼 돌아온 집을 살피고 청파천 일대를 둘러보았다.

"고추가 탐스럽게 여물었어요. 오늘 따서 말리면 날이 좋아서 금방 마를 거야."

애숙이 밭에 들어가 고추를 따기 시작했다. 김체건은 애숙을 뒤따라 들어가 고추를 따다가 마당에 널었다.

"술 좀 거를까요?"

애숙이 손을 씻고 눈웃음을 쳤다. 애숙은 철마다 꽃이나 과실을 따서 술을 담가 뒤꼍에 묻었다.

"그럴까?"

김체건은 애숙을 향해 미소를 지었다. 이미 여러 해를 같이 살았으나 그녀에게 따뜻한 미소를 건넨 일이 없었다. 애숙이 걸러온 술은 작년 가을에 담은 국화주였다. 체로 거르자 맑은 술에 국화 향이 감돌았다. 김체건은 애숙과 술 석 잔을 마시고 마포나루 난전으로 갔다. 마당에 널은 고추를 거두려면 해가 기울어야 했다.

애숙과 함께 난전을 돌아보는 것은 처음이었다. 김체건은 난전에 이르자 어머니의 환영을 찾듯이 사방을 두리번거렸다. 김치돌 패거리는 모두 징치되었으나 어머니는 여전히 행방불명이었다. 김체건은 난전에서 생선을 파는 여자들을 보자 어머니 생각에 슬픔이 밀려왔다.

난전에는 수많은 장사치들이 새우젓을 비롯하여 해산물을 팔고 보부상이며 물품을 거래하려는 사람들로 북새통을 이루고 있었다. 난전 한쪽에는 사당놀음까지 벌어져 있었다. 애숙은 사당패가 줄타기를 하고 사당놀음을 하자 넋을 잃고 바라보았다.

"이거 하나만 사줘요."

애숙이 머리꽂이를 파는 난전 앞에서 수줍게 말했다.

"응."

김체건은 애숙에게 머리꽂이와 옥비녀를 사주었다. 애숙이 아이들처럼 좋아했다.

"국밥이 먹고 싶다."

김체건은 애숙과 함께 난전의 국밥집으로 들어갔다. 애숙이 소녀처럼 애교를 부리고 있었다. 김체건은 애숙과 국밥을 먹고 청파천으로 돌아왔다.

"오늘은 여기서 자고 가요. 응?"

고추를 거두어 방으로 들여놓자 애숙이 등잔불에 심지를 돋우면서 말했다.

"왜?"

"여기가 조용하고 좋잖아요."

애숙이 김체건을 향해 돌아앉으면서 눈웃음을 쳤다. 김체건은 애숙을 안고 방바닥으로 쓰러졌다. 애숙이 가늘게 몸을 떨면서 그에게 안겨왔다.

밤이 깊어 있었다. 휘영청 밝은 달빛이 하얗게 쏟아져 내리고 문밖 섬돌에서 풀벌레 우는 소리가 들렸다.

"나를 기다리느라고 고생했어."

김체건은 긴긴 밤을 혼자 보낸 애숙에게 미안했다. 그녀는 그가 계룡산에서 무예를 연마할 때나 왜관에서 왜검을 배울 때, 일본에 간 뒤에도 혼자 지냈다. 남자가 없는 밤은 여자에게 얼마나 외로웠을까. 애숙은 그 외로움을 참고 기다린 여자였다. 김체건이 일본에서 돌아오자 자신의 옷고름을 만지면서 수줍어했다.

"괜찮아요."

애숙은 모든 것을 받아들이듯 그렇게 김체건을 받아들이고 있었다. 멀리서 강파도 소리가 아득하게 들려왔다.

"창의궁으로 돌아갈까?"

애숙의 팔베개를 해주고 있던 김체건이 물었다.

"오늘은 여기서 자라고 그랬는데…….."

"누가?"

"광표가 그랬어요. 신랑하고 청파천에 가서 자라고…….."

김체건은 잠시 생각에 잠겼다. 서광표는 왜 청파천에서 자라고 한 것일까. 그때 불길한 생각이 섬광처럼 머릿속에 떠올랐다.

애숙은 금방 잠이 들었으나 김체건은 잠이 오지 않았다. 캄캄한 어둠 속에서 강파도 소리를 들으면서 잠을 이루지 못했다. 억지로 잠을 청하여 잠이 들자 꿈을 꾸었다. 머리맡이 선뜻하여 눈을 떴는데 뜻밖에 월이가 흰옷을 입고 가만히 앉아 있었다.

'월이…….'

김체건이 깜짝 놀라 벌떡 일어나자 가뭇없이 사라졌다.

'꿈이었구나.'

김체건은 이상하게 가슴이 뛰면서 불길한 예감이 뇌리에 엄습해왔다.

* * *

연잉군의 창의궁이 한눈에 내려다보이는 오동나무 위에 서광표는 숨어 있었다. 세상을 뒤집어엎고 천하를 경영하는 것이 꿈이었다. 반상(班常)을 누가 만들어놓았는가. 양반이 상놈을 겁박하게 만든 것이 누구인가. 양반을 죽이고 천민이 주인이 되는 세상이 정의로운 세상이라고 생각했다. 왕세자에게 충성을 하고 그가 보위에 오르면 천하를 바꾸리라. 천민도 양반처럼 사는 세상을 만들리라. 서광표는 그렇게 생각하면서 왕세자에게 충성을 맹세했다. 그러나 이제 상황이 달라졌다. 동궁전 궁녀 춘란이 치맛자락을 펄럭이면서 궐 밖을 돌아다닌다는 말을 박상검에게 들었을 때 서광표는 한줄기 서광이 비치는 것 같았다. 진시황은 왕손이 아니라 장사꾼 여불위의 자식이다. 왕후장상의 씨가 따로 있는 것이 아니다.

'나 또한 여불위가 되리라.'

장사꾼의 자식이 중국을 통일하고 최초의 황제가 되었듯이 천민의 자식이 조선을 경영하리라. 앙큼하고 욕심 많은 춘란을 포섭하는 것은 어려운 일이 아니었다. 왕세자의 심부름을 올 때마다 노리개와 보석을 쥐어주고 가슴에 품었다.

'임신만 하여라. 나 또한 조선의 주인이 되리라.'

서광표는 춘란이 임신하기를 간절하게 원했는데 마침내 임신을 한 것이다. 그녀가 임신을 하자 경천동지할 계획을 세우고 실천에 옮기기 시작했다. 그 첫 번째가 왕세자 다음으로 보위에 오를 자격이 있는 연잉군을 제거하는 일이었다. 연잉군을 죽이고 왕세자를 보위에 오르게 한 뒤에 그를 죽게 만들어 춘란의 아이를 조선의 왕으로 세우는 것이 서광표의 계획이었다.

'이제 연잉군이 죽을 때가 되었구나.'

서광표는 애숙을 움직여 김체건을 청파천의 집으로 내보냈다. 김체건이 창의궁에 있으면 연잉군을 살해하는 것이 쉽지 않으리라고 생각했다.

연잉군이 자고 있는 방에는 불이 희미하게 켜져 있었다. 연잉군은 군부인인 서씨의 방 사랑이나 월이의 방 사랑에서 자지 않고 늦게까지 책을 읽고 잔다고 춘란이 말했다.

'어서 불을 끄고 자거라.'

서광표는 사랑을 노려보면서 칼을 움켜쥐었다. 연잉군에게 원한을 갖고 있지는 않았으나 대업을 위해서는 어쩔 수 없다고 생각했다.

밤이 점점 깊어갔다. 연잉군의 방은 이경이 지난 뒤에야 불이 꺼졌다. 서광표는 가슴이 뛰고 숨이 차오르는 것을 느꼈다. 연잉군을 호위하는 무사들이 곳곳에서 번을 서고 있어서 그들의 눈을 피해야 했다. 서광표는 일각이 지나자 오동나무에서 담장으로, 담장에서 마당으로 날아내렸다. 허리를 바짝 숙이고 무사들의 눈을 피해 사랑으로 빠르게 달려갔다.

서광표는 문 앞에서 잠시 호흡을 가다듬었다. 문은 뜻밖에 잠겨 있지 않았다. 살며시 문을 열고 안으로 침입했다. 캄캄한 어둠 속에서 칼날이 하얗게 빛을 뿌렸다. 서광표는 어둠이 눈에 익기를 기다렸다. 아랫목에서 이불을 덮고 있는 인영의 윤곽이 서서히 드러났다. 서광표는 바짝 긴장하여 아랫목으로 다가가서 칼을 높이 들었다. 어릴 때 마포나루에서 함께 뛰어놀았던 연잉군이었다. 잠시 망설여졌으나 힘껏 내리찔렀다.

"헉!"

이불 속의 인영이 짧게 비명을 질렀다. 그는 인영이 비명을 지르지 못하게 잇달아 칼로 내리찔렀다. 그런데 무엇인가 이상했다. 인영은 상투를 묶지 않고 머리를 길게 늘어뜨리고 있었다. 서광표는 재빨리 이불을 들쳤다. 이불 속에 누워 있는 것은 연잉군이 아니라 여자였다. 서광표는 재빨리 불을 켰다.

'이, 이럴 수가······.'

서광표는 벼락을 맞은 듯하여 눈앞이 아찔했다. 연잉군을 죽이려고 생각했는데 이게 어떻게 된 일인가. 이불 속에는 뜻밖에 월이가 누워 있었다. 월이는 눈을 부릅뜨고 고통스러워하고 있었다. 월이가 자고 있을 것이라고는 전혀 예상하지 못했다. 순간적으로 김체건의 얼굴이 떠올랐으나 늦어버렸다. 그의 칼은 월이의 가슴을 깊숙이 찌르고 있었고, 칼을 뽑자 월이의 가슴에서 피가 분수처럼 뿜어졌다.

'월이가 내 칼에 죽다니······.'

서광표는 망연자실했다. 그러나 언제까지 넋을 놓고 앉아 있을 수는 없었다.

'발각되기 전에 나가자.'

서광표는 사랑에서 나와 지붕 위로 몸을 솟구쳤다. 연잉군이 살고 있는 창의궁은 쥐 죽은 듯이 조용했다. 그는 지붕에서 지붕으로, 지붕에서 담장으로 빠르게 달려갔다. 칠흑의 어둠이었다. 그는 청계천에 이르자 가만히 한숨을 내쉬었다.

'연잉군을 죽이지도 못하고 이게 무슨 꼴인가?'

서광표는 수양버들에 등을 기댔다. 월이의 고통스러워하는 얼굴이 떠오르자 괴로웠다.

'월이가 죽었으니 김체건이 그냥 있지 않을 거야.'

서광표는 일단 한양에서 몸을 피해야겠다고 생각했다.

* * *

월이의 얼굴은 핏기 하나 없이 창백했다. 마지막 순간에 울었는지 눈물 자국이 말라붙어 있었다. 방 안은 피비린내가 진동했다. 방바닥이 그녀의 피로 벌창이 되어 있었다. 김체건은 월이의 시신을 보자 가슴이 컥 하고 막히는 것 같았다.

"반드시 자객을 잡아야 한다."

연잉군이 눈을 부릅뜨고 주먹을 움켜쥐었다. 그의 목소리는 울음이 섞여 절규를 하는 것 같았고 눈에는 핏발이 서 있었다.

"나리, 관아에 신고해야 하지 않습니까?"

집사 유학성이 침통한 목소리로 물었다. 살인 사건이 발생하면 관청에 신고를 해야만 수령이 검험을 한다.

"신고할 필요 없다."

"나리……."

"아랫것들 입단속 철저하게 하고 병으로 죽었다고 하라."

"예."

유학성이 머리를 조아리고 물러갔다. 창의궁은 월이의 죽음으로 발칵 뒤집혀 있었다.

"자객은 지붕을 뚫고 침입했습니다."

이용재가 머리를 조아렸다.

"죄송합니다. 저희들의 책임입니다. 저희들을 벌해주십시오."

북검의 무사들이 연잉군 앞에 무릎을 꿇었다.

"자객이 누구인지 짐작이 가는가?"

"모르겠습니다."

김체건은 피가 나도록 입술을 깨물었다. 연잉군은 침통하여 말을 잇지 못했다. 김체건은 주먹을 움켜쥐고 밖으로 나왔다. 월이가 죽어 있는 방에 있을 수가 없었다. 월이는 살아 있으나 죽어 있으나 그의 여자가 아니었다. 그는 느릿느릿 걸어서 후원의 정자에 이르렀다. 월이의 죽음이 꿈같고 눈앞에 벌어진 사실이 비현실적으로 느껴졌다. 지난밤 조금만 더 주의했더라면 이런 일이 벌어지지 않았을 것이라고 생각하자 가슴을 저미는 듯한 슬픔이 치밀고 올라왔다.

창의궁에는 서서히 해가 떠오르고 있었다.

"주인님."

나츠에가 허리를 숙여 보였다. 나츠에의 얼굴이 창백했다. 창의궁은 사람들이 삼삼오오 모여 웅성거리거나 소리를 내어 우는 종들도 있었다. 연잉군은 엄명을 내려 그들에게 울지 못하게 했다.

"무슨 일이냐."

김체건은 나츠에를 살피면서 물었다.

"자객을 미행했습니다."

"자객을 보았나?"

"예."

"누구인가?"

"서광표입니다. 수진방으로 들어가는 것을 확인했습니다."

김체건은 우두커니 하늘을 쳐다보았다. 이제는 서광표와 목숨을 걸고 싸워야 한다고 생각했다.

* * *

왕비는 눈을 치뜨고 어둠을 노려보았다. 어떻게 이럴 수가 있을까. 내가 방심을 했구나. 왕비는 세자와 연잉군, 노론과 소론의 대립에만 신경을 기울이고 있다가 임금에게 소홀해졌던 것을 후회했다. 임금의 병이 갑자기 악화되고 있었다. 어의들이 갖가지 탕약을 지어 올렸으나 소용이 없었다. 임금은 복통 때문에 음식도 먹지 못하고 잠을 이루지도 못하고 있었다. 아아, 어떻게 이럴 수가 있을까. 적들이 임금을 노리고 있을 것이라고는 전혀 예상하지 못했다. 임금을 독살하는 것은 용서할 수 없는 일이다.

"어떠냐?"

왕비가 맥을 보는 박상검에게 물었다. 박상검의 얼굴이 어두웠다.

"병이 악화되고 있습니다."

"독인가?"

"저는 약이 서툴러서…… 허나 중독으로 보입니다."

박상검이 임금의 손을 놓고 머리를 조아렸다. 왕비는 무겁게 한숨을 내쉬었다. 무예를 하는 박상검에게 임금의 병에 대해서 물을 수는 없었다.

"내의 이공윤은 믿을 만한 자인가?"

"약을 강하게 쓴다는 말이 있습니다."

박상검이 무릎걸음으로 물러나 앉았다. 왕비는 잠시 생각에 잠겼다. 약을 강하게 쓴다면 별로 도움이 되지 않는다. 임금을 독살하려고 한 범인은 누구일까. 세자인가 연잉군인가. 노론인가 소론인가. 그런데 임금이 어떻게 중독이 된 것일까. 임금의 수라나 약은 철저하게 검사를 한다. 어떻게 상궁들의 눈을 피해 감쪽같이 중독시킬 수 있었을까.

"중독이 확실한 것이냐?"

왕비는 박상검에게 다시 확인했다.

"소인의 생각으로는 틀림없습니다."

"그런데 어찌 증세가 이제야 나타나는 것이냐?"

"지독(至毒)인 것 같습니다."

"지독이라니? 그런 독도 있는 것이냐?"

"중전마마, 독은 급독(急毒)과 지독이 있습니다. 급독은 중독이 되면 금세 반응이 나타나고 지독은 느리게 나타납니다. 최대 일년에서 이년 정도 후에 나타날 수 있습니다."

"그럼 일년이나 이년 전부터 계획된 음모라는 말이냐?"

왕비는 머리카락이 일제히 곤추서는 것을 느꼈다. 적들이 그토록 오래전부터 음모를 꾸몄다는 사실에 소름이 끼쳤다.

"그런데 어찌 은봉에 독이 드러나지 않은 것이냐?"

왕의 수라는 은봉으로 불리는 은막대기로 시험을 하고 기미상궁이 직접 맛을 본다. 독살의 여지가 전혀 없는 것이다.

"중전마마, 독이 아닐 수도 있습니다."

"무슨 소리를 하는 것이냐? 조금 전에는 중독이라고 하지 않았느냐?"

"일반적인 독은 아닙니다. 유리나 사기를 갈아서 음식물에 섞어 복용시키면 은봉의 색이 변하지 않습니다. 그것은 처음에는 복용한 사람도 모르지만 계속 복용을 하게 되면 체내에 쌓여 독이 되는 것입니다. 죽은 뒤에도 증거가 남지 않습니다."

"그럼 유리 가루나 사기 가루를 갈아서 음식에 섞었다는 얘기냐?"

"정확하게 말씀 올릴 수는 없지만 그럴 가능성이 있습니다."

"그럼 수라간에 범인이 있겠구나. 수라간의 궁녀들을 모조리 죽여야겠구나."

왕비가 두 눈에서 파랗게 불길을 뿜었다.

"중전마마, 수라간의 범인은 하수인에 지나지 않을 것입니다."

왕비는 눈앞에서 불이 반짝이는 것 같았다.

"전하가 독에 당한 것은 확실한 것이냐?"

"매화틀의 용변을 검사하겠습니다."

"용변을 어찌 검사하겠다는 것이냐?"

"용변은 물에 뜨고 사기 가루나 유리 가루는 무거워서 가라앉습니다."

박상검은 중궁전에서 물러나와 임금의 매화틀을 검사했다. 매화틀에 물을 붓고 몇 번씩 저어서 걸러냈다. 냄새가 지독했으나 몇 번이나 물을 걸러내자 하얀 사기 가루와 유리 가루가 가라앉아 있는 것이 보였다. 일부는 체내에 남고 일부가 변과 함께 배출된 것이다.

'독살이 틀림없구나.'

박상검은 중궁전으로 달려가 왕비에게 보고했다.

"알았다. 전하를 독살하면 이익을 보는 자가 누구인가?"

"세자저하가 아닙니까?"

"세자는 병을 앓고 있다."

왕비가 토막을 치듯이 잘라 말했다. 박상검은 대답을 하지 않았다. 그때 임금이 고통스럽게 앓는 소리를 했다.

"물러가라."

왕비가 박상검에게 손을 내저었다. 박상검이 머리를 조아리고 물러갔다. 궁녀와 내관들은 숨을 죽이고 있다. 그렇구나. 궁녀들도 알고 있었어. 왕비는 등줄기가 서늘해져오는 것을 느꼈다.

"도제조를 들라 하라."

왕비는 밖을 향해 영을 내렸다.

"예."

밖에서 상궁이 대답하고 물러갔다. 약방 도제조인 이이명과 영의정인 김창집이 대궐로 들어온 것은 늦은 밤이었다.

"영상대감, 전하의 병이 점점 악화되어가고 있는데 어찌된 것이오?"

왕비가 매서운 눈으로 김창집을 쏘아보았다.

"송구하옵니다. 내의원을 더욱 단속하겠습니다."

김창집은 왕비로부터 질책을 받는 게 아니꼬운 듯이 퉁명스럽게 내뱉었다. 왕비는 대신들을 함부로 부를 수가 없고 면대해서도 안 된다. 그러나 임금이 환후 중이니 어쩔 수 없이 인견하고 있는 것이다.

"어의들이 탕약을 올렸으나 별다른 차도가 보이지 않소."

"이공윤이 정성을 다하고 있습니다."

김창집은 여전히 틀에 박힌 대답을 했다.

"이공윤은 영상이 천거했소."

"예."

"이공윤이 전하를 회복시키지 못하면 영상대감이 책임져야 할 것이오."

왕비의 목소리가 서릿발이 내리듯 차가웠다. 김창집은 깜짝 놀라 왕비를 쳐다보았다.

"마마."

"전하의 신상에 무슨 일이 생기면 노론에게 책임을 물을 것이니 그렇게 아시오."

왕비가 어상을 쾅 하고 내리쳤다. 김창집은 가슴이 철렁하여 머리를 조아렸다. 왕비가 눈에서 불을 뿜을 정도로 화를 낸 것은 처음이었다.

* * *

월이가 죽었다. 서광표가 월이를 살해했다. 김체건은 한강의 갈대숲에 이르러서야 통곡을 하고 울었다. 가슴 깊은 곳에 켜켜이 쌓여 있던 슬픔과 설움이 봇물 터지듯이 한꺼번에 쏟아졌다.

'서광표, 너를 반드시 죽일 것이다.'

김체건은 갈대숲에서 맹세했다.

'월이······.'

갈대밭에 바람이 쓸고 지나갈 때마다 그녀의 낭랑한 웃음소리가 들리는 것 같았다.

월이의 장례는 사흘 만에 치렀다. 아녀자고 첩이었기 때문에 장례는 간소했고 무덤에는 비석조차 세우지 않았다.

"월이는 평소에 한강이 보이는 곳에 묻어달라고 했네. 자네가 장지를 골라보게."

연잉군이 김체건에게 말했다. 김체건은 연잉군의 말을 듣고 가슴이 찢어지는 것 같았다. 연잉군은 월이가 죽은 뒤에야 그에게 돌려준 것이다.

김체건은 한강이 내려다보이는 만리재 야산에 월이의 무덤을 만들었다.

'광표가 왜 월이를 살해한 것일까?'

김체건은 월이의 무덤 앞에 앉아서 산 아래를 내려다보았다. 멀리 망원정과 청파천, 마포나루가 한눈에 내려다보였다.

"누구에게 무슨 말을 들었는지 그날따라 월이가 나에게 안방에 들어가 자라고 했네. 사랑에서 잤으면 내가 죽임을 당했겠지."

창의궁으로 돌아오자 연잉군이 쓸쓸하게 말했다. 월이는 서광표가 연잉군을 암살하려고 한 것을 눈치채고 대신 죽은 것이다. 김체건은 북검을 통해 서광표를 추적했으나 어디로 갔는지 보이지 않았다.

'언제까지나 나를 피하여 숨어 있지는 못할 것이다.'

김체건은 창의궁 뒷산으로 올라가 검술을 연마했다. 아들 노미에게도 검술을 가르쳤다. 노미는 연잉군에게 학문을 배우고 김체건에게 검술을 배웠다.

"아버님, 검술은 왜 배우는 것입니까?"

노미가 초롱초롱한 눈으로 김체건을 쳐다보았다.

"나를 수양하기 위한 것이다."

"검술을 잘하려면 어떻게 해야 합니까?"

"검과 마음이 하나가 되어야 한다."

김체건은 검을 일직선으로 뻗었다. 검에서 서늘한 냉기가 뿜어지는 것 같았다.

'좋은 검이다.'

어전에서 무예를 시연했을 때 임금이 하사한 검이었다. 검집은 고색이 짙었지만 검을 뽑자 차가운 냉기가 가슴을 서늘하게 했다. 수백 년은 되었을 고검이다. 어느 장인이 이와 같은 검을 만들었는가. 검을 뽑으면 맑은 바람이 부는 것 같았다.

김체건은 고검을 휘둘러 허공을 베었다.

"무사님, 나리께서 들어오시랍니다."

연잉군의 집사인 유학성이 뒤에 와서 말했다.

"알았소."

김체건은 검을 칼집에 꽂고 노미를 보았다. 노미가 칼을 일직선으로 뻗고 미동도 하지 않고 있었다.

"계속 연마하도록 해라."

김체건은 창의궁으로 돌아왔다. 사랑채 대청에 오르자 방문이 열려 있고 연잉군이 앉아 있는 것이 보였다.

"앉게."

연잉군이 부드러운 목소리로 말했다.

"예."

김체건은 연잉군 앞에 무릎을 꿇고 앉았다. 연잉군은 키가 작았으나 체구는 단단했다.

"서광표의 행방을 찾았는가?"

"찾지 못했습니다."

"행이와 노미가 형제처럼 지내고 있어서 다행이네."

연잉군은 애써 월이에 대해서 이야기하지 않고 있었다.

"어린놈을 보살펴주셔서 고맙습니다."

김체건은 낮게 인사를 했다.

"노미가 여간 총명하지 않네."

"나리께서 글을 가르치신 덕분입니다."

"내가 무어 할 일이 있는가? 집안 아이들에게 글이나 가르치면서 소일하지."

연잉군이 쓸쓸하게 웃었다. 연잉군은 자신의 아들을 가르치면서 김체건의 아들에게도 글을 가르치고 있었다.

"영상대감에게 갈 것이네."

"시종하겠습니다."

"그럼 일어서지."

김체건은 연잉군에게 머리를 숙여 보이고 밖으로 나왔다.

"아버님……."

밖에는 김체건의 아들 노미가 기다리고 있었다. 김체건은 아들을

254

보자 가슴이 타는 것 같았다. 아들의 머리를 쓰다듬어주는데 멀리 애숙이 서 있었다.

"다녀오십시오."

노미가 머리를 숙여 보였다. 이내 연잉군이 방에서 나왔다. 김체건은 묵묵히 연잉군의 뒤를 따르기 시작했다. 연잉군은 창의궁에서 나와 중학(中學)을 지나 성균관 쪽으로 걷다가 흥인문 방향으로 걸음을 떼어놓았다. 김창집은 낙산 아래에 살고 있었다.

"월이를 죽인 자가 서광표가 확실한가?"

연잉군이 앞서 걸으면서 말했다.

"나츠에의 말에 의하면 틀림없습니다."

거리에는 많은 사람들이 오가고 있었다.

"나리, 기별도 없이 오셨군요."

김창집의 집에 이르자 청지기가 깜짝 놀라 머리를 조아렸다.

"대감은 계신가?"

"예."

청지기가 연잉군을 사랑으로 안내했다. 김체건은 김창집의 사랑 앞에서 기다렸다. 안에서 김창집과 연잉군이 두런두런 이야기하는 소리가 들렸다.

"전하께서 위중해지셨습니다."

영의정 김창집의 목소리다.

"그게 무슨 말씀이오? 저하께서 위중한 것이 아니었소?"

연잉군이 깜짝 놀라서 물었다. 김체건은 그들의 말에 귀를 기울였다.

"전하께서 독에 당한 것 같습니다."

"독?"

"말씀을 낮추십시오. 중전마마께서 저에게 책임을 묻겠다고 하셨습니다."

"믿을 수가 없소."

김체건은 몸이 떨리는 것을 느꼈다. 왕비는 총명한 여인이다. 그녀가 독을 발견했다면 사주한 자도 찾아낼 것이다.

"그래서 나리께서 대궐에 들어가 입직을 해야 합니다. 전하의 임종을 지켜야 하지 않습니까? 전하께서 유조를 내리실지 모릅니다."

"유조요?"

"전하께서는 연잉군 나리를 마음에 두고 계셨습니다. 혹시라도 유조를 내리실지 모릅니다. 그렇게 되면 세자저하와 소론 쪽에서 반발이 심해 변이 일어날 수도 있습니다."

"그럼 어찌해야 하오?"

"북검에 지시하여 연잉군 나리를 보호하고 전하의 유조를 지켜야 합니다."

"그럼 북검을 소집해야겠군요."

김체건은 두 사람의 대화를 들으면서 정신이 번쩍 들었다.

'임금이 독에 당하다니…… 자칫하면 피바람이 불겠구나.'

김체건은 상황이 긴박하게 돌아가고 있다고 판단했다. 연잉군이 김창집과 밀담을 나누고 나온 것은 꽤 오랜 시간이 지나서의 일이었다.

* * *

조태구의 집에는 긴장감이 흐르고 있었다. 그의 사랑에는 최석항과 이광좌가 들어와 있고 어유구를 비롯하여 소론의 많은 대신들이 운집해 있었다.

"전하께서 승하하시면 저쪽에서 무슨 짓을 저지를지 모릅니다."

심유현이 좌우를 살피면서 말했다. 조태구는 심유현을 쏘아보았다. 임금의 임종이 닥쳐와 소론도 바짝 긴장하고 있었다.

"저하께서 계신데 저들이 준동을 하겠소?"

조태구가 수염을 쓰다듬으면서 좌우를 살폈다.

"유조라도 내리면 큰일이 아닙니까?"

"무슨 유조를 내린다는 말입니까? 대신들이 지켜보는 가운데 중전마마께 유교를 내리지 않았습니까?"

최석항이 놀라서 물었다. 조태구의 사랑에 가득한 대신들이 서로의 얼굴을 쳐다보면서 웅성거렸다.

"최근에 노론 대신들이 전하를 자주 입대했습니다. 국본을 바꾼다는 유조라도 내리면……."

"국본을 그렇게 마음대로 바꿀 수 있는 것입니까?"

"전하의 복심이야 누가 알겠소?"

"이공윤은 무어라고 하나?"

"며칠 남지 않았다고 합니다."

심유현의 말에 대신들이 무겁게 한숨을 내쉬었다.

"그럼 준동을 막아야지."

"북검의 무사들이 속속 장안으로 들어오고 있다는 보고가 있습니다."

"북검과 대립할 것이오? 그럼 피바람이 불지 않겠소?"

조태구는 속으로 웃었다. 피를 부르지 않고 어떻게 정권을 잡겠는가. 권력은 피로 얻는 것이다. 적의 피가 흐르지 않으면 내 피가 흐르게 될 것이다.

"북검의 주의를 다른 곳으로 돌리도록 하겠습니다."

심유현이 조심스럽게 말했다.

"어떻게?"

"북검에게 시비를 걸어 이목을 속이겠습니다. 남검이 할 수 있을 것입니다."

"서광표가 제대로 할 수 있겠나? 그는 지금 도피 중이지 않나?"

"중요한 시기니 서광표를 다시 불러야지요."

조태구는 눈을 지그시 감았다. 심유현은 소론 대신들을 선동하고 있었다.

'그런데 전하를 독살하라는 지시를 내린 것은 누구인가?'

조태구는 그자가 누구인지 알 수 없었다. 노론이 정권을 완전히 장악하기 전에 왕세자가 보위에 오르기를 바라는 것은 소론 대신들 모두가 바라는 일이었다.

'전하를 독살시키면서 세자저하에게 홍진을 앓게 하여 의심을 피해가고 있다. 대체 누가 배후에 있는 것인가?'

조태구는 배후를 살피기 위해 소론 대신들을 쏘아보았다. 그러나 소론 대신들 누구에게도 혐의점을 찾을 수 없었다.

소론 대신들이 모두 돌아가자 조태구는 이광좌와 나란히 걸었다.

"중전마마의 호출을 받았소."

이광좌가 느릿느릿 걸음을 떼어놓으면서 말했다.

"무슨 일로요?"

"전하께서 독에 당했다고 엄중하게 문책을 하셨소."

"문책이라고요?"

조태구는 가슴이 철렁했다.

"중전마마께서 대노하고 계십니다."

"어찌 중전마마께서 대감에게 대노하고 계십니까?"

"내가 시약청 제조 아니요? 도제조는 이이명 대감이지만…… 중전
마마께서는 우리 소론이 연루되어 있거나 사주를 한 것이 아닌가 하고
의심하고 계십니다. 우리 쪽에서 손을 쓴 사람이 있는 거요?"

"제가 모르게 손을 쓸 까닭이 없습니다. 중전마마를 적으로 돌리면
안 되는데……."

조태구는 무엇인가 일이 잘못되고 있는지도 모른다고 생각했다.

"내 말이 그 말이오. 혹시 노론의 짓인가?"

"제가 알아보도록 하겠습니다."

조태구는 걸음을 멈추고 대답했다.

"중전마마는 중립을 지키고 계시오. 중전마마를 적으로 돌리면 안
될 거요."

"저도 그렇게 생각합니다."

조태구는 이광좌와 헤어져 사직동의 여관으로 향했다. 임금을 독살
하려고 한 자는 누구인가. 그는 자신도 모르게 진행되는 음모에 놀랐

다. 종루의 십자로를 지나 사직동의 여관으로 갔다.

"나리, 어찌 이제야 오십니까? 나리를 기다리느라고 목이 빠지는 줄 알았습니다."

순정이라는 궁인이 기다리기 지루했던 듯 조태구에게 간살을 떨었다.

"창의궁에는 별일이 없느냐?"

"대궐에 무슨 일이 있나봐요. 연잉군 나리가 걱정을 많이 하고 창의궁에 호위를 강화했어요. 내일은 나리께서 절에 갔다가 대궐에 들어간대요."

"절에?"

"전하의 쾌유를 비는 불공을 드리려나봐요."

"다른 말은 없고?"

"전하께서 독에 당했다는 소문이 은밀하게 나돌아요. 범인을 잡아야 한대요."

조태구는 천장을 우두커니 쳐다보았다. 창의궁에서 범인을 모른다면 누가 임금에게 독을 쓴 것인가. 조태구는 누군가 치밀한 음모를 꾸미고 있다고 생각했다.

* * *

청파동 폐가에 모인 사람들의 얼굴이 침중했다. 그들은 대청에 놓인 이용재의 시신을 넋을 잃은 듯이 보고 있었다. 북검의 8대 고수인 이용재가 목이 반쯤 베어져 있었다. 피를 흘려 옷이 흥건하게 젖어 있다.

"이제는 남검을 용서할 수가 없습니다."

오철삼이 분노로 몸을 떨면서 원명삼을 쳐다보았다.

"남검의 짓이 확실한가?"

원명삼이 침통한 표정을 짓고 있다가 물었다.

"남검이 아니면 누가 이런 짓을 하겠습니까?"

오철삼은 당장이라도 남검에게 달려갈 듯한 기세였다.

"장안에 청나라 무사들이 들어왔다는 소문이 있습니다."

방정규가 얼굴을 찌푸리고 말했다. 방정규의 말에 사람들이 긴장하는 빛이 역력했다.

"청나라 무사?"

"아무래도 서광표가 데려온 것 같습니다."

"모두들 조심해야 합니다."

김체건이 짤막하게 말했다. 북검의 무사들이 일제히 김체건을 쳐다보았다. 나츠에도 두 눈을 반짝이면서 김체건을 쳐다보고 있었다. 김체건은 이용재와 함께 있던 바우를 살폈다. 이용재는 바우와 함께 만리재를 지나다가 살해되었다.

"그자를 보면 얼굴을 알아볼 수 있겠냐?"

"예."

"그럼 그자를 찾아서 나에게 알려라. 나츠에와 함께 다니도록 해라."

나츠에와 바우가 고개를 숙이고 물러갔다. 북검의 무사들은 삼삼오오 짝을 지어 돌아갔다. 청파동의 폐가에는 원명삼과 방정규만 남아 있었다.

"바우가 왔습니다."

오철삼이 청파동으로 돌아온 것은 날이 어두워져가고 있을 때였다.

"찾았느냐?"

원명삼이 오철삼을 쏘아보면서 물었다.

"예."

"어디에 있느냐?"

"광나루에 있습니다."

"가자."

원명삼이 소리를 질렀다. 김체건은 광나루를 향해 말을 달리기 시작했다. 나츠에와 바우를 비롯하여 북검의 무사들도 말을 타고 광나루를 향해 달렸다. 제기현을 지나 광나루에 이른 것은 사방이 어두워졌을 때였다.

"어디야?"

"이쪽입니다."

광나루는 밤이 되어 난전에서 장사를 하던 사람들이 모두 철수해 있었다. 바우가 그들을 데리고 간 곳은 난전 뒤에 있는 허름한 폐가였다. 그러나 그들이 도착했을 때 집은 텅 비어 있었다.

"이미 눈치를 채고 달아났다."

김체건은 무사들을 이끌고 광나루에서 철수했다. 성안은 칠흑 같은 어둠이 내려 있었다.

그가 종루의 십자로에 이르렀을 때였다. 종각의 지붕에 한 사내가 앉아 있는 것이 보였다.

"모두 돌아가라."

김체건은 십자로에서 무사들을 돌려보냈다. 무사들이 웅성거리면서 흩어져 돌아갔다. 종각의 지붕에 있던 사내가 몸을 날렸다. 김체건도 사내를 쫓기 시작했다. 사내는 붓골 쪽으로 빠르게 달려갔다. 김체건은 사내를 놓치지 않기 위해 바짝 따라붙었다.

사내가 걸음을 멈춘 곳은 무악재 아래의 뽕나무 밭이었다. 김체건은 울창한 뽕나무 밭을 보고 걸음을 멈췄다. 뽕나무 밭에서 알 수 없는 살기가 뻗쳐오는 듯한 기분이었다. 사내가 그를 향해 돌아서더니 달을 등지고 칼을 뽑았다. 김체건도 긴장하여 칼을 뽑았다. 그때 뽕나무 밭에서 두 사내가 소리 없이 나타났다. 하나는 검은 옷에 창포검을 들고 있는 것으로 보아 남검이라고 생각되었다. 뽕나무 밭에는 더 많은 남검의 무사들이 은신하여 숨을 죽이고 있을 것이다. 다른 하나는 낯선 복장이었다.

"네가 북검의 고수 김체건이냐?"

오른쪽에 있는 사내가 음산한 목소리로 물었다.

"너는 누구냐?"

"남검 이몽규……."

김체건은 이몽규라는 말에 얼굴이 굳어졌다. 이몽규는 남검의 4대 고수로 불리는 무사였으나 얼굴을 한 번도 본 일이 없었다.

"그런가? 옆에 있는 사람은 누구냐?"

"청나라에서 모셔온 손님이다."

"청나라에서?"

김체건은 바짝 긴장했다. 청나라에서 데리고 온 무사라면 보통 실력이 아닐 것이라고 생각했다. 무악재의 뽕나무 밭은 바람에 검푸르게 나부끼고 있었고 김체건과 남검 이몽규는 팽팽하게 대치했다. 김체건의 눈은 무념무상으로 세상의 모든 번뇌를 초월한 듯한 표정이었다.

그들의 대결 자세는 특이했다. 청나라 검객은 흑도(黑刀)를 수직으로 뻗어 두 손으로 잡고 있고 김체건은 푸른 광채가 일어나는 고검(古劍)을 수평으로 뻗고 있었다. 이몽규와 다른 남검 무사는 붉은 광채가 일어나는 창포검을 땅으로 향하고 있었다.

스스슥!

마침내 청나라 검객이 풀을 차며 움직이기 시작했다. 김체건도 빠르게 움직였다. 이몽규는 풀 위를 날듯이 미끄러지고 있었다.

팟!

마침내 네 사람의 고수들이 공중으로 몸을 솟구쳐 일합을 겨루었다. 그러나 소리는 전혀 없었다. 신비한 보름달이 높이 떠올라 격돌하는 네 사람의 그림자만이 한 폭의 그림인 양 중인들의 눈에 신비스러우면서도 아름답게 보였다.

네 사람이 동시에 허공에서 떨어졌다. 세 사람은 서로에게 등을 보인 채 움직이지 않고 있었다.

이몽규가 먼저 윽 하는 소리와 함께 앞으로 쓰러졌다. 다른 남검 무사도 피를 확 뿜으면서 꼬꾸라졌다. 그 순간 청나라 검객의 얼굴에 여유를 보이는 표정이 언뜻 스치고 지나갔다. 그러나 다음 순간 청나라 검객의 얼굴이 창백하게 변하면서 털썩 무릎을 꿇었다. 그의 복부에서 피가 분수처럼 뿜어지고 있었다.

"저놈을 죽여라!"

뽕나무 밭에 있던 남검 무사들이 벌떡 일어나서 돌진해왔다. 청나라 검객들도 일제히 김체건을 공격했다.

'오너라.'

김체건은 허공으로 솟아올랐다. 남검의 검객들이 아래서 위로 공격해왔다. 김체건은 그들의 공격을 막고 옆으로 돌았다. 검객들의 칼날이 허공을 베었다. 그 순간 김체건의 칼날이 허공에서 무수한 검영을 일으켰다.

"헉!"

남검의 검객들이 경악하여 입을 벌렸다. 순간 허공에서 피보라가 자욱하게 일어났다. 검객들은 순식간에 피투성이가 되어 나뒹굴었다.

"죽어랏!"

청나라 검객들이 일제히 공격을 해왔다. 그러나 그들도 순식간에 김체건의 칼에 피를 뿌리고 나뒹굴었다.

"가자."

남검 검객들은 뿔뿔이 흩어져 달아났다.

'이자들이 왜 나를 유인했지?'

김체건은 잠시 생각에 잠겼다.

'혹시, 봉원사에 간 연잉군을 해치기 위해 나를 유인한 것인가?'

김체건은 봉원사에 불공을 드리러 간 연잉군을 마중하러 갈 예정이었다.

'연잉군이 위험하다.'

김체건은 봉원사를 향해 빠르게 달리기 시작했다.

11

대륙의 무사들

편전에는 도제조를 비롯한 대신들이 들어와 있었다. 이공윤을 비롯한 어의들도 들어와 진맥을 했으나 임금은 병이 더욱 깊어지고 있었다.

"마마, 대궐과 도성에 경비를 강화해야 하지 않습니까?"

제조 이이명이 왕비를 살피면서 물었다.

"왕세자와 상의하시오."

왕비는 일단 왕세자에게 미뤘다. 정사는 왕비라고 해도 참여할 수 없기 때문에 미루는 시늉을 한 것이다. 아아, 임금은 이제 얼마나 살 것인가. 산천초목을 벌벌 떨게 한 임금이었다. 수없이 옥사를 일으켜 수많은 대신들을 죽이거나 유배를 보냈다. 그 임금의 목숨이 경각에 달려 있는 것이다. 이이명은 시간이 흐를수록 침이 마르는 기분이었다.

"저하께서는 환후가 있으십니다."

노론인 이이명은 왕세자를 경계하고 있다. 왕비가 연잉군의 손을 잡아주었으면 싶었으나 기미가 전혀 보이지 않았다.

"중차대한 시기니 국본의 영을 따라야 하오."

왕비의 목소리가 단호했다.

"전하께서 유조는 없으십니까?"

이이명이 다시 조심스럽게 물었다. 유조는 후사를 연잉군으로 바꿀 의향이 없느냐는 뜻이다.

"전하께서 이미 대신을 독대하지 않았소?"

정유년에 독대를 했는데 무슨 말이냐는 뜻이다. 정유년의 독대로 의심이 많아지자 임금은 왕세자에게 대리청정을 하라는 영을 내렸고 노론은 반대하지 못했다. 그러나 임금은 왕세자에게 대리청정을 하게 하면서 영의정과 좌의정에 노론 대신들을 임명했고 승정원도 대부분 노론 대신들로 개편했다. 노론과 소론은 임금의 속내를 알지 못해 전 전긍긍했다.

심유현은 편전에서 노론 대신들과 시약청의 어의들이 밀담을 나누는 것을 보았다. 그들이 한쪽에서 머리를 맞대고 구수회의를 하는 것을 보면 사태가 심각하다는 것을 알 수 있었다. 심유현은 가슴이 뛰기 시작했다. 임금은 과연 유조를 남기고 죽을 것인가. 유조를 남기고 죽는다면 피바람이 불 것이다.

하늘은 검은 구름이 몰려오고 있었다. 그는 한동안 편전을 바라보다가 동궁전으로 총총걸음을 놓았다. 동궁전은 임금이 죽어가고 있는데도 물속처럼 조용했다.

"전하의 환후는 어떠한가?"

심유현이 인사를 올리자 왕세자가 주위를 살핀 뒤에 잔뜩 가라앉은 목소리로 물었다.

"환후가 위중하신 것 같습니다. 편전으로 가시는 게 어떻습니까?"

심유현이 왕세자에게 물었다. 임금이 아프면 왕세자가 시중을 들어야 한다. 그러나 왕세자는 동궁전에서 칩거하고 있었다. 대리청정을 한다고 하지만 정사를 보지도 않았다.

"내가 홍진을 앓고 있는데 어찌 부왕께 가는가?"

홍진은 전염이 된다. 왕세자는 홍진 때문에 임금의 임종을 지키지 못하고 있었다.

"연잉군이 대궐에 들어오면 어찌하시렵니까?"

"연잉군도 아들이 아니더냐? 아들이 들어오는 것을 어찌 막겠느냐?"

"전하께서 유조를 남기시면……."

심유현이 가슴이 답답하다는 듯이 말했다. 그때 이이명이 동궁전으로 왔다. 심유현은 이이명과 마주치는 것이 싫어 자리를 피했다. 그는 행랑의 문 뒤에 숨어서 이이명의 동정을 살폈다. 비가 오기 시작하는지 밖에서 후드득대는 소리가 들렸다.

"전하의 환후가 위중하다는 말을 들었소. 내가 병이 있어서 시중을 못 드니 민망하기 짝이 없소."

왕세자는 이이명을 보자 중병을 앓는 시늉을 했다.

"망극하옵니다. 전하께서 위중하시어 대궐과 도성에 계엄을 선포해야 합니다."

이이명은 인사를 올리고 본론을 꺼냈다.

"중전마마께 아뢰시오."

"중전마마께서 세자저하께 아뢰라고 명을 내리셨습니다."

"그렇다면 제조께서 명을 내리시오."

왕세자는 손을 내저어 이이명에게 물러가라고 지시했다. 이이명은 하령을 받들겠다고 하고 물러갔다. 심유현은 문 뒤에서 나와 동궁전을 나가는 이이명을 바라보았다. 이이명은 승지들과 의정부 낭관을 거느리고 있었다.

"대궐의 출입을 봉쇄해야 하겠습니다."

심유현은 이이명이 물러가자 다시 왕세자에게 아뢰었다. 이이명이 이미 대궐과 도성에 계엄을 선포한다고 했는데 대궐을 봉쇄한다는 것은 연잉군의 출입을 막겠다는 뜻이다.

"어떻게 할 것이냐?"

"연잉군과 북검 무사들이 대궐로 들어오지 못하게 막겠습니다."

"음."

"소조(小朝)의 지시로 하겠습니다."

소조는 대리청정을 하는 왕세자의 지시이기 때문에 왕명이나 다를 바 없다. 왕세자는 대답을 하지 않았다. 심유현이 절을 하고 동궁전을 물러나왔다. 그는 걸음을 서둘러 중흥동으로 갔다. 중흥동에는 여러 구의 시체가 널브러져 있고 무사들이 침통한 낯빛으로 웅성거리고 있었다.

"이게 무어요?"

죽은 자 중에는 남검의 4대 고수 이몽규도 있었다.

"김체건에게 당했소."

남검의 4대 고수인 최종렬이 말했다.

"청국 무사도 있지 않았소?"

"청국 무사도 김체건의 적수가 되지 않은 모양이오."

심유현은 중흥동을 나와 곧장 조태구에게 달려갔다. 조태구는 소론 대신들과 모여 회의를 하고 있었다. 소론 대신들도 바짝 긴장해 있었다.

"일단 대궐 앞에 남검 무사들을 배치하는 것이 좋겠다. 내가 지시할 테니 돌아가 있으라."

조태구가 심유현에게 말했다. 심유현은 머리를 조아리고 황급히 대 궐로 돌아갔다.

조태구는 서광표에게 연락하여 남검을 소집했다. 한양 장안은 이미 긴박하게 움직이고 있었다. 한양 장안에 군사들이 삼엄하게 배치되고 도성 문이 굳게 닫혔다. 조태구는 도성의 군사 배치까지 세심하게 살 폈다.

'왕세자가 반드시 조선의 왕이 되어야 한다.'

조태구가 돈화문 앞에 도착했을 때 남검 무사들 수백 명이 도열해 있었다.

"대감."

서광표가 조태구에게 다가와 머리를 숙였다.

"별일 없는가?"

조태구는 남검의 무사들을 살피면서 물었다.

"예. 북검의 무사들이 온다고 해도 대궐로는 들어가지 못할 것입니 다."

서광표가 삿갓을 추켜올리면서 눈을 번뜩였다.

"북검을 말하는 것이 아니지 않는가?"

"연잉군은 결코 오지 못할 것입니다."

"연잉군은 어디에 있는가?"

"봉원사에서 전하의 쾌유를 비는 기도를 올리고 있습니다. 지금쯤 귓갓길에 올랐을 겁니다. 장붕익 선전관이 연잉군을 데리러 갔습니다."

서광표가 낮은 목소리로 대답했다. 조태구는 장붕익이라는 말에 얼굴이 차갑게 굳어졌다. 장붕익은 북검이나 남검이 아니었으나 임금이 비밀리에 선전관으로 발탁한 인물이라는 소문이 파다했다.

"연잉군이 와도 대궐로 들어오지 못하게 하라. 소조의 하령이다."

"피를 봐도 됩니까?"

"소조의 하령은 왕명이나 다름없다."

조태구는 경직된 표정으로 서광표에게 지시했다. 서광표는 긴장하여 칼을 움켜쥐었다. 잿빛 하늘에서 빗방울이 떨어지기 시작했다.

* * *

김체건은 잿빛 하늘을 쳐다보았다. 어두운 하늘에서 빗방울이 떨어지고 있었다. 봉원사에서 노들나루를 건넌 연잉군의 행렬은 남대문을 향해 빠르게 달리고 있었다. 선전관 장붕익을 비롯하여 호위하는 군사들은 연잉군을 에워싸고 말을 달렸다.

삐익!

그때 날카로운 피리 소리가 김체건의 귓전으로 들려왔다. 나츠에가 앞서가다가 위험신호를 보내온 것이다. 그것은 일본 닌자들이 연락하는 방법으로 아주 먼 곳까지 신호를 보낼 수 있었다.

"나리."

김체건은 연잉군의 말을 세웠다. 아무리 조심을 해도 연잉군을 완전하게 보호할 수는 없다. 장붕익과 연잉군이 의아하여 말을 세웠다. 연잉군을 호위하던 군사들과 북검의 무사들도 긴장한 표정으로 말을 세웠다.

"나리, 조심하십시오. 앞에 자객이 있는 것 같습니다."

김체건은 주위를 둘러보면서 낮게 말했다.

"그럼 속히 대궐로 가자."

연잉군이 불안한 목소리로 말했다.

"안 됩니다. 놈들이 공격을 하면 위험할 수 있습니다."

"그럼 어떻게 하는가?"

"선전관과 군사들은 나리를 호위하는 것처럼 하여 대궐로 가고 저와 나리는 일단 다른 길로 가야 할 것 같습니다."

"선전관은 어떻게 생각하는가?"

"그렇게 하는 것이 좋을 것 같습니다."

장붕익이 긴장한 표정으로 대답했다. 장붕익은 무과에 급제한 무인으로 무예가 출중했다.

"그럼 선전관이 먼저 떠나라. 훈련도감에 가서 군사들을 데리고 오라."

연잉군의 호위 행렬은 갈라졌다. 선전관 장붕익과 군사들은 대궐을 향해 달리고 김체건은 연잉군과 함께 길을 바꾸어 달리기 시작했다. 북검의 무사들이 그 뒤를 따랐다. 빗줄기가 점점 굵어져 세차게 쏟아지고 있었다.

삐이이이익!

그때 또다시 나츠에의 신호가 들렸다. 이번에는 신호가 길어서 김체건은 바짝 긴장했다. 긴 신호는 김체건이 가는 길에도 매복이 있다는 뜻이었다.

　"나리, 앞으로 가면 안 되겠습니다. 매복이 있습니다."

　김체건은 연잉군의 행렬을 멈추게 했다. 사람들이 긴장하여 웅성거렸다. 김체건은 잠시 생각에 잠겨 있다가 송림으로 들어갔다. 송림에는 작은 암자가 하나 있었다.

　'대체 자객이 얼마나 있는 것인가?'

　김체건은 나츠에가 신호를 잇달아 보내오자 더욱 긴장했다.

　"길을 서둘러 가는 것이 낫지 않겠는가?"

　연잉군이 얼굴의 빗물을 훔치면서 물었다.

　"앞길에 무엇이 있는지 모릅니다. 안전하다는 연락이 있을 때까지 은신하는 게 좋을 것 같습니다."

　김체건은 연잉군을 데리고 암자로 들어갔다. 암자에는 늙은 중이 혼자 거처하고 있었다. 김체건은 중에게 암자의 불을 끄게 하고 기다렸다. 나츠에가 그림자처럼 스며들어온 것은 반 시진이 지났을 때였다.

　"청나라 무사들이 오고 있습니다. 군사들이 모두 죽고 선전관 장붕익만 간신히 살아서 돌아갔습니다. 장붕익도 부상을 당했지만 훈련도감 군사들을 데리고 오겠다고 했습니다."

　"놈들이 얼마나 되느냐?"

　"수백 명입니다."

　나츠에의 보고에 김체건은 긴장했다. 마침내 남검이 연잉군 제거에 나섰다. 그들이 연잉군을 제거하려고 하는 것은 왕세자의 지시를 받았기 때문일 것이다.

"나리께서는 절대로 나오지 마십시오. 나츠에는 나리를 보호해라."

김체건은 암자에서 나와 지붕 위로 날아올랐다. 사방은 캄캄하게 어두웠고 빗줄기가 세차게 쏟아지고 있었다. 그는 지붕에서 어둠을 노려보았다. 소나무 숲 사이로 말을 타고 오는 무리들이 보였다. 김체건은 빗줄기 사이로 그들을 살폈다. 그들은 암자 주위에 빠르게 흩어져 숨었다. 김체건은 잔뜩 긴장하여 그들이 공격해올 때를 기다렸다. 그러나 그들은 쉽사리 공격해오지 않고 있었다.

쏴아아.

빗줄기가 온몸을 흠뻑 적셨다. 소나무 숲을 때리는 빗소리에 사방이 소연했다. 암자를 둘러싸고 있는 무사들은 팽팽한 살기를 뿜어대고 있을 뿐 미동도 하지 않고 있었다. 김체건은 더 이상 기다릴 수 없다고 생각했다. 이제는 목숨을 걸고 자객들과 싸워야 했다.

"모두 들으라! 우리는 무슨 일이 있어도 연잉군 나리를 대궐까지 호위해야 한다. 알았나?"

김체건이 빗속에서 소리를 질렀다. 사나운 빗줄기를 흩어버릴 듯이 쩌렁쩌렁한 목소리였다.

"예!"

무사들이 일제히 대답했다.

"나를 따르라!"

김체건이 칼을 뽑아 들고 앞서 달리기 시작했다. 그때 어둠 속에서 검은 옷을 입은 무사들이 나타났다.

"길을 뚫어라!"

김체건은 맹수처럼 포효하면서 흑의인들을 향해 날아갔다. 그가 검을 휘두르자 수많은 무사들이 피를 뿌리면서 나뒹굴었다. 북검 무사들도 일제히 돌격했다. 그러나 흑의인들은 수십, 수백 명에 이르고 있었다. 북검 무사들이 비명을 지르면서 쓰러졌다.

"비켜라!"

김체건은 이를 악물고 청풍검을 휘둘렀다. 그가 청풍검을 휘두를 때마다 대여섯 명의 무사들이 피를 흘리면서 쓰러졌다. 그러나 자객들은 끝도 없이 밀려오고 있었다.

"핫핫! 네가 조선제일검이라는 김체건이냐?"

소나무 숲에서 들리는 목소리는 웅후했다.

"귀하는 억양이 조선인 같지 않소. 청나라에서 왔소?"

김체건이 싸늘한 목소리로 내뱉었다.

"그렇다. 나는 청나라에서 온 백운청이다."

"백운청이라…… 조선말을 아는 것을 보니 역관 무사로군. 숲에 있는 자들도 중국인들인가?"

김체건의 목소리는 백운청을 비웃고 있는 것 같았다.

"핫핫! 그대가 조선제일검이라고 하여 솜씨를 구경하러 왔다."

백운청이 요란하게 웃음을 터뜨리자 김체건은 얼굴을 찌푸렸다. 그는 어둠 속에서 서서히 모습을 드러내고 있었다.

"백운청, 살아서 돌아가기를 바란다."

김체건은 차가운 목소리로 비웃었다. 백운청의 얼굴이 벌겋게 달아올랐다. 김체건이 중국에서 혁혁한 명성을 날리고 있는 그를 얕잡아보고 있는 것이 분명했다.

"김체건, 우리를 우습게 보지 마라. 놈을 죽여라!"

백운청이 등 뒤의 수하들을 향해 영을 내렸다. 백운청의 명령이 떨어지자 뒤에 서 있던 흑의인들이 일제히 신형을 날렸다. 그 순간 한줄기 섬뜩한 검기와 함께 취의 인영이 날아왔다.

'앗!'

백운청은 자신도 모르게 낮게 신음을 삼켰다.

"크윽!"

처절한 비명 소리가 들렸다. 허공으로 날아올랐던 그의 수하들이 피화살을 뿜으며 후드득 떨어졌다. 단 일 검이었다. 그들은 김체건의 일 검에 시체가 되어 나뒹군 것이다.

'아!'

백운청의 안색이 돌변했다.

'저 어둠 속에는 수많은 무사들이 도사리고 있다. 시간을 오래 끌수록 나에게 불리해.'

김체건은 검을 높이 치켜들었다. 순간 그의 검에서 또다시 백광이 뿜어졌다.

"창룡귀동세(蒼龍歸洞勢)!"

김체건이 낮게 외치며 신형을 솟구쳤다.

백운청의 신형이 빗줄기 사이로 솟구쳤다. 그러자 그의 검이 태양을 양단하는 듯한 기세로 무시무시하게 김체건을 향해 쇄도해왔다. 그러나 김체건은 신형을 가뿐하게 움직여 백운청의 공세를 피한 뒤에 검으로 현란한 초식을 펼쳤다. 그러자 그의 검에서 찬란한 백광이 뿜어져 나갔다.

"이…… 이럴 수가…….."

백운청은 자신의 눈을 믿을 수가 없었다. 그의 가슴에서는 피가 분수처럼 뿜어져 나오고 있었다. 백운청은 눈을 부릅뜨고 꽈당 쓰러졌다. 그때 흑의인 십여 명이 숲속에서 그를 향해 날아왔다.

"신월상천세(新月上天勢)!"

냉갈과 함께 김체건은 허공으로 신형을 솟구친 후 풍차처럼 회전했다.

번쩍!

무시무시한 검기가 흑의인들을 휩쓸었다.

"크악!"

흑의인들은 잇달아 처절한 비명을 지르면서 담 앞으로 떨어졌다. 그들은 김체건의 일검에 모조리 도륙을 당한 것이다. 소나무 숲에 숨어 있던 무사들의 얼굴이 창백하게 변했다.

"나를 따르라."

김체건은 혈로를 뚫고 달리기 시작했다. 나츠에를 비롯하여 북검 무사들이 연잉군을 호위하면서 뒤따라 빗속으로 달렸다. 그들도 적들과 싸우느라 피투성이가 되어 있었다.

"와아아아!"

그때 훈련도감 군사들이 함성을 지르면서 달려왔다. 선전관 장붕익이 훈련도감의 군사들을 이끌고 온 것이다.

* * *

　왕비는 시약청에서 들어와 어의들이 진맥을 하는 것을 살폈다. 임금의 상태가 위급했다. 목구멍이 막혀 숨 쉬는 소리가 거칠어지고 금방이라도 숨이 끊어질 것처럼 그르렁거렸다. 어의들이 황급히 약을 올리자 몇 모금을 마시고 간신히 숨결이 편안해졌다.

　'아아, 간신히 고비를 넘겼구나.'

　왕비는 안도의 한숨을 내쉬었다. 임금은 의식까지 희미하게 돌아왔다. 진정*이 지난 시간이었다. 밤새도록 내리던 비가 그쳤으나 하늘은 아직도 어둠침침했다. 그때 박상검이 달려와 머리를 조아렸다.

　"중전마마, 연잉군이 봉원사에서 돌아오다가 자객들의 습격을 받았습니다."

　"군사들의 호위를 받지 않았느냐?"

　"군사들은 무사들을 당적하지 못합니다. 오경이 지나서야 대궐문 앞에 도착했는데 왕세자의 하령으로 들어오지 못하고 있습니다."

　"이런 고약한 것들……."

　왕비는 눈에서 불이 일어나는 것 같았다. 궁녀와 내시들이 깜짝 놀라 머리를 바짝 조아렸다.

　"가마를 대령하라."

　왕비가 영을 내렸다.

　"마마, 아니 되십니다."

---

* 辰定. 진시의 한가운데. 오전 8시.

상궁 하나가 엎드려서 왕비의 앞을 가로막았다.

"안 되다니…… 그게 무슨 말이냐?"

"마마, 왕세자저하의 하령으로……."

"닥쳐라!"

"마마, 무례를 용서하십시오."

궁녀들이 왕비 앞에 일제히 무릎을 꿇었다.

"비켜라!"

왕비가 상궁의 얼굴을 발길로 내질렀다. 상궁이 비명을 지르면서 나뒹굴었다.

"대내시위는 들어라. 내 앞을 막는 자는 누구든지 목을 베어라!"

왕비가 서슬 푸른 영을 내렸다.

"예."

대내시위들이 일제히 칼을 뽑아 들었다. 상궁들이 사색이 되어 분분히 물러갔다. 왕비는 가마가 준비되자 즉시 대궐 문을 향해 나갔다. 대내시위들과 내금위 갑사들이 일제히 뒤를 따랐다. 왕비의 가마가 대궐 앞에 도착하자 수백 명의 무사들이 도열하여 대치하고 있는 것이 보였다. 대궐문을 봉쇄하고 있는 것은 남검이고 대궐로 들어오려고 하는 자들은 북검이었다.

"연잉군은 어디에 있느냐?"

왕비가 발 사이로 냉막하게 소리를 질렀다.

"어마마마, 소자 여기 있습니다."

연잉군이 북검 무사들 사이에 있다가 달려와 허리를 숙였다.

"연잉군은 나를 따르라."

"예."

왕비가 연잉군을 데리고 대궐로 들어가려고 했다.

"중전마마, 왕세자저하의 하령이 있었습니다."

심유현이 연잉군의 앞을 막아섰다.

"너는 누구냐?"

"부사과 심유현이라고 합니다."

"이놈! 지금이 어느 시국인데 부사과 따위가 감히 왕자의 대궐 출입을 막느냐? 물러서라."

왕비가 사납게 호통을 쳤다. 심유현이 흠칫하여 뒤로 물러섰다. 왕비는 연잉군을 데리고 대궐로 들어갔다. 김체건이 그 뒤를 따르고 심유현과 남검 무사들도 긴장하여 따라 들어갔다.

연잉군은 대궐로 들어오자 임금의 침전으로 달려갔다.

"아바마마, 소자 연잉군입니다."

연잉군은 눈을 감고 있는 임금의 손을 잡았다. 임금의 손은 앙상하게 말라 있었다.

"왔느냐?"

임금이 눈을 뜨고 희미하게 물었다. 그러나 그는 다시 눈을 감았다. 호흡이 가빠지고 그르렁거리면서 괴로워했다.

연잉군은 망연자실했다. 임금의 유조를 은근하게 기대해왔으나 물거품이 되고 말았다. 부왕은 끝내 나에게 후사를 맡길 생각이 없었는가. 형님이 이대로 왕위에 오르면 나는 어떻게 되는 것인가. 연잉군은 모든 희망이 한꺼번에 와르르 무너져 내리는 것을 느꼈다.

'중전마마는 왜 나에게 도움을 주지 않는 것인가?'

연잉군은 왕위에 오르면 조선을 태평성대로 경영할 거라고 다짐했다. 그러한 포부를 은밀하게 왕비에게 내비친 일도 있었고 왕비도 아름다운 포부라고 칭송했었다. 그러나 결정적인 순간에 왕비가 도와주지 않고 있는 것이었다.

"삼종의 혈맥은 왕세자와 연잉군뿐이다."

왕비가 차가운 목소리로 말했다. 그것은 효종, 현종, 숙종의 피를 이어받은 왕자는 왕세자와 연잉군뿐이라는 말이었고, 연잉군이 후사가 되는 것은 왕세자 다음이라는 뜻이기도 했다. 왕세자도 침전에 들어와 있었으나 지친 기색으로 앉아 있을 뿐이었다. 왕비는 침전을 계속 드나들었다. 임금은 정신이 돌아왔다가 혼수상태에 빠지는 일을 거듭했다. 도제조를 비롯하여 대신들이 빙 둘러서서 당황해하다가 삼경이 되어서야 비로소 잠시 물러갔다.

왕비가 나오면 여러 신하들은 기둥 밖으로 물러가 엎드려 있고, 왕비가 안으로 돌아가면 여러 신하들이 다시 들어가 빙 둘러앉아 있었다. 이와 같이 하기를 여러 차례 하여 밤을 새기에 이르렀다. 왕비도 뜬눈으로 밤을 새웠다.

"날이 이미 밝았으니 신 등이 잠시 물러갔다가 문안드릴까 합니다."

이이명이 내시를 통해 왕비에게 아뢰었다.

"그렇게 하시오."

왕비가 허락하자 그들은 빈청으로 물러갔다. 그러나 일각도 지나지 않아 내시가 달려와 왕비의 영을 전했다.

"대신들은 빨리 들어오라."

이이명은 깜짝 놀라 침전으로 달려갔다. 임금의 침전은 무거운 분위기가 감돌고 있었다.

"드셨던 약을 모조리 토해내셨습니다."

연잉군이 이이명을 맞이하면서 말했다. 여러 신하들이 침전으로 들어가자 임금의 목구멍 속에서 가래 끓는 소리가 크게 났다. 내시가 큰소리로 대신, 승정원, 옥당이 문안드린다고 아뢰었다. 그러나 임금은 알아듣지 못했다. 연잉군 이금과 왕세자 이윤은 바짝 긴장했다. 노론 대신들과 소론 대신들도 긴장하여 임금의 침전만 주시하고 있었다.

이때 궁녀들의 울부짖는 소리가 밖에까지 들리고 내시들도 눈물을 흘리며 바쁘게 뛰어다녔다. 이이명은 바짝 긴장하여 명줄이 경각에 달려 있는 임금의 얼굴을 응시했다.

"전하, 유교를 내려주십시오."

이이명이 통곡을 하듯이 아뢰었다. 연잉군에게 후사를 잇게 한다는 유명을 내려달라는 뜻이다. 임금의 유교가 내려야 연잉군이 왕세자를 물리치고 왕위에 오를 수 있다.

"이미 왕비전하께 유교를 내렸다고 하지 않소?"

조태구가 눈알을 부라리면서 이이명에게 언성을 높였다.

"어찌 유교를 내리지 못하게 하는 것이오?"

"유교는 이미 내렸소."

이이명과 조태구는 죽어가는 임금 앞에서도 대립했다.

"손가락이 이미 다 푸른색으로 변했습니다."

연잉군이 임금의 손을 잡고 울면서 말했다. 의관이 앞으로 나가 콧마루를 살피고 이어서 진맥을 한 뒤 물러나왔다.

이내 밤이 왔다. 대신들은 밖에서 서성거렸다. 임금의 임종이 길어지고 있었다.

"오른쪽 맥이 먼저 끊어졌고 왼쪽의 맥도 희미해져가고 있습니다."

의관이 물러나와 침전의 상황을 밖에 있는 대신들에게 전했다.

김체건과 서광표는 멀리 떨어져 침전을 응시했다. 밤이 점점 깊어가고 새벽이 왔다.

'임금이 기어이 죽는구나.'

김체건은 미동도 하지 않고 기다렸다. 이미 날이 훤하게 밝아 있었다. 갑자기 침전에 있던 궁녀들이 일제히 울부짖으면서 곡을 하기 시작했다. 김체건은 침전을 떠나는 임금의 영혼이 보이는 것 같았다.

"전하께서 승하하셨습니다."

대전내시가 침전에서 나와 고했다.

"전하!"

대신들이 일제히 땅바닥에 엎드려 통곡했다.

"모든 장례 절차는 중전마마께서 주관하라는 유교가 있었다. 대신들은 마땅히 중전마마의 뜻을 받들어 상례를 치러야 할 것이다."

연잉군 이금이 침전에서 나와 영을 내렸다.

"삼가 전교를 받들겠습니다."

영의정 김창집이 복명했다. 이때 비가 퍼붓듯 크게 쏟아졌다.

'하늘이 임금의 죽음을 슬퍼하는 것인가?'

김체건은 빗줄기가 세차게 쏟아지는 하늘을 우두커니 쳐다보았다. 몇 달 전에 목멱산 상산봉에서 만난 장산인의 얼굴이 떠올랐다.

"스승님, 태양에 흑점이 나타났습니다."

김체건은 남쪽하늘에서 이글거리는 태양을 보고 숙살한 기운을 느졌다. 붉게 타오르는 태양의 한 가운데가 새카맣게 변해 있었다.

"네가 천기를 보려느냐?"

장산인이 조는 듯한 눈으로 태양을 응시했다.

"제자가 어찌 하늘의 뜻을 엿보겠습니까? 흑점이 대궐을 가리키고 사마귀 모양을 하고 있는 것은……."

"말해보거라."

장산인이 만호장안 한양을 내려다보면서 재촉했다. 한양 장안의 북쪽 끝자락에 조선의 대궐이 웅장한 모습으로 엎드려 있었다. 그러나 태양의 흑점으로 인해 대궐은 어두운 기운으로 뒤덮여 있었다.

"임금이 훙하고 노론이 횡액을 당할 징조인 것 같습니다."

김체건이 곤혹스러운 표정으로 대답했다. 천지의 이치를 꿰뚫어 알고 있는 장산인 앞에서 자신의 생각을 내비치는 것이 조심스러웠다.

"피할 방법이 있겠느냐?

장산인이 어두운 표정으로 물었다. 그도 이미 대궐에 불길한 그림자가 덮여오는 것을 알고 있었다.

"공자께서 말씀하시기를 순천자존(順天者存) 역천자망(逆天者亡)이라고 하셨습니다."

하늘의 뜻을 따르면 살아남고 하늘의 뜻을 거역하면 죽는다는 뜻이다. 김체건은 임금이 죽고 연잉군을 지지하는 노론이 모조리 죽임을 당한다고 해도 하늘의 뜻이라면 받아들일 수 밖에 없다고 생각했다.

'이제 임금이 죽었으니 노론의 차례가 되겠지.'

김체건은 빗줄기가 장대질을 하는 어두운 하늘을 보고 죽음이 어떤 형태로 올지 예측하고 있었다.

* * *

임금이 죽었다. 임금이 죽자 대궐에서 천아성이 구슬프게 울렸다. 대신들이 빗속에서 곡을 하고 백성들이 대궐 앞으로 몰려와 울었다. 노론 대신들은 유조가 내리지 않아 절망했다.

서광표도 국상을 준비하는 왕세자를 호위하고 있었다. 대신들은 시간에 맞춰 곡을 하고, 시간에 맞춰 제를 지냈다.

"내금위 소속이 아닌 무사들은 모두 대궐에서 물러가라."

왕비가 영을 내렸다. 북검과 남검의 무사들은 왕비의 영에 따라 모두 대궐에서 물러나왔다. 선왕의 유교에 따라 국상은 왕비가 주관했다.

왕세자 이윤은 장자로서의 역할을 제대로 하지 못하고 있었다. 그는 이미 장년이 넘었고 왕세자이니 국상을 주관해야 했다. 그러나 그는 병이 악화되어 국상을 주관하지 않겠다고 했다.

"선왕께서 갑자기 붕어하시니 눈앞이 캄캄하여 어찌할 바를 모르겠다. 불행 중 다행인 것은 이미 국본이 정해져 있다는 사실이다. 나라에 주인이 하루도 없어서는 안 되니 동궁은 즉시 등극하여 대통을 이으라."

왕실의 가장 어른인 왕비가 언문교지를 내렸다.

"망극하옵니다."

대신들이 일제히 머리를 조아렸다.

'아아, 기어이 이렇게 되는가?'

이이명은 왕비의 교지가 내리자 절망했다. 소론은 환호했으나 노론은 사색이 되었다. 마침내 왕세자 이윤이 즉위하여 경종이 되었다.

"왕은 말하노라. 선왕께서 조정의 여러 신하를 버리니 갑자기 큰 상사(喪事)를 만났고, 소자가 왕위에 올랐으니 옛 헌장(憲章)을 부득이 따랐도다. 전위의 차서가 내 몸에 있으니 어떻게 기업을 이을 것이며, 어려운 일이 눈앞에 가득하니 어떻게 국가를 안정하리? 오직 밤낮으로 게을리 하지 않을 것을 생각하고 왕업이 무너뜨림이 없기를 바라노라. 이미 칙명의 유지를 선포했으니, 어찌 은혜로운 사전(赦典)이 없겠는가? 아! 깊은 연못에 떨어지는 듯하니 어찌 공을 도모하는 데 소홀하리? 이제 다행히 정교(政教)를 시행하는 초두(初頭)에 있으니, 만물과 더불어 공생할 것을 약조하노라. 이에 교시하노니, 마땅히 모두 알지어다."

경종은 즉위하면서 사면령을 내렸다. 그는 만물과 더불어 공생한다고 약속하여 노론을 숙청하지 않을 것을 선언했다. 죽은 임금에게는 숙종이라는 시호를 올리고 왕비는 인원왕후로 시호를 올리고 대비로 책봉했다. 세자빈 어씨는 왕비가 되었다.

* * *

경종은 대궐 뜰을 느릿느릿 걷기 시작했다. 그는 보위에 올라 조선의 임금이 되었다. 그러나 이제 무엇을 해야 하는가. 병이 더욱 악화되고 있는지 몸이 피로하고 무기력했다. 조회를 할 때도 대신들의 말을 가만히 듣다가 윤허하는 일이 반복되었다. 하루 종일 말 한 마디 하지 않을 때도 있었다.

경종은 사약을 먹고 죽은 어머니의 비참한 모습이 떠올랐다. 어머니 때문이었을까. 선왕은 그를 좋아하지 않았다. 부자 사이에 건널 수 없는 강이 흐르고 있는 것 같았다.

'결과적으로 내가 부왕을 시해한 것이 아닌가?'

경종은 그 생각을 하자 고통스러웠다. 그것은 이년 전 선왕에게 문안을 드리고 나올 때 시작된 일이었다. 그날따라 몸이 좋지 않아 문후를 드리지 않을까 하다가 며칠 동안 문안을 드리지 않았기 때문에 억지로 편전으로 발걸음을 했다. 날씨가 숨 막힐 정도로 더웠다. 그는 임금에게 멀찍이 떨어져 절을 올렸다.

"몸은 어떠냐?"

임금은 상소문을 읽다가 탐탁지 않은 눈으로 경종을 쏘아보았다.

"어의가 하루도 거르지 않고 문진을 하고 있으나 크게 호전되지 않습니다."

그는 우울한 목소리로 대답했다.

"그런 몸으로 보위에 오르면 어떻게 나라를 다스리겠느냐? 나이 서른이 넘었으면서 후사도 없고…… 내가 조상을 뵈올 면목이 없다."

임금의 목소리는 찬바람이 부는 것처럼 냉랭했다. 그는 이상하게 눈물이 흘러내렸다. 차라리 이대로 죽었으면 좋겠다는 생각이 떠올랐다. 모든 일이 시들하고 절망감이 엄습하자 어깨까지 들먹여졌다.

"에이…… 마음까지 심약해가지고……."

임금이 그를 가만히 쏘아보다가 혀를 찼다.

"물러가 쉬어라."

임금이 차갑게 말했다. 그는 절을 올리고 편전을 나왔다. 대청에서 섬돌로 내려오는데 임금에게 수박화채를 올리려고 온 수라간 궁녀가 머리를 잔뜩 조아렸다. 고개를 드는데 눈가에 천박한 웃음기가 묻어났다. 그는 묘하게 그 궁녀가 시선을 잡아끄는 것을 느꼈다. 그녀는 대궐에 있는 수많은 궁녀들과 어딘지 모르게 달라보였다.

"무엇이냐?"

그는 궁녀의 얼굴을 살피면서 물었다. 궁녀가 고개를 들면서 눈웃음을 쳤다.

"전하께 올리는 수박화채입니다."

"전하께 올리고 나에게도 갖다주겠느냐?"

"예."

수라간 궁녀가 머리를 조아렸다. 그는 날씨가 후텁지근하여 동궁전으로 돌아오는데 온몸이 땀으로 흥건하게 젖었다. 수라간 궁녀가 수박화채를 가지고 온 것은 한 식경이 지났을 때였다.

"시원하구나. 네 이름이 무엇이냐?"

그는 수박화채를 한 모금 마시고 어쩐지 요염하기까지 한 궁녀에게 물었다.

"춘란이라고 하옵니다."

"네 오늘 동궁전에 머물라."

"저하……."

춘란이라는 궁녀가 놀라서 그를 쳐다보았다. 그는 '괜찮다, 괜찮으니 나하고 이야기나 하자구나' 하고 말했다. 춘란이라면 무슨 이야기를 해도 상관이 없을 것 같았다. 그는 그날 밤 춘란과 이야기를 하고 함께 잤다. 춘란은 천박하면서도 유쾌한 여자였다. 그는 며칠에 한 번씩 춘란을 불러 밤이 늦도록 이야기를 하다가 잠을 자고는 했다.

"왕세자저하께서는 항상 슬픔에 잠겨 계십니다. 무슨 까닭이십니까?"

하루는 춘란이 옥이 굴러가는 듯한 목소리로 물었다. 그녀가 동궁전에 드나들기 시작한 지 여러 달이 되어 농까지 주고받을 수 있을 때였다.

"내가 병이 있어서 보위에 오르지 못하고 죽을 것 같아 그런다. 보위에 오르면 너를 후궁으로 삼을 텐데……."

그는 웃으면서 농으로 말했다.

"세자저하인데 어찌 보위에 오르지 못하겠습니까?"

"내가 몇 년을 살 것 같으냐? 보위에 오르고 죽으면 소원이 없겠구나."

"그럼 전하께서 하루빨리 승하해야……."

"무엄하다."

그는 정색을 하고 소리를 질렀다.

"송구하옵니다. 소인이 무지하여……."

춘란이 깜짝 놀라 입을 다물었다.

"되었다."

그는 손을 내저었다. 춘란은 대궐에서 제대로 법도를 배운 궁녀가 아니었다. 말하는 본새도 시정의 천한 여인네들 같았다. 그가 그녀에게 마음이 끌린 것은 그 무지하고 천박함 탓일 거였다.

임금이 죽고 얼마 되지 않았을 때 그녀가 또 수박화채를 올리면서 눈웃음을 쳤다.

"전하는 이제 슬프지 않으시겠지요?"

"무슨 말이냐?"

"저하께서 보위에 오르면 소원이 없다고 하지 않으셨습니까? 그리고 소인을 후궁으로 삼겠다고 하신 것을 기억하십니까?"

"내가 그랬지. 후궁이 되고 싶은 것이냐?"

경종은 춘란이 별것을 다 기억한다고 생각했다.

"소인을 후궁으로 삼아주세요. 모두가 소인의 공로입니다."

춘란이 눈웃음을 치면서 말했다. 경종은 춘란이 무슨 말을 하는지 이해할 수 없었다.

"무엇이 너의 공로라는 것이냐?"

"전하께서 보위에 오르지 못할까봐 걱정하시지 않았습니까?"

"그랬지."

"그래서 제가 공을 세운 것입니다."

"임금이 승하하시어 내가 보위에 오른 것인데 네가 무슨 공을 세웠다는 것이냐?"

"답답하시옵니다. 제가 임금전하를 일찍 승하하시게 만든 것을 모른다는 말씀입니까?"

춘란은 억울하다는 투였다.

"네가 독이라도 썼다는 말이냐?"

경종은 소름이 오싹 끼치는 듯한 기분이 들었다. 춘란이 대답을 하지 않았으나 정색을 하고 경종을 쳐다보았다.

"그럼 네가⋯⋯?"

경종은 춘란의 말에 소스라쳐 놀랐다. 아아, 이토록 무지한 계집이 있는가. 경종은 궐내에 임금이 독살되어 죽었다는 소문이 은밀하게 나돌고 있는 것을 비로소 이해할 수 있었다. 왕비, 아니 대비가 임금이 독살되었다고 의심한다는 말을 처음 들었을 때 지나치다고 생각했었다. 그런데 그것이 천박한 계집 춘란의 짓이었다는 말인가. 경종은 천 길 벼랑으로 굴러 떨어지는 듯 눈앞이 캄캄했다.

* * *

허공을 달려오는 바람 소리가 음산했다. 바람이 불 때마다 나뭇잎이 우수수 떨어지고 떨어진 나뭇잎들이 골목으로 쓸려 다녔다. 시간이 얼마나 된 것일까. 밤이 깊었는데도 잠을 이룰 수 없었다.

'모든 것이 끝났다.'

연잉군은 허공을 우두커니 바라보았다. 그동안 조정은 노론과 소론이 치열하게 대립했다. 그들은 자신들의 이익에 따라 연잉군과 왕세자를 지원했다. 그러나 왕세자는 병을 앓고 있었고 소심했다. 노론은 연잉군을 보위에 오르게 하려고 은밀하게 공작을 했다. 그러나 선왕은 끝내 유조를 바꾸지 않고 죽어 왕세자가 보위에 오른 것이다.

'이제는 목숨을 걱정해야 한다.'

왕세자가 보위에 올랐으니 보복이 뒤따를 것이라고 생각했다. 숙청의 피바람이 불어올 것이라고 생각하자 몸이 떨렸다. 왕자들은 형제가 왕이 되면 부귀를 누리는 것이 아니라 죽임을 당하는 일이 많다. 임해군은 역모라는 누명을 쓰고 죽었고, 영창대군이나 복창군 형제를 비롯해 많은 왕자들이 역모로 몰려 죽임을 당했다.

'그들은 죄도 없이 죽었으나 나는 죄가 있다. 왕세자와 대권 경쟁을 하느라고 많은 사람들을 끌어들였다. 노론의 수많은 대신들과 북검의 무사들이 나를 위해 목숨을 걸고, 나를 위해 일을 했다. 이제 그들은 신왕과 소론에 의해 숙청될 것이다.'

연잉군은 잠이 오지 않았다.

'희빈 장씨가 사약을 받고 죽은 것은 어머니인 숙빈 최씨가 밀고를 했기 때문이다. 신왕은 자신의 생모를 죽음으로 이끈 어머니를 결코 용서하지 않을 것이다. 내가 어떻게 살기를 바라겠는가?'

연잉군은 잠이 오지 않아 밖으로 나왔다.

'모두를 떠나보내자.'

연잉군은 입술을 지그시 깨물었다. 그를 위해 충성을 바친 사람들을 떠나보내야 살아남을 것이다.

* * *

김체건은 정국이 숨 가쁘게 돌아가고 있다고 생각했다. 월이가 죽고 임금도 죽었다. 서광표가 받들고 있는 왕세자는 새 임금이 되었다.

지난밤 연잉군은 통곡을 하고 울었다. 잠이 오지 않아 후원으로 나와 산 쪽으로 걸을 때였다. 골짜기에 있는 소나무를 주먹으로 때리면서 연잉군이 울고 있는 것이 보였다.

연잉군은 강인한 남자였다. 강인한 그가 아무도 없는 골짜기에서 소나무를 주먹으로 때리면서 우는 것을 보았을 때 김체건도 가슴이 편치 않았다. 그는 이제 무엇을 하게 될까. 새 임금과 대립을 했으니 역모로 몰려 처형을 당해 죽을 것이다. 그래서 사람들이 발길을 끊고 연잉군이 떠나지 않겠다는 종들에게 돈을 주어 내보냈는지도 몰랐다. 그가 역모로 처형되면 처자식들은 노비로 보내질 것이다.

"이제 우리도 떠나야 하지 않아요?"

애숙이 조용한 목소리로 김체건에게 물었다.

"조만간 떠나야 하겠지."

김체건은 창의궁을 떠날 때가 되었다고 생각했다. 깊은 산속, 태고의 원시림에서 검술을 연마하면서 지내야 하겠다고 생각했다. 월이에 대한 그리움도 잊고, 서광표에 대한 미움도 잊어야 한다고 생각했다.

문득 아이들이 글을 읽는 소리가 들렸다. 연잉군의 아들 행과 노미가 낭랑한 목소리로 글을 읽고 있었다. 김체건은 아이들이 글을 읽는 소리를 들으면서 가슴에 묵지근한 통증이 훑고 지나가는 것을 느꼈다.

연잉군의 부인 서씨는 안방에 앉아 바느질을 하고 있다. 그녀는 혼례를 올린 지 십오년이 지났으나 아직 아이가 없었다. 서씨는 연잉군의 사저인 창의궁의 안주인이지만 항상 너그럽고 인자하여 궁에서 일을 하는 사람들의 존경을 한 몸에 받았다.

* * *

달빛이 휘영청 밝았다. 가을이 깊어가면서 하늘이 더욱 높아지고 바람결이 서늘해졌다. 달빛은 희다 못해 푸른빛을 온 누리에 뿌리고 있었다. 대궐의 수많은 전각과 초목에도 여인의 하얀 치맛자락 같은 달빛이 덮이고 땅에는 긴 그림자를 드리웠다.

박상검은 전각의 협문에서 침전을 응시했다.

'저 못된 계집이 오늘 밤도 전하를 모시는 것인가?'

춘란은 침전에 들어가 나오지 않고 있었다. 그러나 경종과 동침을 한다고 해서 왕손을 생산하지는 못할 것이다.

'그러나 누군가 여불위와 같은 음모를 꾸민다면……'

박상검은 춘란이 대궐 밖에서 잉태를 하게 되면 무서운 일이 될 것이라고 생각했다.

'이제는 대문이 닫혔으니 출궁하지 못하겠지.'

박상검은 숙소로 돌아왔다.

'왕조의 혈통을 지켜야 한다.'

박상검은 선왕의 뜻을 받들어야 한다고 생각했다. 숙종은 연잉군이 왕세자를 제거하고 보위에 오르는 것도 바라지 않았고, 왕세자가 연잉군을 죽이는 것도 바라지 않았다. 숙종은 경종이 보위에 오르고, 그가 죽은 뒤에 연잉군이 보위에 오르기를 바랐다. 경종이 양자를 들이는 것은 결연히 반대했다.

숙종은 박상검에게 왕세자에 이어 연잉군이 왕위를 잇게 하라는 명을 내렸다. 그는 조정의 대신들을 믿지 않고 오로지 박상검에게 의지했다.

"내가 보위에 오른 뒤에 너는 줄곧 나에게 충성을 바쳐왔다. 내가 죽은 뒤에도 충성을 다하라."

숙종이 그의 손을 잡고 당부했다. 그의 눈에 눈물까지 어려 있었다.

"망극하옵니다. 신이 목숨을 걸고 충성을 바치겠습니다."

박상검은 눈물을 흘리면서 숙종에게 맹세했다.

'춘란이 수상해.'

이튿날 아침 박상검은 춘란의 숙소로 가서 감시하기 시작했다. 춘란은 오후가 되자 출궁했다. 박상검은 천천히 춘란의 뒤를 따라 걸었다. 춘란의 집은 서대문 밖 무악재 아래에 있는 작은 초가집이었다. 식구들이 없는지 춘란이 살짝 문을 열고 들어갔다. 박상검은 담장 위로 날아올라 초가집을 살폈다. 박상검이 짐작한 것처럼 그 집에는 사람이 없었다. 그러나 먼지가 쌓여 있지 않았다. 춘란은 한 식경이 지나자 집을 나와 다시 걷기 시작했다. 어느 사이에 사방이 캄캄하게 어두워졌다. 춘란은 어둠 속을 걸어서 삼청동 골짜기에 있는 기와집으로 갔다. 그녀가 대문을 두드리자 뜻밖에 서광표가 나와서 열어주었다.

'춘란의 배후에 서광표가 있었구나.'

박상검은 기절할 듯이 놀랐다. 춘란의 배후가 서광표일 것이라는 사실은 상상도 못 했던 일이었다.

'서광표가 이토록 사악한 음모를 꾸미고 있다니 내가 사람을 잘못 보았구나.'

박상검은 서광표에 대한 배신감으로 눈에서 불이 일어나는 것 같았다. 서광표를 정의로운 인물로 생각했었다. 그가 양반에 대한 분노와 천민에 대한 동정심을 드러냈을 때도 과하다고는 생각했지만 음흉하다고는 생각하지 않았었다.

'자세히 살펴보자.'

박상검은 담장을 넘어 안으로 들어갔다. 방문 앞에 바짝 다가가서 귀를 기울이자 교태를 부리는 춘란의 간드러진 목소리가 들렸다. 춘란을 어르고 달래는 서광표의 음란한 목소리도 들렸다. 두 사람이 뒤엉켜 방사를 벌이고 있다는 것을 알 수 있었다.

"춘란아, 네가 아들만 낳으면 조선은 너와 나의 것이 된다."

"호호호. 아들을 낳을 테니 걱정하지 마셔요."

춘란과 서광표의 목소리가 더욱 음탕해졌다. 두 사람의 거친 숨소리도 들렸다

'선왕을 독살한 증거를 찾아야 돼.'

박상검은 춘란과 서광표가 방사를 하고 있는 소리를 듣고 있다가 밖으로 나왔다. 무악재에 있는 춘란의 집으로 다시 돌아왔는데 그 집은 밤이 되었는데도 비어 있었다.

'이건가?'

춘란의 방에 사기그릇과 이를 잘게 바수는 도구들이 어지럽게 널려 있었다. 박상검은 증거를 수집하여 보자기에 담아 가지고 대궐로 돌아왔다. 그는 소복을 입고 있는 대비에게 조사한 내용을 자세하게 보고했다.

"그럼 춘란이라는 계집이 선왕을 독살했다는 말이냐?"

대비의 목소리는 얼음 가루가 날릴 것처럼 차가웠다.

"예."

"증거가 있더냐?"

"사기그릇과 사기 가루를 만드는 도구들이 있었습니다."

박상검은 보자기를 풀어서 대비에게 보여주었다.

"음."

대비가 입술을 피가 나도록 깨물었다.

"계집을 대궐로 잡아들여 심문해라. 누구도 알지 못하게 하라."

"예."

박상검은 머리를 숙이고 물러나왔다. 그가 서대문 밖 무악재의 춘란의 집에 이른 것은 이경이 넘었을 때였다.

'아!'

춘란의 집 방문을 연 박상검은 경악했다. 방바닥에는 춘란이 피투성이가 되어 죽어 있었다. 박상검은 방 안의 참혹한 모습에 머리카락이 일제히 곤추서는 것을 느꼈다. 방 안에서 피비린내가 진동했다.

'대체 누가 춘란을 죽인 거지?'

박상검은 춘란의 시신을 자세히 살폈다. 그녀는 목이 절반이나 베어져 있었다. 반항을 하거나 도망을 치려고 한 흔적은 보이지 않았다.

'내가 미행한 것을 서광표가 눈치 챈 모양이구나. 춘란을 집으로 돌아가게 하고 뒤를 따라와 살해한 거야.'

서광표는 무예의 고수니 그의 미행을 눈치 챈 것이 분명했다. 박상검은 실망하여 대궐로 돌아왔다.

"대비마마, 춘란이 살해되었습니다."

박상검은 이튿날 날이 밝자마자 대비에게 보고했다.

"무슨 소리냐?"

대비가 깜짝 놀라서 눈을 크게 떴다.

"소인이 명을 받고 잡으러 갔는데 한발 늦었습니다."

"누가 배후인지 알아냈느냐?"

"남검의 서광표입니다."

박상검은 대비에게 서광표가 여불위와 같은 음모를 꾸미고 있다는 말은 차마 하지 못했다.

"서광표를 반드시 죽여야 할 것이다."

대비의 눈에서 푸른 서슬이 뿜어졌다.

"서광표의 배후가 있을지 모릅니다."

"배후가 누구인지 철저하게 조사하라."

"예."

잠시 대화가 끊겼다. 박상검은 무엇인가 깊은 생각에 잠겨 있는 대비의 얼굴을 쳐다보았다.

"연잉군은 무엇을 하고 있느냐?"

"사람들을 모두 내보내고 있습니다."

"사람들을 내보내다니…… 그게 무슨 말이냐?"

"연잉군은 희망이 없다고 생각하는 것 같았습니다."

"큰일을 할 사람이 기다릴 줄 알아야지."

대비가 무릎을 세우고 앉아서 허공을 쏘아보았다.

12

신(神)이 선(仙)이 되다

　눈이 내리고 있었다. 창문으로 눈이 내리는 것을 본 연잉군은 비로소 마음이 편안해지는 것 같았다. 모든 것을 내려놓자 세상을 다시 볼 수 있었다. 그는 종자도 거느리지 않고 거리를 걷고 양반과 천민들을 만났다. 허름한 국밥집에서 밥을 사 먹고 난전에서 장사꾼들과 술잔을 나누었다.

　"대비마마의 전갈입니다. 순정은 조태구의 수하니 창의궁에서 내보내라고 하십니다."

　박상검이 연잉군을 찾아와서 영을 전했다. 순정이 소론의 첩자였던가. 연잉군은 순정을 창의궁에서 내보내기로 했다. 그러잖아도 종들을 차례로 내보내고 있던 참이었다.

　"또 다른 말씀은 없었는가?"

　"남검의 고수 서광표를 죽이라는 하교를 내리셨습니다."

"대비께서 왜 그런 하교를 내리신 것인가?"

연잉군은 대비의 영을 이해할 수 없었다.

"서광표가 역성혁명을 일으킨다고 합니다."

연잉군은 역성혁명이라는 말에 깜짝 놀랐다.

"역성혁명?"

"대사를 도모하라는 말씀도 하셨습니다."

연잉군은 박상검이 돌아가자 많은 생각을 했다. 대비는 지혜로운 여인이었다. 대사를 도모하라고 한 것은 후일을 도모하라는 뜻일 것이다.

연잉군은 며칠 후 대궐에 들어가 대비에게 인사를 올렸다.

"거리에서 시정잡배들과 어울린다고 들었소. 주상의 아우 되는 분이 천민들과 어울려서야 되겠소?"

대비가 차가운 목소리로 내뱉었다.

"송구합니다."

"삼종의 혈맥은 오로지 연잉군 하나뿐이오."

대비가 지그시 눈을 내리깔고 말했다. 명빈 박씨의 소생인 연령군이 병으로 죽어 숙종의 아들은 이제 연잉군만 남은 것이다. 연잉군은 절을 하고 물러나오면서 식은땀이 흐르는 것을 느꼈다.

창의궁으로 돌아오자 김체건이 돌아와 있었다.

"청나라 무사들은 돌아갔는가?"

연잉군이 김체건에게 물었다.

"돌아갔습니다."

"나를 한번 더 도와주었으면 한다."

"나리, 저는 이제 떠나려고 합니다. 깊은 산속으로 들어갈 생각입니

300

다."

"한번 더 도와주고 떠나도록 하라."

연잉군이 간곡하게 청했다. 그의 눈에는 어떤 슬픔 같은 것이 묻어
있었다.

"예."

김체건이 절을 하고 물러갔다.

* * *

연잉군은 대비의 명을 노론 대신들에게 전했다. 대비의 명이 떨어
지자 노론은 긴박하게 움직이기 시작했다.

"새 임금의 나이는 서른셋이다. 지금쯤 장성한 후손이 있어야 하오."

노론 대신들이 모여서 회의를 했다.

"후사가 없는 것을 어찌하오?"

"후사가 없으니 이제는 세제(世弟)를 옹립해야 하오."

노론 대신들의 얼굴에 긴장감이 흐르기 시작했다.

"인조께서도 소현세자의 아우인 봉림대군을 세자로 삼으셨소. 전하
께 연잉군을 세제로 삼으라고 강력하게 밀어붙입시다."

"그렇게 되면 역적이나 다를 바 없소."

"후사가 다른 종실에게 넘어가도 우리 노론은 끝장이오. 목숨을 걸
고 주청합시다."

노론 대신들이 바쁘게 움직이기 시작하자 소론 대신들도 긴장하여
움직이기 시작했다.

"임금에게는 후사가 없소. 후사가 없어서 노론이 준동하는 것이오."

조태구가 좌중을 둘러보고 입을 열었다.

"그렇소. 임금의 춘추는 벌써 서른셋이오. 한데 아직 후사가 없으니……."

최석항이 고개를 흔들었다.

"허나 중궁은 이제 스무살이오. 중궁의 나이가 연소하니 회임할 수도 있을 것이오."

"전하는 음위라고 하지 않습니까? 어떻게 회임을 하겠습니까?"

심유현이 불만스러운 표정을 짓고 있다가 언성을 높였다.

"불충하오."

최석항이 심유현에게 눈을 부라렸다. 심유현의 눈에서도 불이 일어나고 있었다.

"전하가 왕세자였을 때도 세자빈들은 회임을 하지 못했소. 양제가 있으나 역시 회임하지 못했소. 중궁이 아무리 연소해도 회임할 가능성이 없소. 양자를 들여야 하오."

조태구의 말에 대신들이 입을 딱 벌렸다.

"연잉군은 삼종의 혈맥이오. 연잉군을 두고 어찌 양자를 들일 수 있겠소?"

"연잉군이 죽으면 삼종의 혈맥이 없어지게 되오."

"연잉군을 죽이자는 말이오?"

"임금에게 위협이 되는 자는 제거하는 것이 권력의 속성이오."

"그런 일은 할 수 없소."

소론은 강경파와 온건파로 나뉘어 격렬하게 논쟁을 벌였다.

"시중에 연잉군이 민진원의 아들이라는 소문이 나돌고 있는데 어찌된 것이오?"

심유현이 좌중을 살피면서 낮게 말했다.

"숙빈 최씨가 대궐에 무수리로 들어오기 전에 민진원의 종으로 있었다고 하오. 그때 민진원이 강제로 친압했다는 소문이 있소."

"그런 일이 있을 수 있겠소? 사실일 리가 없지."

"허나 소문이 널리 퍼지게 되면 사람들이 사실로 믿게 되오."

"이런 소문을 퍼뜨리는 이는 대역죄인이 될 것이오."

"논쟁은 그만하고 우선 노론의 동정을 잘 살핍시다."

최석항이 더 이상의 논쟁을 중지시켰다. 소론의 동정은 노론에게 보고되었다.

"소론이 양자를 들일 음모를 꾸미고 있소."

이이명이 김창집에게 말했다.

"우려하던 일이 현실이 되고 있군. 양자를 들인다면 누구를 점찍고 있소?"

이이명이 조태채에게 물었다.

"밀풍군 이탄의 아들인 것 같소."

"소현세자의 후손이군."

"그렇소. 그가 인망도 있고 가장 가까운 종실이오."

"이러고 있을 때가 아니오."

"그럼 어떻게 하는 것이 좋겠소?"

"정언 이정소에게 연잉군을 세제로 삼으라는 상소를 올리게 하고 그를 의논하게 하면서 밀어붙입시다."

"밀어붙입시다."

노론 대신들이 일제히 찬성했다. 노론의 대신들은 마침내 경종을 압박하기 시작했다.

"지금 우리 전하께서는 춘추가 한창이신데도 아직껏 저사*가 없으시니 다만 중외의 신민이 근심스럽게 걱정하고 탄식하고 있습니다. 바야흐로 국세는 위태롭고 인심은 흩어져 있으니, 더욱 마땅히 나라의 대본을 생각하고 종사의 대계를 꾀해야 할 것인데도 대신들은 아직껏 저사를 세울 것을 청하는 일이 없으니, 신은 이를 개탄하는 바입니다. 원컨대 전하께서는 빨리 이 일을 자성**께 아뢰고 대신들에게 의논케 하시는 것이 바로 사직의 대책을 세우는 것이며, 억조 신민의 큰 소망을 이루는 일이 될 것입니다."

정언 이정소가 상소를 올렸다. 이정언의 상소는 조정을 발칵 뒤집어놓았다. 소론은 펄펄 뛰고 노론은 시원한 상소가 올라왔다고 통쾌하게 생각했다.

'내가 즉위한 지 두 달밖에 되지 않았는데 이런 상소를 올리다니……'

경종은 속으로 분노했다. 그러나 조정은 노론이 장악하고 있었다. 국장 기간이라 노론을 숙청하지 못했는데 노론이 기습하듯 저사 문제를 들고 나온 것이다. 경종은 대신들과 의논하라고 지시하고 소론에게 넌지시 알렸다.

"노론이 발악을 하는구나."

---

* 儲嗣. 후계자.
** 慈聖. 대비.

조태구는 어두운 하늘을 쳐다보았다. 노론이 마침내 싸움을 걸어온 것이다.

"어떻게 하시겠습니까?"

심유현이 조태구에게 물었다.

"화근은 뿌리를 뽑아야지."

조태구가 씹어 뱉듯이 말했다. 노론이 이렇게 빨리 반격을 가해오리라고는 상상도 하지 못했었다. 경종이 보위에 올랐기 때문에 서서히 노론을 숙청할 생각이었는데 기습을 당한 것이다. 그렇다면 이제는 연잉군을 제거할 수밖에 없다. 그러나 연잉군을 제거하려면 호위무사인 김체건부터 없애야 했다.

"김체건을 유인한 뒤에 연잉군을 죽여라."

조태구는 심유현을 불러 지시했다.

노론이 움직이기 시작하면서 연잉군의 사저 창의궁에도 다시 활기가 돌기 시작했다. 북검의 무사들이 돌아오고 떠났던 종들도 돌아왔다. 그때 서광표의 행적을 쫓고 있던 오철삼이 창의궁으로 달려왔다.

"서광표가 청주에 있다고 합니다."

오철삼이 달려와 연잉군에게 보고했다.

"청주에는 왜?"

김체건이 의아한 표정으로 오철삼에게 물었다.

"청주에 이인좌가 있잖아. 그곳에서 군사를 습진(習陣)시킨다는 소문이 있어."

"어떻게 그 사실을 알게 되었지?"

"남검을 미행했어. 그들이 술집에서 희희낙락하면서 주고받는 이야기를 들었지."

"무슨 이야기를 하던가?"

"서광표가 이인좌에게 군자금을 대고 있다고 했어. 역성혁명을 일으킬지도 몰라."

김체건은 눈을 지그시 감았다. 서광표가 역성혁명을 준비하고 있다는 사실에 괴로웠다.

"알았네. 청주에 가서 이인좌의 동정을 살펴보게."

연잉군이 생각에 잠겨 있다가 김체건에게 명을 내렸다. 김체건은 연잉군의 방에서 나오다가 마당에 노미가 서 있는 것을 보았다. 노미는 서쪽 하늘의 붉은 노을을 쳐다보고 있었다. 김체건은 노미와 나란히 서서 하늘을 쳐다보았다.

'노미가 많이 컸구나.'

김체건은 노미가 훤칠한 소년이 되어 있는 것을 보고 미소를 지었다. 노미에게 무예를 가르치기는 했으나 자주 이야기를 나누지 못했다. 노미는 오히려 연잉군에게 많은 영향을 받고 있었다. 그가 자신의 아들처럼 노미를 가르치고 있었다.

"노미야, 네가 나리를 잘 지켜라. 할 수 있겠느냐?"

김체건은 노미에게 당부했다.

"예."

노미가 씩씩하게 대답했다. 노미는 어린 나이인데도 입이 무겁고 속이 깊었다.

김체건은 창의궁에서 나와 말을 타고 청주를 향해 달리기 시작했다. 오철삼과 나츠에가 따라오기 시작했다.

"김체건이 함정에 걸려들었습니다."

김체건이 창의궁을 나서는 것을 본 남검 무사들이 심유현에게 보고했다.

"남검의 고수들을 소집하라."

"오늘 밤에 습격합니까?"

"습격한다."

심유현이 긴장한 목소리로 내뱉었다.

* * *

연잉군의 사저인 창의궁에 밤이 깊어갔다. 연잉군은 밤늦도록 책을 읽다가 잠자리에 들었다.

북검 고수 원명삼은 순찰을 하고 숙소로 돌아왔다. 그는 김체건이 청주로 떠나 창의궁의 경호에 신경을 바짝 쓰고 있었다. 김체건이 봉원사에서 연잉군을 호위하여 돌아올 때 청나라 무사 수십 명을 격파한 뒤로 남검은 창의궁에 얼씬도 하지 않고 있었다.

"체건이 없으니 오늘 밤 더욱 조심해야 한다."

원명삼은 무사들에게 더욱 철저하게 경비를 하라고 지시했다. 이경이 되자 창의궁 주위로 검은 옷을 입은 무사들이 속속 나타났다. 그들은 그림자처럼 골목으로 숨어들었다가 담장 위로 올라섰다. 그때 개들이 요란하게 짖어댔다.

'자객이다!'

연잉군의 사저를 지키던 무사들이 일제히 칼을 들고 밖으로 뛰어나왔다. 연잉군은 놀라서 문을 열고 밖을 내다보았다. 창의궁의 담장 위에 검은 옷을 입은 사내들이 엎드려 있었다. 연잉군은 전신이 팽팽하게 긴장되는 것을 느꼈다. 사내들은 담장 위에 바짝 웅크린 채 안으로 뛰어들지는 못했다. 마당 한가운데 뜻밖에 취의를 입은 사내가 서 있었다.

'김체건이 돌아왔나?'

연잉군은 취의를 입은 사내의 뒷모습을 살폈다. 사내는 어쩐지 왜소해 보였으나 한 치의 흐트러짐도 없이 의젓해 보였다.

"어떻게 된 건가? 김체건이 있지 않은가?"

담장 위에 웅크린 남검 고수 최종렬이 물었다.

"이상합니다. 김체건이 떠나는 것을 확인했습니다."

남검 고수가 떨리는 목소리로 대답했다. 그들은 등줄기로 식은땀이 흐르는 것을 느꼈다. 김체건은 청나라에서 온 무사들 수십 명과의 대결에서 승리를 거두었다. 김체건이 있는데 창의궁으로 뛰어들었다가는 한 사람도 살아남지 못할 것이다.

'서광표가 있었다면 기습을 해도 승산이 있을 텐데……'

최종렬은 서광표가 함께 오지 않은 것이 아쉬웠다. 그러나 서광표는 누군가 자신을 미행하고 있다면서 그를 유인하기 위해 창의궁을 습격하는 일에서 빠져 있었다.

"철수한다. 김체건이 우리 계획을 눈치챘어."

최종렬이 명령을 내렸다. 남검 무사들이 지붕에서 썰물처럼 물러가기 시작했다. 그들은 담장에서 내려와 중흥동을 향해 달리기 시작했다. 그들이 종루를 지나 운정가 쪽으로 달리고 있을 때 빠르게 말을 몰아 달려오는 사내가 눈에 띄었다. 남검 무사들은 푸른 옷을 입은 그를 보고 경악했다. 말을 타고 달려오는 자는 취의를 입고 죽립을 깊이 눌러쓰고 있었다.

"저, 저자는 김체건이 아닌가?"

최종렬이 담장에 바짝 붙어 서서 물었다.

"김체건인 것 같습니다."

무사들이 놀라서 대답했다. 김체건은 언제나 푸른 옷을 입고 있었다.

"우리가 속았다!"

최종렬이 이를 갈면서 소리를 질렀다.

창의궁에서는 남검 무사들이 돌아가자 횃불을 밝히고 무사들이 모여들었다. 연잉군도 방에서 나와 동정을 살폈다.

"나리, 남검 무사들이 모두 물러갔습니다."

원명삼이 연잉군에게 고했다.

"김체건이 돌아왔는가? 어찌 그들이 그냥 돌아갔는가?"

"아닙니다."

"그럼 푸른 옷을 입은 무사는 누군가? 그 무사 때문에 남검이 돌아간 것이 아닌가?"

"김체건의 아들입니다. 노미를 보고 놈들이 물러간 것 같습니다."

원명삼의 보고에 연잉군은 감탄했다. 노미가 그와 같은 기지를 발휘했다는 것은 믿을 수 없는 일이었다. 김체건이 돌아온 것은 그때였다. 북검의 무사들이 그에게 달려와 노미가 기지를 발휘하여 남검 자객들을 쫓아버린 일을 칭송했다.

"노미가 아니었으면 큰일 날 뻔했네."

원명삼이 김체건의 앞에 와서 말했다. 방정규도 김체건에게 노미가 기지를 발휘한 이야기를 했다.

"놈들이 습격을 하면 어찌할 뻔했느냐?"

김체건은 노미를 꾸짖었다.

"목숨이 다해도 무사의 본분을 지킬 것입니다."

노미가 다부지게 말했다. 김체건은 노미가 자신과 다르다고 생각했다.

"당분간 창의궁을 떠나지 말게."

김체건이 인사를 하자 연잉군이 하늘을 우러러보면서 말했다. 어느새 날이 훤하게 밝아오고 있었다.

"오늘은 중요한 날이 될 것이다."

연잉군이 하늘을 쳐다보았다. 오늘따라 하늘의 별들이 유난히 밝게 보이는 것 같았다.

* * *

조정에는 팽팽한 긴장감이 흐르고 있었다.

노론은 경종의 후사를 정하기 위해 비상한 각오로 빈청으로 나갔다. 노론의 영의정 김창집과 좌의정 이건명이 빈청에서 왕명으로 대신들을 불렀다.

"이번 소명(召命)은 노론이 저사를 세우기 위한 것이니 나가지 맙시다."

행 판중추부사 김우항, 예조판서 송상기, 이조판서 최석항은 소명을 어기고 나오지 않았다. 그들은 모두 소론이었다.

밤이 되자 김창집과 이건명이 노론 대신들을 거느리고 경종에게 알현을 요구했다. 그러나 경종은 대답하지 않았다. 노론 대신들은 물러가지 않고 집요하게 알현을 요구했다. 경종이 마침내 시민당에서 대신들을 불러들였다.

"전하께서 춘추가 한창 젊으시나 아직껏 저사가 없으시니, 신은 부끄럽게도 대신으로 있으면서 주야로 걱정이 됩니다. 다만 일이 워낙 중대하기 때문에 감히 아뢰지 못하였습니다. 지금 상소의 말이 지당하니 누가 감히 이의가 있겠습니까?"

김창집이 아뢰었다. 정언 이정소가 올린 상소가 정당하니 후사를 연잉군으로 정하라는 뜻이다. 경종은 김창집의 말에 대꾸하지 않았다.

"전하, 속히 처분을 내리소서."

노론 대신들이 일제히 아뢰었다. 한밤중에 노론의 대신들이 몰려와 경종을 옥박지르고 있는 것이다. 경종은 대신들의 압박에 한 마디도 대꾸하지 않고 고개를 떨어뜨린 채 입을 꾹 다물고 있었다.

"이 일은 일각이라도 늦출 수가 없으므로 신 등이 감히 깊은 밤중에 감히 알현을 청한 것이니, 원컨대 전하의 생각을 더하시어 빨리 대계를 정하소서."

노론 대신들은 계속 경종을 압박했다. 경종은 분노로 몸을 떨고 있었다. 중차대한 시기에 소론은 그림자도 보이지 않고 있다.

'대신들이 감히 임금을 협박하다니……'

경종은 노론 대신들이 자신을 비수로 찌른다고 생각했다.

"대신들과 여러 신하들의 말은 모두 종사의 대계를 위한 것이니, 청컨대 속히 윤종(允從)하소서."

승지 조영복까지 경종을 윽박질렀다. 윤종은 자신들의 뜻을 따라 윤허하라는 것이다. 경종은 대답을 하지 않았다. 조태구와 심유현은 양자를 들여 후사를 세워야 한다고 했었다. 그 계획을 눈치라도 챈 것인가. 노론 대신들이 사납게 그를 몰아세우고 있었다.

'내가 너희들을 반드시 죽일 것이다.'

경종은 속으로 이를 갈았다.

"윤종하소서."

대신들이 일제히 아뢰었다. 대체 소론 대신들은 모두 어디로 갔는가. 경종은 노론 대신들이 집요하게 윽박지르자 지치기 시작했다. 노론 대신들은 몇 시간째 위협을 멈추지 않았다.

"윤종한다."

경종은 마침내 대신들의 위협에 굴복하여 저사를 세우겠다고 말했다. 몸이 아파서 버틸 수가 없었다. 노론 대신들이 서로 눈짓을 주고받았다.

"전하께서는 위로 대비마마를 모시고 계시니, 대비마마께 들어가 수필(手筆)을 받은 연후에야 봉행하실 것입니다. 신 등은 합문 밖에 나가서 기다리겠습니다."

김창집, 이건명, 조태채 등은 대비의 허락을 받으라고 요구했다.

"알았다."

경종이 지친 표정으로 대답했다. 노론 대신들이 시민당에서 물러나자 경종은 비틀거리면서 대비전으로 향했다. 대비전은 캄캄하게 어두워 불이 꺼져 있었다. 경종은 숙직상궁에게 지시하여 대비를 깨우라고

명을 내렸다. 숙직상궁이 안으로 들어가고 한참이 지나서야 불이 환하
게 켜졌다.

"주상께서 이 늦은 시각에 무슨 일이오?"

대비가 경종을 들어오게 하여 물었다.

"야심한 시각에 송구하옵니다. 대신들이 물러가지 않고 저사를 세
울 것을 요구하고 있습니다. 어찌하는 것이 좋겠습니까?"

경종이 무릎을 꿇고 앉아서 물었다. 대비는 가만히 경종을 쏘아보
았다. 이자가 자신의 아비인 숙종을 독살하라는 영을 내린 것인가. 수
라간 궁녀 춘란이 임금을 독살할 이유가 없다. 춘란이 동궁전에 드나
들었으니 배후가 서광표와 경종이라고 생각했다.

"어찌 밤중에 저사를 세우라는 것이오?"

대비가 쏘아보았으나 경종은 대답을 하지 않았다.

"주상께서 윤허하셨소?"

"윤종한다고 했습니다만 대비마마의 수찰을 받아 와야 한다고 합니
다."

"대신들이 참으로 망극하구나. 아녀자가 무엇을 안다고 수찰을 받
아 오라고 하는 것인가?"

대비가 차갑게 말했다.

"저사는 누구로 세울 셈이오?"

"대비마마께서 결정하십시오."

경종은 보위에 오르자 더욱 나약해져 있었다. 보위가 오르기 전에
는 목표가 있었으나 이제는 목표가 없어진 것이다.

"삼종의 혈맥은 연잉군뿐이 아니오?"

대비가 냉정하게 잘라 말했다. 칼바람이 부는 것 같은 목소리였다.

"예."

"상궁은 지필묵을 준비하라."

대비가 영을 내리자 상궁이 지필묵을 준비해 왔다. 대비는 붓으로 연잉군이라고 쓰고 언문을 한 장 더 써서 봉서에 넣어 내주었다. 경종은 대비의 수필을 받아서 물러나왔다. 그는 시민당으로 가지 않고 낙선당에서 대신들을 불렀다.

"벌써 대비마마께 아뢰셨습니까?"

영의정 김창집이 물었다. 경종은 피로한 낯빛으로 그렇다고 대답했다.

"꼭 대비마마의 교지가 있어야만 거행할 수 있습니다."

좌의정 이건명이 긴장하여 아뢰었다.

"봉서는 여기 있다."

경종이 봉서를 내주자 김창집이 받아서 뜯었다. 봉서 안에는 종이 두 장이 들어 있었는데 한 장에는 해서로 '연잉군'이란 세 글자가 쓰여 있었고 한 장은 언문교서였다. 노론 대신들이 대비의 교지를 돌아가면서 읽었다.

효종대왕의 혈맥과 선대왕의 골육으로는 다만 주상과 연잉군뿐이니 어찌 딴 뜻이 있겠소? 나의 뜻은 이러하니 대신들에게 하교하심이 옳을 것이오.

대비가 내린 언문교지였다. 경종에게 후사가 없어도 양자를 들이지 않겠다는 뜻이다. 이건명이 사관에게 언문교서를 한문으로 다시 써서 승정원에 내리게 하고 승지로 하여금 교지를 쓰게 했다.

연잉군 금을 왕세제로 삼는다.

조영복이 탑전에서 전지를 썼다. 이어 노론의 대신들은 예조 당상 관을 불러 예식을 거행할 것을 지시하고 비로소 물러갔다. 날이 밝자 연잉군을 왕세제로 삼는다는 교지가 선포되었다.

창의궁에 있던 북검 무사들이 일제히 환호성을 울렸다.

* * *

연잉군은 마침내 왕세제에 책봉되었다. 연잉군이 공식적으로 경종 의 후계자가 된 것이다.

'어찌 이럴 수가 있는가? 노론이 우리 뒤통수를 친 것이 아닌가?'

조태구는 전신을 부들부들 떨었다. 소론 대신들은 벌집을 쑤신 것 처럼 웅성거렸다. 소론 대신들은 경종이 보위에 올랐기 때문에 모든 것이 끝났다고 생각했다. 국상 기간이라 잔치를 벌이지 않고 국상이 끝나자마자 세검정에 수백 명의 소론 인사들이 모여 한바탕 잔치를 벌 였다. 그들이 기생들과 어울려 밤새도록 술을 마실 때 노론이 기습적 으로 연잉군을 왕세제로 책봉하게 한 것이다. 그들은 이에 머물지 않 고 조성복 등을 내세워 왕세제에게 대리청정을 하라는 영을 내리게 하 여 소론을 경악하게 만들었다. 경종은 이제 허수아비가 되었고 왕세제인 연잉군이 실질적인 권력을 휘두르게 된 것이다.

'방심하다가 당했다.'

조태구는 치를 떨면서 유봉휘를 찾아갔다. 유봉휘는 소론의 강경파였다.

"이제는 칼을 뽑을 때가 되었소. 피를 보지 않으려고 했는데 어쩔수가 없게 되었소."

조태구가 유봉휘에게 말했다.

"제가 앞장서겠습니다. 문제는 전하의 복심입니다."

유봉휘는 조태구가 찾아오자 각오하고 있었다는 듯이 단호하게 말했다.

"오늘 전하께 심유현을 보낼 테니 상소를 올리시오."

"예. 사람들을 모으겠습니다."

"상소에는 노론 사대신을 사흉(四凶)으로 거론해야 하오."

"사흉이라고요?"

"그렇소. 목숨을 걸지 않으면 우리가 모두 죽게 될 것이오."

조태구가 유봉휘의 손을 잡았다. 유봉휘는 가슴이 세차게 뛰는 것을 느꼈다.

"알겠습니다."

이튿날 유봉휘는 장문의 상소문을 올렸다.

"나라에서 저사를 세우는 일이 얼마나 중대한 일인데, 시임대신으로 한강 밖에 있었던 사람들은 까마득히 알지 못하였고 원로대신들 중 처음에 불러서 나가지 않은 사람은 재차 부르지도 않고서 졸급하고 바쁘게 굴면서 조금도 국체를 생각하는 마음이 없었으니, 신은 이것이 무슨 거조인지 알지 못하겠습니다. 삼가 청하건대 전하께서는 대신 이하의 죄과를 바로잡아 온 나라 사람에게 사과하시기 바랍니다."

유봉휘는 왕세제 책봉을 졸속으로 처리했다고 임금을 맹렬하게 비난했다. 노론은 이미 예상하고 있었던 일이라는 듯이 국청을 설치하여 유봉휘를 다스려야 한다고 주장했다. 그러나 잠자코 있을 소론이 아니었다. 조태구, 박필몽, 이명의, 이진유, 윤성시, 정해, 서종하 등이 일제히 상소를 올렸다.

"조성복이 앞에서 불쑥 나왔는데도 현륙(顯戮)하는 법을 아직 더하지 아니하였고, 사흉이 뒤에 방자하였는데도 목욕하고 토죄할 것을 청했다는 말을 아직 듣지 못하였습니다. 임금의 형세는 날로 외롭고 곤궁합니다. 어느 신하들인들 대궐 뜰에 엎드려 흉한 무리의 머리를 부수고 배를 갈라 간(肝)을 씹어 먹고 싶어하지 않겠습니까?"

조태구 등은 노론 대신 김창집과 이이명 등을 사흉이라고 몰아세워 노론과의 전면전을 선언했다. 조성복은 노론 강경파로 세제 연잉군의 대리청정을 청한 인물이었다.

"진언(進言)한 것을 내가 깊이 가납(嘉納)한다."

경종은 조태구 등의 상소에 기다렸다는 듯이 비망기를 내렸다. 아울러 내금위와 훈련도감에 명을 내려 군사들을 소집했다. 대궐에 갑자기 군사들이 들이닥쳐 경호를 하면서 긴장감이 감돌기 시작했다.

"조태구의 상소가 가리킨 뜻이 흉참(凶慘)하여 네 대신을 해치고자 하는 데 있을 뿐만이 아닙니다. 이 무리의 악역(惡逆)한 마음이 이르지 아니하는 곳이 없는데, 이제 조태구의 상소를 보니 그 마음을 둔 곳이 불을 보듯 분명합니다. 청컨대 간사한 싹을 끊어 없애고 엄중하게 처벌하여 나랏일을 바로 잡으소서."

노론 승지 조영복, 신사철, 이교악, 조명겸이 조태구 등을 처벌하라
고 경종에게 강력하게 요구했다.

"나의 천심(淺深)을 엿본다."

경종은 오히려 대노하여 노론 승지들을 꾸짖었다.

"승지들이 임금에게 충성하지 않고 노론에게 충성하는 것이냐?"

승지들의 얼굴이 하얗게 변했다. 경종의 이런 반응은 전례가 없는
일이었다.

"승지들을 모두 파직하라."

경종은 승지 네 명을 파직하고 삼사의 여러 신하까지 모두 삭출(削
黜)하라고 명을 내렸다. 이어 서소위장* 심필기를 가승지(假承旨)에 임
명했다. 경종은 군사를 동원하여 대궐과 사대문을 삼엄하게 에워싸게
했다. 노론 대신들은 사색이 되었다. 분위기가 심상치 않자 김창집, 이
이명, 조태채가 의금부 앞에 나가서 대명(待命)했다. 대명은 죄를 지은
사람이 처벌을 기다린다는 뜻이다.

"처음 길을 연 자는 역적 조성복이고 계속한 자는 사흉이나, 계획을
꾸민 것을 일조일석의 일이 아니었습니다. 김창집은 임금을 협박하고
위복(威福)을 마음대로 농락하였으며, 이이명은 정유년의 일을 획책했
습니다. 이건명은 이사명과 이이명의 동생으로 전하께서 하교를 거두
기를 청한 데 노여워하여 승정원을 공격하였고, 조태채는 환득환실(患
得患失)하는 비루한 사람으로 오직 이익만 좇아 마침내 삼흉(三凶)과

---

* 西所衛將. 대궐을 경비하는 무관.

더불어 뜻을 합하여 같은 곳으로 돌아갔습니다. 청컨대 김창집과 이이명, 이건명은 절도에 위리안치하고, 조태채는 먼 변방에 귀양 보내소서."

조태구 등은 노론의 사대신을 귀양 보내라고 요구했다. 경종은 기다렸다는 듯이 노론 사대신을 파직하고 귀양을 보냈다. 그것뿐이 아니었다. 노론의 육조판서들이 줄줄이 파직되고 사헌부와 사간원의 관리들도 파직되었다. 한양 도성은 훈련도감의 군사들이 곳곳에 배치되어 노론을 감시했다.

경종은 상소가 올라오자 하룻밤 사이에 정권을 갈아 치웠다. 노론 대신들은 천둥번개가 몰아치고 하늘과 땅이 뒤집히는 듯했다.

"주상께 병이 없고 도회*가 있다."

소론은 경종이 노론을 몰아내자 쾌재를 불렀다. 조정은 순식간에 소론 대신들로 채워졌다. 연잉군은 다시 위기에 빠졌다.

"노론의 숨통을 끊어버리지 않으면 우리가 보복을 당할 것이오."

조태구는 노론을 철저하게 응징하기로 결정했다. 그들은 노론을 역모로 고발했다.

"역적으로서 임금을 시해하려는 자가 있는데 혹은 칼로써 한다고 하고 혹은 독약으로 한다고 하며 또 폐출을 모의한다고 하니, 나라가 생긴 이래 없었던 역적입니다. 청컨대 급히 역적을 토벌하여 종사를 안정시키소서."

목호룡이 승정원에 역모를 고발했다. 목호룡의 고변서를 접수한 승

---

* 韜晦. 자신의 재능이나 학식 따위를 숨겨 감춤.

정원은 발칵 뒤집혔다. 승지 김치룡은 고변서를 들고 부들부들 떨면서 경종에게 고했다.

"역적을 모두 잡아들이라."

경종은 내병조*에 국청을 설치했다.

"저는 비록 미천하지만 왕실을 보존하는 데 뜻을 두었으므로, 흉적이 종사를 위태롭게 만들려고 모의하는 것을 눈으로 직접 보고는 호랑이 아가리에 미끼를 주어서 비밀을 캐낸 뒤 감히 이와 같이 고발합니다. 흉적은 정인중, 김용택, 이기지, 이희지, 심상길, 홍의인, 홍철인, 조흡, 김민택, 백망, 김성행, 오서종, 유경유입니다."

목호룡의 고변은 장황했다. 김창집의 아들 김용택이 연루되어 고변이 노론을 겨누고 있다는 것을 알 수 있었다. 역모가 노론과 연루되자 연잉군은 좌불안석이 되었다.

"김용택이 급수를 쓴다고 했는데 급수란 무엇인가?"

조태구가 목호룡을 추궁했다.

"전하를 시해하는 일입니다."

목호룡의 말에 국청이 일시에 술렁거렸다.

"음모에 가담한 나인들이 누구냐?"

"나인은 지열이고 환관은 장세상입니다."

"독약은 어떻게 쓰려고 했느냐?"

"은 오백 냥을 주고 중국에서 환약을 사왔는데 한 알만 먹어도 죽는 약입니다."

---

* 內兵曹. 병조에 딸린 궁궐의 관청, 대궐의 호위를 담당한다.

"그것이 전부냐?"

"김용택이 상궁 지열과 장세상과 결탁하여 교조(矯詔)를 초(草)하여 국상 때 내리려고 하였는데, 그 조서를 많이 기억하지는 못하나, 첫머리에, '불곡첨위(不穀忝位)' 등의 글자가 있었고, 중간에는 '세자를 폐위시켜 덕양군(德讓君)으로 삼는다[廢世子某爲德讓君]'는 말이 있었습니다."

"그럼 세 가지 방법을 동원하여 전하를 해치려고 했느냐?"

"그렇습니다. 세 가지 방법이라고 하는 것은 이른바 삼급수(三急手)를 일컫는 것입니다."

"삼급수의 종류가 어떠한 것이냐?"

조태구가 취조를 하면서 물었다.

"첫째는 대급수(大急手)로 칼로 시해하는 것이고, 둘째는 소급수(小急手)로 독약으로 시해하는 것이고, 셋째는 평지수(平地手)로 모해하여 폐출하는 것입니다."

목호룡의 고변에서 임금을 시해하려고 했다는 주장이 제기되자 조정은 발칵 뒤집혔다. 조태구는 역모에 연루된 자들을 가혹하게 조사하여 연잉군까지 연루시켰다. 소론은 연루자들을 사형시키라고 주장하면서 노론 강경파를 대대적으로 공격했다. 이이명을 비롯하여 김창집 등 귀양 가 있던 사대신에게 사약이 내려졌다.

노론 대신들은 숨을 죽였다.

* * *

'연잉군의 목숨이 위험하다.'

김체건은 바짝 긴장하여 연잉군을 그림자처럼 따라다녔다.

"연잉군을 모함하는 자는 선왕을 독살한 자와 같다."

대비가 대신들을 불러놓고 선언했다. 대비의 강경한 선언에 소론 강경파는 연잉군을 공격하지 못하고 그를 둘러싼 노론 강경파만 공격할 수밖에 없었다.

국청이 끝나자 대비가 강령전에서 김체건을 불렀다. 김체건은 대비전에 들어가 부복했다.

"서광표를 죽이라."

대비가 발 사이로 김체건에게 영을 내렸다.

"대비마마, 감히 여쭙겠습니다. 어찌하여 서광표를 죽이라고 하시는 것입니까?"

김체건이 머리를 조아리고 물었다.

"서광표는 선왕을 시해했다."

김체건은 머리카락이 일제히 곤추서는 것 같았다.

"대비마마, 당치 않은 말씀입니다. 대궐에는 대내시위가 있습니다. 대궐에 자객이 들었다는 말을 들은 일이 없습니다."

"선왕을 시해할 때 칼로 시해했겠느냐? 춘란이라는 계집을 시켜 독을 썼다."

대비의 목소리가 전각을 쩌렁쩌렁 울렸다. 김체건은 서광표가 입버릇처럼 떠들던 말이 떠올랐다. 서광표는 남검의 제일고수가 된 뒤에 자신의 꿈을 실현하려고 했다. 그런데 춘란을 시켜 선왕을 독살했다는 사실이 믿어지지 않았다.

"배후가 누구입니까?"

"배후는 내가 처리할 것이다. 북검 무사 김체건은 서광표를 죽이라."

김체건은 선뜻 대답을 하지 않았다. 차마 서광표를 죽이겠다는 대답을 할 수 없었다.

"명을 받으라."

대비가 눈을 부릅뜨고 언성을 높였다. 김체건은 눈을 질끈 감았다.

"명을 받으라고 하지 않느냐?"

"명을 받들겠습니다."

김체건은 머리를 조아리고 대비전인 강령전에서 물러나왔다.

'이것이 운명인가?'

김체건은 대궐을 나오면서 하늘을 쳐다보았다. 청파천에 있는 집으로 돌아오는데 걸음이 비틀거렸다.

'이 일을 어떻게 해야 하는가?'

김체건은 만리재에 이르자 하늘에 걸린 달을 쳐다보았다. 휘영청 밝은 달이 온 누리에 교교한 빛을 뿌리고 있었다.

'좀 더 일찍 한양을 떠났어야 했는데……'

한양을 떠나지 못해 서광표를 향해 칼을 들어야 한다고 생각하자 비감했다.

* * *

달빛이 온 누리를 하얗게 비추고 있었다. 서광표는 무엇에 홀린 듯이 달빛을 밟으면서 걸었다. 달빛은 희다 못해 푸른빛이었다. 푸른 광망이 만호장안 한양을 가득 덮고 있었다. 문득 걸음을 멈췄다. 사방이 물속처럼 조용한 가운데 어디선가 희미하게 북소리가 들리고 있었다.

'이인좌는 어떻게 하든지 보호해야 돼.'

서광표는 혼잣말처럼 중얼거리면서 칼을 뽑아 들었다. 오래간만에 뽑아 드는 칼이었다. 칼을 뽑아 허공을 향해 겨누고 혼을 주입했다. 검과 몸이 하나가 되는 경지…… 검신합일을 이루고…… 정신일도하사불성…… 정신을 하나로 모았다.

서광표는 달빛을 타고 춤을 추기 시작했다. 어릴 때부터 검과 함께 살아온 그였다. 이제는 검으로 살아온 생애를 접어야 한다고 생각하자 가슴 깊은 곳에서 한자락 슬픔이 솟아올랐다. 그러나 슬픔도 한도 바람에 실어 떠나보내야 한다. 그는 달빛이 되고 바람이 되었다. 칼이 되고 달빛이 되어 너울너울 춤을 추었다. 슬픔도 없고 눈물도 없었다. 한바탕의 칼춤, 해원(解寃)은 끝났다. 그의 칼춤은 한을 풀어버리는 의식이었다.

춘란을 살해한 것은 박상검이 눈치를 챘기 때문이었다. 그러나 그를 쫓는 박상검은 집요했다. 춘란을 이용해 권력을 잡으려는 그의 계획은 실패했다. 그는 천민이 주인이 되는 세상을 만들기 위해 새로운 계획을 세웠다. 그것은 이인좌를 동원하여 반란을 일으키는 것이었다. 이인좌는 천민이 주인이 되는 세상을 만들겠다고 약속했다.

'이인좌에게 후일을 부탁할 수밖에 없어.'

서광표는 그날 밤 오랫동안 잠을 이루지 못했다.

이튿날은 날이 화창했다. 서광표는 누나 애숙에게 찾아가서 하릴없이 이야기를 나누었다. 애숙을 보는 것이 마지막이라고 생각하자 그녀가 한없이 애잔해 보였다. 그러나 내색을 하지 않고 웃고 떠들며 아침나절을 보냈다. 김체건은 묵묵히 그의 아들에게 글을 가르치고 있었다. 청파천 옛집이었다. 문을 열자 벼들이 누렇게 고개를 숙인 들녘이 내다보이고 우쭐대며 흐르는 강이 내다보였다. 강물에는 고깃배가 여러 척 떠 있고 한가하게 갈매기가 날고 있었다. 김체건에게는 어떤 감정도 없었다. 그는 김체건이 누나 애숙과 함께 안락하게 지내기를 바랐다.

"해질녘에 제천정 건너 갈대숲으로 오라."

서광표는 김체건에게 낮게 말했다.

"조용히 떠나면 안 되겠나?"

김체건이 어두운 표정으로 물었다.

"내가 떠나면…… 내 꿈은 이루어지지 않는다."

서광표는 시린 눈빛으로 한강을 응시했다. 김체건이 그와 함께하기를 바랐으나 그는 혁명을 거부하고 있었다. 서광표는 김체건과 헤어지자 이천의 천둥고개로 말을 달렸다. 이미 연락을 받은 이인좌는 청주에서 올라와 주막에 머물고 있었다. 서광표는 이인좌의 손을 잡고 상황을 설명했다. 그는 떠나지만 대업을 이인좌에게 맡기겠다고 말했다.

"대비께서 우리의 대업을 눈치챘습니까?"

이인좌가 착잡한 표정으로 서광표를 응시했다.

"그대가 군사를 습진시키는 것은 모르고 있소."

"그렇다면 도피하면 되지 않습니까?"

"내가 도피하면 그들의 추적이 더욱 심해질 것입니다. 결국 청주 군사들이 발각될 것입니다. 청주의 군사는 아직 준비가 되지 않았습니까?"

"그렇습니다. 아직 준비가 되지 않았습니다."

이인좌가 슬픔에 잠긴 눈으로 서광표를 응시했다.

"이만 작별하겠습니다."

서광표는 이인좌와 작별하면서 그에게 마지막 군자금을 전달했다.

'내가 죽더라도 세상이 바뀌어야 한다.'

서광표는 제천정을 향해 말을 달리기 시작했다.

'스스로 죽으려고 하는구나.'

이인좌는 서광표가 멀어지는 것을 보면서 가슴이 까맣게 타들어가는 것 같았다. 서광표는 임진남과 임도혁이 죽고 남검을 장악하자 군사를 양성하기 위해 이인좌에게 자금을 지원해왔다.

"이랴!"

서광표는 빠르게 말을 달렸다. 최종렬은 곤지암에서 기다리고 있었다. 서광표는 말에서 내려 최종렬에게 다가갔다. 이미 사방에 땅거미가 짙게 내리고 있었다.

"사람들을 모았는가?"

"모았습니다. 한데 이렇게까지 해야 합니까?"

최종렬이 불만스러운 목소리로 물었다.

"정의로운 세상을 위한 것이다."

"이인좌가 그만한 일을 할 수 있습니까?"

"믿어야 한다."

"그는 양반이 아닙니까?"

"양반 모두와 적이 될 수는 없다. 얼마나 준비를 했는가?"

"창을 잘 쓰는 무사 다섯 명…… 쌍검녀…… 궁수 오십 명…… 그리고 얼굴이 알려지지 않은 남검의 무사들입니다."

서광표는 그 정도면 충분하다고 생각했다. 그는 다시 제천정을 향해 빠르게 말을 달리기 시작했다.

* * *

김체건은 청파동에서 나와 제천정을 향해 말을 달렸다. 서광표는 언제나 정의로운 세상을 만들겠다고 했었다. 그가 원하는 세상을 위해 경종과 손을 잡았고 월이를 살해했다. 그런데 그가 선왕을 살해했다고 대비가 말하고 있었다. 배후가 누구인지 말하지 않으나 경종일 것이라고 생각했다.

'월이를 위해서도 서광표를 죽여야 한다.'

김체건은 주먹을 쥐었으나 애숙의 얼굴이 떠올랐다. 서광표를 죽이면 애숙은 통곡하고 울 것이다. 그러나 운명이라고 생각했다.

"이랴!"

김체건은 제천정을 향해 더욱 빠르게 말을 달렸다. 제천정에는 달이 떠오르기 시작했다. 달빛이 하얗게 쏟아져 강물이 은빛으로 출렁이면서 흘러가고 있었다. 김체건은 제천정 앞에서 배를 타고 강을 건넜다.

'이것이 우리의 운명인가?'

김체건은 강을 건너자 갈대숲으로 걸어 들어갔다. 서광표는 어디에 있는지 보이지 않았다. 김체건은 갈대숲 깊이 들어가자 걸음을 멈추고 청풍검을 뽑아 들었다.

바람이 불었다. 공기가 바람에 펄럭이고 달빛이 춤을 추었다. 김체건은 청풍검을 허공에 겨누고 눈을 감았다. 갈대숲이 일제히 바람에 나부꼈다. 김체건은 본국검의 지검대적세를 취했다. 바람에 나부끼는 갈대숲에서 살기가 느껴졌다.

"죽어랏!"

그때 등 뒤에서 날카로운 고함이 들렸다. 그와 함께 김체건의 등 뒤에서 허공을 가르는 바람 소리가 들렸다.

"기습……."

김체건은 깜짝 놀라 허공으로 몸을 솟구쳤다. 등 뒤에 있던 사내들이 일제히 날아올라 김체건을 창으로 찔러왔다. 창날이 매서운 파공성을 일으키면서 김체건을 공격했다. 김체건은 허공에서 창을 휘두르는 자들을 내리쳤다. 백광이 허공을 휩쓸면서 창날이 일제히 튕겨져 나갔다. 단말마의 비명이 터져 나왔다. 창을 휘두르던 사내들이 처절한 비명을 지르면서 나뒹굴었다.

'무서운 놈…….'

서광표는 몸을 부르르 떨었다. 김체건에게 창을 휘두르는 자들은 모두 다섯이었다. 그들은 벌떡 일어나서 다시 빠르게 달려들었다. 앞과 뒤, 위에서 맹렬하게 창을 찔러왔다.

"창룡귀동세……."

김체건은 사방에서 찔러오는 창날을 피해 허공으로 솟아올랐다. 그러자 그를 향해 창날이 일제히 솟구쳤다. 김체건은 팽이처럼 몸을 회전하여 검을 휘둘렀다. 창 다섯 개가 한꺼번에 두 동강이 났다. 창술을 펼치던 사내들이 깜짝 놀라 분분히 물러섰다.

"비켜라."

김체건은 사내들을 싸늘한 눈으로 쏘아보았다. 사내들이 사색이 되어 물러섰다.

김체건은 갈대숲을 헤치고 앞으로 나갔다. 그가 불과 오십 보도 걷지 않았을 때였다. 갈대숲에서 한 무리의 사내들이 일어났다. 그들은 활시위에 화살을 먹이고 있었다.

'궁수들⋯⋯.'

김체건은 전신이 팽팽하게 긴장되는 것을 느꼈다. 궁수들이 시위를 놓자 수십 개의 화살이 그를 향해 날아왔다.

'빠르다. 빛처럼⋯⋯.'

김체건은 재빨리 공중으로 날아올랐다. 수십 개의 화살이 발밑으로 지나가고 수십 개의 화살이 허공으로 솟아오른 그를 향해 날아왔다. 그가 허공으로 솟아오를 것을 예측하여 쏜 것이다. 그는 허공에서 검을 휘둘러 화살을 튕겨 내면서 궁수들을 향해 날아갔다.

"상골분익세⋯⋯."

김체건은 낭랑하게 외치면서 궁수들에게 검을 휘둘렀다. 궁수들이 처절한 비명을 지르면서 나뒹굴었다.

'오십 명의 궁수들도 놈을 막지 못하는구나.'

서광표는 궁수들이 갈대숲에서 나뒹구는 것을 보고 탄식했다.

김체건은 다시 앞으로 나가기 시작했다. 그때 갈대숲에서 흰 새가 날아오르듯이 두 개의 백의 인영이 허공으로 솟구쳤다.

'쌍검녀.'

김체건은 백의 인영을 보자 걸음을 멈칫했다. 쌍검녀는 거의 활동을 하지 않았으나 한 번씩 나타날 때마다 무수한 화제를 뿌렸었다. 그리고 그녀들은 나타날 때마다 무예가 더욱 고강해져 있었다. 그런데 그녀들이 십년 만에 다시 모습을 나타낸 것이다.

'십년 동안 무예만 연마했다면 최고의 경지에 이르렀을 것이다.'

김체건은 쌍검녀를 조용히 응시했다. 그녀들은 나비처럼 갈대숲 위로 날아오르고 있었다.

'아름답구나.'

김체건은 홀린 듯이 그녀들을 살폈다. 그녀들은 마치 허공에서 춤을 추듯이 그에게 날아왔다.

'위험하다.'

김체건은 정신이 번쩍 들었다. 쌍검녀들이 가까이 오면서 매서운 살기가 뻗친 것이다. 김체건은 갈대를 검으로 쳐서 허공으로 날렸다. 쌍검녀는 옷자락을 펄럭이면서 검을 뻗어왔다. 그녀들의 검세는 느린 듯하면서도 날카로웠다.

'만지낙화세……'

김체건은 몸을 회전하면서 빠르게 만지낙화세를 펼쳤다. 갈댓잎이 자욱하게 허공으로 솟구치면서 회오리바람이 불었다. 쌍검녀는 좌우에서 회오리바람으로 진입했다. 그러나 그녀들이 갈댓잎 속으로 뛰어들었을 때 무서운 반탄력이 밀어내면서 눈앞에서 백광이 번쩍했다.

'이, 이렇게 빠르다니…….'

쌍검녀들은 도저히 피할 수 없다고 생각하여 가슴이 철렁했다. 그러나 백광은 그녀들의 눈앞을 아슬아슬하게 지나갔을 뿐이었다. 쌍검녀는 결정적인 순간에 김체건이 검을 거두었다는 사실을 깨달았다. 자욱하게 휘몰아치던 회오리바람이 그치고 쌍검녀들이 갈대숲으로 떨어졌다. 그녀들은 경이로운 눈으로 김체건을 보고 있었다.

"목숨을 살려주어 고맙습니다."

쌍검녀가 그를 바라보다가 몸을 날렸다. 그들은 순식간에 갈대숲 저편으로 사라졌다.

'쌍검녀까지 패했구나.'

서광표는 음산하게 미소를 지었다. 이제는 김체건과 일전을 겨루어야 한다. 김체건과는 목숨을 걸지 않고서도 무예 대결을 하고 싶었었다. 그러나 이제는 목숨을 걸어야 한다. 어쩌면 죽을지도 모르는데 이상하게 마음이 편안했다.

서광표는 고색창연한 검을 뽑았다. 선왕이 하사한 월영검이었다. 달 그림자라는 뜻이다. 검을 뽑자 금속의 서늘한 기운이 느껴졌다.

* * *

서광표는 김체건을 조용히 쏘아보았다.

김체건이 갈대숲을 헤치면서 그를 향해 날아오고 있었다. 십리평이라고 불리는 제천정 앞의 드넓은 갈대숲이었다. 갈대숲 위로 날아오르던 김체건이 검을 일직선으로 뻗었다. 서광표는 분분히 뒤로 물러섰다. 김체건의 칼날이 허공에서 백광을 그리면서 쇄도해왔다. 서광표는 왼쪽 발을 앞으로 내딛고 오른쪽 발을 뒤로 내디뎠다.

상골분익세, 허공에서 그의 머리를 향해 내리쳐오는 김체건의 검을 힘껏 받아쳤다. 그러자 맹렬한 금속성이 일어나면서 손목이 시큰했다. 김체건의 검은 바람처럼 부드러운데도 검과 검이 부딪치면 산악과 같은 압력이 느껴졌다. 그러나 김체건은 허공으로 튕겨져 나가고 있었다. 김체건의 팔이 피로 흥건하게 젖어 있는 것은 부상을 당했기 때문이다.

잠시 대치가 계속되었다. 서광표는 가쁜 호흡을 진정시키기 시작했다. 검객의 기는 눈에서 나온다고 했던가. 김체건의 눈은 무심할 정도로 조용했다. 서광표는 김체건을 향해 갈대숲을 달리기 시작했다.

'아!'

김체건은 서광표가 달려오는 것을 보고 깜짝 놀랐다. 서광표의 발이 점점 빨라지더니 갈대 위로 떠오르고 있었다.

'용행검법이구나.'

김체건은 전신이 팽팽하게 긴장되는 것을 느꼈다. 용행검법은 가공할 위력을 가지고 있었다. 김체건은 뒤로 빠르게 물러나기 시작했다.

"얏!"

김체건이 땅을 박차고 허공으로 솟아오르면서 그의 몸이 빠르게 회전하기 시작했다. 두 개의 검이 허공에서 부딪치면서 불꽃을 일으켰다. 김체건은 서광표의 맹렬한 공격을 받아쳤다. 서광표는 상단과 하단을 맹렬하게 공격하는가 하면 몸을 뒤집어 등을 공격하기도 했다.

'김체건의 검술은 이미 선(仙)의 경지에 이르렀구나.'

서광표는 검을 쥔 손에 힘을 주었다.

"상골분익세."

김체건이 허공에서 외쳤다. 무시무시한 검기가 그의 머리를 향해 쇄도해왔다.

'이때다.'

서광표는 빠르게 몸을 회전시키면서 뒤로 찔렀다. 회심의 일격을 가한 것이다.

"앗!"

김체건의 다급한 외침이 들렸다. 서광표는 그대로 검을 내리쳤다.

사아악!

날카로운 검기가 허공을 베고 김체건을 향해 쇄도해왔다. 김체건이 당황하여 뒤로 튕겨져 나갔다.

'서광표의 검술은 과연 무섭구나.'

김체건은 왼쪽 어깨가 욱신거리는 것을 느꼈다. 서광표의 검이 그의 어깨를 벤 것이다. 어깨를 내주지 않았다면 얼굴을 베었을 것이다. 김체건은 바람처럼 몸을 움직이기 시작했다. 서광표의 칼날이 빠르게 쇄도했다. 김체건의 몸이 춤을 추듯이, 갈대가 나부끼듯이 흐느적거렸다. 김체건은 교묘하게 서광표의 칼을 피하고 있었다. 서광표의 검세는 매서웠다. 피 냄새가 역하게 풍기는 것 같았다. 오랫동안 살인을 저질러온 검이었다. 검에는 피 냄새가 배어 있고, 원한이 사무쳐 있었다.

'아!'

김체건을 베고 찌르던 서광표는 깜짝 놀랐다. 김체건의 몸이 회전하여 허공으로 솟아오르면서 갈대 잎사귀들도 일제히 솟구쳤다.

'만지낙화세…….'

김체건이 검세를 펼쳤다. 천지사방에 갈댓잎이 자욱하게 떨어지면서 공기가 싸늘하게 얼어붙었다. 사람은 보이지 않고 허공에 갈댓잎만 자욱하게 회오리쳤다.

미풍이 분다. 실낱같은 바람이 냉기와 함께 불어온다.

'앗!'

서광표는 주르르 밀려났다. 실낱같은 바람이라고 생각했던 것이 칼끝이었다. 가슴에서 피가 솟구쳤다.

'언제 가슴을 찔렀는가?'

서광표는 자신의 눈을 의심했다. 허공에 자욱하게 날리던 갈댓잎이 우수수 떨어졌다. 그리고 그곳에 김체건이 천신처럼 우뚝 서 있었다. 서광표는 털썩 무릎을 꿇었다.

'미안하다, 체건아…….'

그는 김체건을 향해 눈으로 말했다.

'나는 죽지만 내 뜻을 이을 자들은 청주에서 습진을 하고 있어. 때가 오면 그들이 정의의 검을 들 것이다.'

눈앞이 점점 흐릿해져왔다. 가슴에서 뜨거운 것이 콸콸대고 흘러내리고 있었다. 김체건이 서광표의 앞에 무릎을 꿇고 앉았다. 김체건의 눈에서 눈물이 주르르 흘러내리고 있었다.

'울지 마라. 우리 운명일 뿐이었어.'

서광표는 희미하게 웃다가 눈을 감았다.

멀리서 철썩이는 강파도 소리가 들렸다. 갈대숲에는 달빛이 하얗게 쏟아져 내리고 있었다.

김체건은 무릎을 꿇고 앉아 서광표의 시신을 오랫동안 내려다보았다. 이렇게 죽으려고 발버둥을 치듯이 세상을 살아왔다는 말인가. 김체건은 서광표의 스산한 삶이 주마등처럼 뇌리를 스쳐와 가슴이 타는 것 같았다.

서광표는 점점 얼굴이 창백하게 변하고 있었다. 아아, 길지 않은 서광표의 생애에 행복한 날이 있었던가. 단 하루도 행복한 날을 보내지 못한 서광표의 얼굴에도 달빛이 하얗게 쏟아졌다.

서광표와 어릴 때부터 마포나루 일대를 뛰어다니면서 놀았다. 여름에는 함께 멱을 감고 가을에는 메뚜기를 잡았다. 형이 죽고 어머니가 행방불명이 된 뒤에는 서광표의 집에서 같이 지냈다. 그러나 가혹한 운명으로 그들은 북검과 남검이 되어 등을 돌렸다.

'아아, 결국 이렇게 되려고 검술을 배운 것인가.'

김체건은 서광표의 시신을 내려다보면서 하염없이 슬픔에 잠겼다. 서광표는 남루한 천민의 삶에 환멸을 느끼고 어머니와 아버지를 죽인 양반을 증오했다. 양반이 없는 세상, 천민이 주인이 되는 세상을 만들고 싶어했다. 그러나 그러한 세상은 결코 오지 않을 것이다.

'가자.'

김체건은 서광표를 안고 마포나루를 향해 걸어갔다.

'너를 묻고 나도 떠날 것이다.'

김체건의 눈에서는 하염없이 눈물이 흘러내렸다.

* * *

연잉군은 환취정을 물끄러미 응시했다. 경종의 임종이 임박해 있었다. 날씨는 음산했다. 바람이 불고 나뭇잎이 떨어져 뒹굴었다.

'참으로 먼 길을 돌아왔구나.'

연잉군은 환취정을 보면서 비감한 생각을 떨쳐버릴 수가 없었다. 김체건은 서광표를 한강의 마포나루가 내려다보이는 언덕에 매장한 뒤에 떠났다. 그는 서광표를 죽였으나 깊은 슬픔에 잠겨 있었다.

"사람들이 도적이 되는 것은 먹고살 수가 없기 때문입니다. 도적이 되지 않게 하는 것이 중요합니다."

김체건이 떠나면서 연잉군에게 당부한 말이었다.

"내가 반드시 등 따숩고 배부른 세상을 만들 것이네."

연잉군이 비장한 표정으로 말했다. 등 따숩고 배부른 세상은 동양의 태평성대라는 요순시대를 말하는 것이다.

"내가 자네를 위해 무엇을 하면 되겠나?"

"저를 위하여 아무것도 하실 필요가 없습니다. 서광표는 정의의 검이 되려고 했습니다. 정의의 검이 일어나지 않도록 하시면 됩니다."

연잉군은 김체건의 말을 가슴에 깊이 새겼다. 김체건은 아들 노미와 부인을 데리고 떠났다.

'착한 일을 하는 것을 최고의 즐거움으로 삼으리라. 그것이 위선최락이지…….'

연잉군은 입술을 지그시 깨물었다.

경종은 한가위를 지나면서 병이 악화되었다. 그는 기운이 약해지고 수라를 멀리했다. 이에 수라간에서 게장을 올렸다. 게장은 가을철이 별미였기 때문에 경종이 수라를 들 수 있을 것이라고 생각한 것이다. 경종은 수라에 게장이 올라오자 식사를 많이 하여 궁중에서 시중을 드는 모든 사람이 기뻐했다. 그러나 경종은 식사를 많이 한 탓인지 배와 가슴이 아프다고 호소했다.

임금이 위태로워지자 조정은 비상이 걸렸다. 연잉군은 장붕익을 시켜 각 군영을 장악했다.

경종은 밤이 되자 병이 더욱 악화되어 의식을 잃었다. 내의원에서 진맥하고 인삼차를 올렸다. 연잉군은 침상에 누워 있는 경종의 초췌한 안색을 살폈다. 경종은 생사의 경계를 넘나들고 있었다.

환취정 밖으로는 비와 눈이 내리고 있었다.

팔월 이십오일이었다. 밤에 유성이 길게 꼬리를 물고 떨어졌다. 경종은 축각*에 환취정에서 승하했다. 연잉군은 머리를 풀어헤치고 곡을 했다.

연잉군은 경종이 승하한 지 육일이 지나서야 창덕궁 인정전에서 즉위했다. 대비 김씨를 높여 왕대비로, 왕비 어씨를 대비로, 빈(嬪) 서씨를 왕비로 삼고, 교서를 반포했다.

"왕은 말하노라. 하늘이 어찌 차마 이런 재앙을 내리는가? 거듭 큰 상(喪)을 만났는데, 나라에는 하루도 임금이 없으면 안 되므로 억지로

---

* 丑刻. 새벽 세 시.

군하(群下)의 청을 따랐노라. 돌이켜보건대, 양전께서 특별히 간곡하게 권유하시니, 감히 초지(初志)를 고집할 수 있겠는가? 윤리로는 형제이고 의리로는 부자이니, 진실로 애통함이 끝이 없다. 높은 지위에 오르니 두려움이 마음을 놀라게 하고, 성대한 의식을 보니 끊임없이 눈물만 흐른다. 정치는 시작을 잘해야 한다. 허물과 수치를 깨끗이 씻어내기 위하여, 이달 삼십일 새벽 이전부터 잡범으로서 죽을죄 이하는 모두 사면하고, 관직이 있는 자는 각각 한 자급(資級)을 올려주라."

연잉군은 용상에 앉아 교서를 반포하고 조선의 제21대 국왕이 되었다.

* * *

여러 해가 지났다. 대마도의 도주가 조정에 특산물을 바치기 위해 한양으로 올라와 머물고 있었는데 그를 호종하는 왜인 무사가 숙종 때 아버지가 조선검에게 패했는데 치욕을 갚고자 조선 무사와 승부를 결하고 싶다고 양화진 앞 백사장에서 선언했다. 조선의 여러 무사들이 도전했으나 모두 패했다. 양화진 백사장은 왜인 무사를 구경하려는 사람들이 구름처럼 모여들었다.

"조선검은 일본검의 하수(下手)다."

왜인 무사가 오만하게 말하면서 도전할 자가 있으면 나오라고 소리를 질렀다. 양화진에는 눈보라가 자욱하게 몰아치고 있었다. 그때 눈보라 사이로 푸른 옷을 입은 한 노인이 나타났다. 그는 만장한 사람들이 지켜보는 가운데 왜인 무사에게 자신을 베라고 말했다.

"내가 어찌 노인을 베겠소?"

왜인은 노인을 상대하지 않으려고 했다. 노인의 머리와 어깨에도 눈이 자욱하게 내리고 있었다.

"나는 김체건이다."

"김체건이 언제 때 사람인데 아직도 살아 있겠소?"

"나는 아흔넷이 되었고 너의 아비는 일본 마사야노 평원에서 나의 검에 목이 베여 죽지 않았는가? 광검 테라오 마고노조……."

노인의 말이 채 끝나기도 전에 왜인이 전신을 부르르 떨었다.

"김체건, 너를 죽이겠다."

왜인은 허공으로 솟아올라 왜검으로 노인을 내리쳤다. 노인은 몸을 가볍게 흔들면서 지팡이를 슬쩍 휘저었다. 그러자 왜인이 처절한 비명을 지르면서 나뒹굴었다. 그의 지팡이가 어떻게 왜인을 베었는지 아무도 본 사람이 없었다. 그가 몇 번 발을 움직이자 몸이 허공으로 솟아올랐고 이어 옷자락이 펄럭였다.

'아…….'

군중들이 모두 놀라서 입을 벌리고 탄성을 내뱉었다. 왜인 무사를 쓰러뜨린 노인이 몸을 날려 강물 위를 걸어가고 있었다.

"김체건이 신선이 되었다."

사람들은 강물 위를 걸어가는 노인을 보고 소리를 질렀다. 그러나 노인은 순식간에 강을 건너 아득한 눈보라 사이로 사라져 보이지 않았다. 김체건에 대한 이야기는 한동안 한양 장안을 떠들썩하게 만들었다. 사람들이 김체건에 대하여 말을 하기 시작한 것은 또다시 몇 해가 지나서의 일이었다.

"내가 지리산에서 김체건을 보았소."

마포나루에 있는 선술집에서 한 약초꾼이 자랑스럽게 말했다. 사람들이 술을 마시고 기인과 이인에 대해서 떠들썩하게 이야기를 하고 있었다.

"김체건이 지리산에서 무엇을 했소?"

"신선술을 하고 있었소. 어떤 때는 하루에 한 끼만 먹고 어떤 때는 열흘 동안 아무것도 먹지 않았소."

"그럼 아직도 지리산에 있소?"

"아니오. 몇 년 전에 장백산으로 떠났소."

"그럼 그 사람이 김체건인가?"

장백산에서 왔다는 포수가 술을 마시면서 말했다.

"어떤 사람인데?"

"내가 일년 전에 장백산에서 호랑이 사냥을 하러 들어갔는데 아이처럼 생긴 노인이 동굴에서 생식을 하면서 지내고 있었소. 검술과 경신의 술법을 연마했소. 서울에서 풍악*까지 사백 리를 가는데 짚신 한 켤레로 세 번을 왕복해도 신이 닳지 않았다고 하오. 능히 태식**을 하며 겨울철에도 갈의 한 겹으로 지내면서 나이 아흔이 넘었어도 얼굴이 어린아이 같았소."

김체건에 대한 이야기가 전설처럼 사람들에게 퍼지고 있었다.

"그럼 장백산에 가야 김체건을 만나겠군."

"아니오. 그 사람은 병신년에 강화 마니산에 있겠다고 했소."

---

* 금강산.
** 도가에서 행하던 호흡법의 하나.

"병신년이면 올해가 아니오?"

약초꾼과 포수의 이야기를 중년으로 보이는 사내와 열살 정도밖에 되지 않는 소년이 듣고 있었다.

"스승님, 이제 강화로 가야겠군요."

소년이 사내에게 낮게 말했다.

"그래. 아버님께서 병신년 구월 구일에 마니산에 있겠다고 했으니 서두르자."

사내가 시린 눈빛으로 잿빛 하늘을 쳐다보면서 말했다. 그들은 검선 김체건의 아들 김광택과 그의 제자 백동수였다.

"김 신선 말씀이군요. 마니산 참성단에 계십니다."

김광택과 백동수가 마니산 정수사에 도착했을 때 주지스님이 합장을 하고 말했다.

"참성단이오?"

"그렇습니다. 어제 올라갔을 때 오늘 입정하실 것이라고 했습니다."

김광택과 백동수는 마니산 참성단으로 올라갔다. 그러나 그들이 도착했을 때 참성단에는 얇은 갈의 한 벌이 놓여 있고, 고색창연한 고검 한 자루가 땅에 꽂혀 있었다.

'아버님이 시해*의 경지에 이르셨구나.'

김광택은 고검을 향해 무릎을 꿇고 절을 했다.

---

* 屍解. 실제로는 도를 깨달아 신선이 되어 하늘로 올라가고, 시체를 검으로 보이게 하는 술법.

조선의 무인을 기다리며

조선은 유학을 숭상하면서 문을 우대하고 무를 천시했다. 그러나 세종 때까지는 선비들이라도 칼을 갖고 다녔다. 『세종실록』을 보면 문관들이 칼을 차는 것을 꺼려 하인이나 종에게 들고 다니게 한다고 질책하는 대목이 나온다. 세종시대 이후 우리의 전통무예가 사라져 고조선과 발해의 전통적인 상무 정신, 호쾌한 남성의 기상은 실종되었다. 발해의 남자 셋이 모이면 호랑이를 잡는다고 했으나 조선의 사대부들은 셋만 모여도 기생을 불러 술을 마시면서 시를 지었다. 조선의 무인은 사회적으로 홀대를 받아 기록에서조차 찾아보기 어렵다. 중국의 소림사나 무당파와 같은 무협, 일본의 사무라이 같은 무예가 없다. 우리의 전통 무예가 실전되면서 조선 무인들의 이야기도 사라졌다. 우리는 드라마나 영화에서 수많은 사극을 보고 있지만 그 많은 사극들 중에서 조선의 전통 무예를 다룬 드라마나 영화는 몇이나 될까?

이 소설은 사회적인 홀대 속에서도 오로지 무예에 목숨을 건 조선 제일검 김체건의 삶과 사랑에 대한 이야기다. 김체건은 조선의 무인들 중에 가장 높이 우뚝 솟아 있는 사람이다. 그는 검선으로 불렸으나 기록도 온전하게 남아 있지 않다. 김체건의 기록은 『무예도보통지』와 유본학의 『김광택전』에 아들과 함께 단편적으로 전하는데 그 기록을 발췌해본다.

김광택은 한양 사람으로 그 아버지 김체건은 느슨한 것을 싫어했다.

숙종 때 훈련도감의 군사훈련을 시키면서 검술이 섬나라 오랑캐만 한 것이 없다고 하여 군사의 장교에게 왜검을 배워오라는 명을 내렸다. 왜의 검법은 일본의 비밀이라 배우는 것이 불가능했으나 김체건이 자원하여 동래 왜관에 잠입하여 품을 파는 노비가 되었다.

일본에는 신기에 가까운 검술이 있었으나 비밀이었기 때문에 이웃나라 사람들은 보고 배울 수가 없었다. 김체건은 그들이 검술을 연마하는 것을 땅속에 움을 파고 숨어서 살핀 뒤에 배웠다. 수년이 지나자 왜검을 다 배워 더 배울 것이 없었다.

숙종의 어전에서 시연을 했는데 현란하기가 끝이 없어 사람들이 탄복했다. 땅에 재를 뿌린 뒤에 맨발로 엄지발가락을 이용하여 나는 듯이 칼을 휘둘렀는데 가히 신의 경지에 이르렀다. 재에는 발자국이 남지 않아 흡사 가벼운 깃털 같았다. 임금이 그의 재주를 기이하게 여겨 훈련도감의 교관에 임명했다. 조선에서 군사들이 연마하는 왜검은 김체건으로 말미암아 비롯된 것이다.

그는 태식을 하며 겨울에도 홑옷 한 겹으로 지냈다.

나이 팔십에도 얼굴이 어린아이 같은 동안이었고, 죽는 날에야 사람들은 시해한 것이라는 사실을 알았다.

김체건이 칠팔 세였을 때 관청의 현판을 따라 글을 쓰니, 큰 글씨는 화려하여 예스럽고 사랑할 만했다. 검술이 신의 경지에 이르러 만지낙화세를 펼치면 몸이 보이지 않았다.

이는 검선지류(劍仙之類)가 아닌가?

기록에 의하면 김체건의 검술은 검신의 경지에 이르렀고 말년에는 검신의 경지를 넘어 검선이 되었다는 것이다. 칠팔 세에 관청 현판의 글을 따라 썼다고 하니 학문도 출중한 기인이라는 사실을 알 수 있다.

연한편 연잉군은 소론의 치열한 방해를 극복하고 조선의 제21대 국왕이 되었다. 노론은 정권을 잡게 되자 목호룡 고변사건을 재조사하여 무고라는 사실을 밝히고 노론 사대신의 억울한 죽음을 신원시켜주었다. 영조는 경종을 지지하던 조태구 등을 유배 보내고 소론 강경파 유봉휘와 김일경 등을 조정에서 몰아냈다. 월이의 아들 이행은 효장세자가 되고 월이는 정빈으로 추존되었다. 그러나 효장세자는 얼마 되지 않아 갑자기 병으로 죽어 영조가 손수 행록을 지어 슬퍼했다.

영조에 대한 반대파들의 음모는 쉬지 않고 계속되었다. 영조는 실록에서 순정이라는 궁녀가 자신의 아이들을 독살하려 했다고 선언했다.

순정이란 이름의 궁인이 있었는데, 성미가 불량하여 늘 세자와 세자의 어머니에게 불순한 짓을 하는 일이 많았기 때문에 내쳐버렸다. 왕세제가 된 뒤에 궁인이 갖추어지지 않았기 때문에 마음을 고쳤으리라고 생각하여 다시 들어오도록 했다. 즉위한 후에 세자와 두 옹주를 보살피게 하다가 세자 책봉 뒤에 옹주궁에 소속시켰으므로 동궁의 나인이 되지 못한 것 때문에 항시 마음속으로 야속하게 여겼다. 지난번 화순옹주가 홍역을 치른 뒤에 하혈하는 증세가 있었기 때문에 매우 괴이하게 여기며 의아해하다가, 이제 와서야 비로소 독약을 넣어 그렇게 된 것임을 알게 되었다. 순정이 이미 세자의 어머니에게 독기를 부렸기 때문에 세자가 장성하는 것을 좋게 여기지 아니하여 또다시 흉악한 짓을 했고, 강보에 있는 아이인 네 번째 왕녀에게도 또한 독약을 썼다. 나의 혈속을 남김없이 모두 제거하려 했으니, 어찌 흉악하고 참혹하지 아니한가?

일개 궁녀가 배후 없이 임금의 자녀들을 독살했다는 것은 있을 수 없는 일이다. 영조는 대궐의 궁녀들과 내시들을 대대적으로 숙청했다. 영조는 이후에도 수많은 암살 위기를 넘겨야 했다.

당쟁의 폐해를 잘 알고 있던 영조는 즉위하여 탕평책을 실시했다. 소론과 노론을 고루 등용하여 조정의 안정을 도모하려고 했으나, 경종 독살설이 폭넓게 퍼지고 정권에 불만을 품은 소론 이인좌가 청주에서 반란을 일으키기까지 했다. 영조는 가까스로 이들을 토벌하고 조선을 태평성대로 이끌었다.

김체건과 영조가 인연을 맺는 부분은 그 아들 광택이 영조의 잠저 창의궁에 있던 일을 회상하는 부분이 『승정원일기』에 보인다.

　영조는 보위에 오르고 오랜 세월이 지나 김광택이 홍봉한의 집에 있
다는 말을 듣고 주서(注書)에게 명을 내려 입시하게 했다.
　"너는 김체건의 아들로 아명이 노미가 아닌가?"
　영조가 김광택에게 물었다.
　"성상의 말씀대로입니다."
　김광택이 공손히 아뢰었다.
　"너는 지금 하는 일이 무엇이며 어디에 살고 있는가?"
　"하는 일은 없고 전 어영대장 홍봉한의 집에 머물고 있습니다."
　"문관인가? 무관인가?"
　"무인입니다."
　"그렇다면 군교는 할 수 있겠구나. 군교를 하겠는가?"
　"성상이 명을 내리시면 마땅히 봉행할 것입니다."
　김광택이 대답했다.
　"이 사람은 내가 잠저에 있을 때 선대왕께 하사받은 사패 시노비의
아들이다. 경자년 직숙(直宿)할 때에 이 사람이 들어와 나를 시종하였
다. 그때 나이가 겨우 십여 세였다. 글에 능해 '위선최락' 네 글자를 잘
썼다. 그 후에 살았는지 죽었는지 알지 못했는데, 들으니 홍봉한의 집
에 있다고 하여 특별히 부른 것이다. 출신이 비록 미천하지만 숙직할
때 나를 도운 자로 무예가 출중하다. 금위영에 교련관 자리가 비어 있
다는 보고를 받았는데 이 사람을 임명하는 것이 어떠한가?"
　영조가 좌우의 대신들에게 물었다.

"교련관이 비어 있으니 하교를 받들어 봉행하겠습니다."

금위영의 구선복이 아뢰었다.

"오늘 행하라."

영조가 명을 내렸다.

김광택은 이렇게 하여 금위영의 교관이 되었다. 이 기록으로 김체건의 아들 김광택에게 영조는 남다른 애정을 보이고 있는 모습이 보인다. 김체건의 아들 김광택의 검술 또한 김체건에 못지않아 훗날 신선이 되었다고 전해진다.

조선의 무예는 박제가와 이덕무 등이 기록하고 김광택의 제자 백동수가 시연을 보인 『무예도보통지』에 상세하게 기록되어 있다. 소설의 주인공 김체건의 무예는 이 『무예도보통지』 본국검법을 바탕으로 했다. 예를 들어 '장교출해세' '월야참선세' 등이 『무예도보통지』에 있다. 그러므로 소설 속에 나오는 김체건의 무예 세는 모두 조선의 전통 무예라고 할 수 있다.

이 소설은 검선 김체건을 통해 조선의 무인을 찾고 복원하기 위해 썼다. 조선의 무인들은 대부분 시대와 불화하면서 울분 속에 살았으나 김체건은 시대를 초월하고 양생하는 법을 익혀 검선이 되었다.

조선 무인 김체건이 그립다.

이수광

조선제일검
김체건

초판 1쇄 인쇄 2016년 12월 21일
초판 1쇄 발행 2016년 12월 28일

지은이 이수광
펴낸이 김선식

경영총괄 김은영
책임편집 이승환 디자인 문성미 책임마케터 양정길, 최혜진
콘텐츠개발2팀장 김현정 콘텐츠개발2팀 김정현, 문성미, 이승환, 정민교
전략기획팀 김상윤
마케팅본부 이주화, 정명찬, 최혜령, 양정길, 박진아, 최혜진, 김선욱, 이승민, 김은지, 이수인
경영관리팀 허대우, 권송이, 윤이경, 임해랑, 김재경

펴낸곳 다산북스 출판등록 2005년 12월 23일 제313-2005-00277호
주소 경기도 파주시 회동길 357 2, 3층
대표전화 02-704-1724 팩스 02-703-2219 이메일 dasanbooks@dasanbooks.com
홈페이지 www.dasanbooks.com 블로그 blog.naver.com/dasan_books
종이 한솔피앤에스 인쇄 민언프린텍 제본 정문바인텍 후가공 평창P&G

ISBN 979-11-306-1080-1 (03810)